庫

リーガルーキーズ！

半熟法律家の事件簿

織守きょうや著

新　潮　社　版

11762

目次

リーガルルーキーズ！

半熟法律家の事件簿

第一章　人は見かけによらない

イタリアンレストランのテラス席で、判例タイムズのページをめくっている。鞄《かばん》の中には、読んでおかなければいけない係争中の事件のファイルが入っているが、こんなところで事件記録を広げるわけにはいかない。

二日前、梅雨入りしたとニュースで聞いたが、今日は気持ちよく晴れていた。時々いい風も吹く。こんな日は、テラス席が正解だ。

ランチタイムのピークを過ぎた店内に、客はあまりいなかった。待ち合わせだと伝えてあるから、私が一人で四人席を占領していても、店員は何も言わないで放っておいてくれている。

「ごめん、待たせた」

約束の時間から二十分遅れて、達哉《たつや》が到着した。今日もスーツが似合っている。ネクタイの首元に手をやりながら向かいに腰を下ろした彼に、判例タイムズをしまって

「大丈夫」と応《こた》えた。

弁護士は、仕事が長引けば、十分二十分の遅刻はよくあることだ。お互い様なので腹も立たない。同業者は、そういうところがいい。

「土曜日はゴメンな、急に矢島《やじま》先生にゴルフに誘われちゃってさ」

「いいよ」

達哉は店員を呼び、二人分の注文を済ませる。

今日は、もともと会う予定ではなかった。今朝、昼に時間をとれるかと達哉から連絡があったのだ。しばらく会えていなかったから、ランチデートのつもりなのかと思っていたが、何か話があるらしいことは、顔を見ればわかった。四年もつきあっていると、それくらいはわかるようになる。

しばらくは仕事の話や、共通の友人の噂話《うわさばなし》が続いた。達哉は、本題に入るタイミングをはかっているようだ。

明るい声で話しているし、ランチを食べながらだから、さほど深刻な話ではないと思いたいが、おそらく、いい話ではないだろう。話しにくいことを口にするとき、達哉は右耳の下を触るから。

「ところで――前に話してた、旅行のことなんだけどさ」

前菜とスープを食べ終え、メインのパスタが運ばれてきてから、ようやく達哉が本題に触れた。

「ちょっと今、仕事が立て込んでて……いつなら行けるって、断言できないんだ。もうちょっと落ち着いてからでいいかな。再来月ころには、多分見通しが立つと思うから」

二人での旅行は、もともと達哉が言い出したことだ。私は学生時代から旅行を趣味にしているが、いつも一人で、大した計画も立てずにふらっと出かけてしまうので、誰かと一緒に行ったことはほとんどない。私が達哉にそう話したら、じゃあ今度一緒に行こう、ということになったのだった。

私にとって、旅行は一人で好きなところへ行き、好きなことをするもの、という感覚だったが、恋人と一緒に行くのは初めての経験で、それなりに楽しみにしていた。残念な気持ちもあったが、忙しいのはお互い様だ。何よりも、別れ話ではなかったことにほっとする。

私が、わかった、と言うと、達哉も安心したようだった。

スーツ姿の若者たちが連れ立って、テラスの前を通り過ぎていく。私はその中にひときわ目を引く茶髪の青年を見つけて、思わず目で追った。見た目からしてどこかの会社の若手だろうが、あんな髪で、上司に叱《しか》られたりはしないのだろうか。

「うっわ、超かわいくない？　やっばくない？」

何の話かわからないが、そんな声が届いた。隣を歩く女性にスマートフォンの画面を見せられて、茶髪が発したコメントのようだ。軽い。

私はその襟に、見覚えのあるバッジが留まっているのに気がついた。

法曹三者を示す赤、青、白の三色があしらわれた、司法修習生のバッジだ。

——あの茶髪が、法律家の卵か。時代は変わった。

達哉も彼らに気づいたようだ。自分だって数年前までは修習生だったのに、「若いなあ」とどこか羨《うらや》ましそうに呟《つぶや》いている。

「そういえば、もうすぐ第四クールか。今検察庁か裁判所にいる修習生が、弁護修習に入るころだろ。鳥山《とりやま》事務所にも配属されるんだっけ？」

「うん、今年は久しぶりに、一人押し付けられたみたい」

一般にはあまり知られていないが、司法試験に合格したからといって、すぐに弁護士や検察官や裁判官になれるわけではない。司法試験の合格者たちは司法修習生という身分を手に入れ、全国各地で、そして埼玉県和光《わこう》市の司法研修所で司法修習を受けて、実務を学ぶ。私の勤める鳥山法律事務所でも、修習生を受け入れることになっていた。

「男子？　女子？」

「さあ。明るくていい子だって、鳥山先生は言ってたけど」

しかし、鳥山の言う「いい子」はあてにならない。勤務先の法律事務所の所長である彼は、人の悪口を言わないし、たいていの若者のことを「いい子」と言う。五年前、修習生だった私が鳥山事務所に配属されることになったときも、周囲に「今度来る子は、しっかりしたいい子だよ」と話していたそうだ。私は随分後で、それを達哉から聞いた。実際に現れた無愛想で生意気で可愛《かわい》げのない修習生を見て、当時指導担当を押し付けられた達哉は「話が違う」と思ったことだろう。

それが、今ではこんな関係になっているなんて、人生はわからない。

「鳥山先生は人がいいからな。修習生の世話をするのも、嫌いじゃないみたいだし」

フォークにパスタを巻きつけながら、達哉が笑う。

「じゃあ、その子は花《はな》が指導担当か？　修習生がつくの初めてだよな。頑張れよ」

「面倒臭いな、そういうの苦手なんだ」

「そう言うなって。後進の指導も大事だろ。俺だって花だって、鳥山先生にお世話になって今の自分があるわけだし」

自分の事務所では修習生をとっていないくせに、と私が言うと、達哉は「そんな余裕ないよ」と眉尻《まゆじり》を下げる。達哉は、二年前に独立するまでは鳥山事務所の勤務弁護士で、私の先輩だった。

そのころも今も、私は達哉を、同じ弁護士として尊敬している。

「懐《なつ》かしいよな。花はあのころからしっかりしてたけど、まだ二十代だったよな？それが、今度は指導担当かあ」

「保護者みたいな言い方やめてよ」

「感慨深いんだよ」

弁護士は、食事をするのが早い。仕事の合間に食べることが多いから、いつのまにかそうなっている。私も達哉も早く食べる癖がついていて、せっかく外食していても、すぐに皿を空にしてしまう。

食べ終わると、達哉は早々に店員を呼んだ。この後、依頼人と打ち合わせが入っているらしい。

達哉の食後のコーヒーはまだ半分以上残っているし、私もアイスコーヒーに少し口をつけただけだ。初めてデートをしたときは、食事の後も離れがたくて、だらだらとコーヒー一杯でねばってしまったことを思い出した。

つきあい始めのころとは違う。当たり前だけれど。

私は、日が当たって左半分だけきらめいている恋人の顔を眺める。

この席暑いね、と言って、達哉は椅子《いす》をずらし、日蔭《ひかげ》に入った。

店員が伝票を持ってくる。達哉が代金を払い、「領収証をお願いします」と言った。

私は達哉の顔から、テーブルの上へと視線を逸《そ》らす。

アイスコーヒーに羽虫が浮いている。

＊＊＊

「今日からお世話になります、藤掛千尋《ふじかけちひろ》です。よろしくお願いしまっす！」

そう言って下げられた頭は、明るい茶色をしていた。毛先は外向きにはねている。寝癖などではなく、明らかに時間をかけてセットした髪型だ。

私は思わず一歩後ずさりかけて、かろうじて、執務室の入り口で踏みとどまる。

ホストが売掛金回収の依頼でもしに来たのかと思ったが、依頼人が執務室にいるわけがない。

そして、今日から修習生が来ることになっていたのを思い出した。見れば、彼のスーツの襟に、修習生であることを示すバッジが留めてある。それではこの青年が、鳥山の言っていた「明るくて、いい子」なのだ。確かに、声も見た目も明るい。私は鳥山は彼と、弁護士会主催の式典やら懇親会やらで顔を合わせていたはずだが、私は会うのが初めてだった。

「……澤田《さわだ》花です」

イタリアンレストランのテラス席から見た、あの茶髪の修習生は彼だろう。いくらなんでも、同じ期の同じグループの修習生の中に、こんな髪の男が二人以上いるとは思えない。

あのときはちらりと見ただけだったが、こうして改めて見ると本当に派手だ。外見で人を判断すべきではないが、戸惑いはあった。

目が覚めるような明るい茶髪に、整えられた眉、真っ赤なフレームの眼鏡。紺色の夏ものスーツはシンプルなデザインだが、その下に着たシャツの襟には色糸でステッチが入っている。派手な顔立ちなので似合ってはいたが、とても法律関係者には見えなかった。どう見ても遊び人のお坊ちゃまか、ベンチャー企業の若社長、そうでなければ女の子に人気の若手芸人といったところか。これまで私があまりかかわらないようにしてきたタイプだった。

こんな男を連れて裁判所や警察署を歩いていたら、目立って仕方がない。それが二か月も続くのか、と思うとうんざりしたが、仕事は仕事だ。指導担当を仰《おお》せつかった以上、私には彼の面倒を見る義務がある。私情を打ち消して藤掛に向き直った。

「よろしく」

なんだか、とってつけたような挨拶《あいさつ》になってしまった。我ながら愛想がないと思ったが、藤掛はまったく気にした風もなく、にこにこしている。

私のほうが居心地の悪さを感じて、目を逸らした。

今日もこれから、裁判の予定が入っている。事務所へは、裁判記録をとりに寄っただけだ。戸棚から記録のファイルを出して鞄に入れ、私は藤掛を振り返る。

「十一時から地裁で民事裁判の期日があるから、一緒に来て。記録を読んでもらう時間はないけど」

藤掛は、ハイ、とよく通る声で言った。

とりあえず、返事はいい。

裁判所の中を歩くと、裁判修習中の修習生や、他の事務所の弁護士について裁判所に来ていた修習生に藤掛は何度も声をかけられた。私が一緒にいるから、長話をするようなことはないが、すれ違うときに挨拶をしたり、遠くからこちらを見つけて手を振ったりする修習生もいた。藤掛のほうも、愛想よく手を振り返すなどしていた。

修習生たちが実務を学ぶ修習先は、裁判所、検察庁、弁護士の事務所と三つに分かれていて、どの時期にどこで修習するかは班ごとに決められているから、裁判所で修習中の修習生は、現在弁護修習中の藤掛とは違う班の所属であるはずだ。しかし、藤掛が彼らと親しげにしている様子を見ると、班を跨《また》いでの交流もかなりあるようだ。

法廷に入ると、見覚えのある若い女性の裁判所事務官が出廷簿を持って近づいてきた。私が事件名と、原告側の代理人であることを告げると、彼女はうなずいて法壇の前へ戻る。その前に、私の横にいる藤掛に目をとめて、少し笑ったようだった。見れば、藤掛も会釈《えしゃく》を返している。

藤掛は修習生の間で人気があるだけでなく、裁判所職員の覚えもいいらしい。——女性に限って、という可能性もあるが。

双方新しい書面と証拠を提出するだけの期日が終わり、法廷から当事者も傍聴人もいなくなると、女性事務官は片づけをしながら、「お疲れ様」と藤掛に声をかけた。藤掛も、「お疲れ様でっす」と、調子の良い営業マンのような口調で返す。

「藤掛くんの弁護修習先、鳥山先生のとこだったのかあ。澤田先生が指導担当？」

「ですです。勉強させていただいてます！」

私は鞄に記録を詰め、歩き出した。ついてこようとした藤掛に、「話していいよ」と言ってやる。

「私、煙草《たばこ》吸ってくるから。一階のロビーで待ってて」

「ハイ、わかりました」

喫煙所にいる間、ただ待っていてもらうのは申し訳ないなと思っていたので、ちょうどいい。

私の背後でドアが閉まる前、あっ、その服もしかしてトッカの？　そうなの、買っちゃった、という、友人同士のような会話が聞こえた。入廷のときの様子から、顔見知りなのだろうとは思っていたが、思っていた以上に親しげだ。

ほとんど黒い法服に隠れて、レースのついた襟ぐりくらいしか見えない状態だったにもかかわらず、一目見て女性の着ている服のブランドがわかるあたり、藤掛はかなり遊び慣れていそうな印象だった。私には、法服を着ていない状態で見てもわからなかっただろう。

一階の端にある喫煙所には、私のほかに誰もいなかった。ほっとしながら、メンソールの煙草を取り出して火をつける。喫煙所は社交場だとよく聞くが、私は一人でゆっくり吸うほうが好きだ。

裁判所も全面禁煙にしようという動きがあるようだから、こうして期日の後に一服できるのも今だけかもしれない。

煙を吸って吐き出すと、頭がすっとした。意識してゆっくり呼吸をするのが、煙草を吸うときだけというのも考えものだが、おかげで余計な力が抜けた気がする。あまり気にしないようにしようと思ってはいたが、初めて修習生の指導担当になって、やはり緊張していたらしい。藤掛が、私と正反対のタイプだというのもあるだろう。

分野別実務修習は、裁判所の民事部と刑事部、検察庁、法律事務所の弁護士の下で、それぞれ二か月ずつ行われる。藤掛も、鳥山事務所に来る前に裁判所で修習したはずだから、事務官と顔見知りなのは当たり前なのだが、それにしても、二か月でよくあそこまで打ち解けたものだ。私が裁判所で修習したときは、事務官とプライベートな話などしなかった。

修習先の職員たちとも修習仲間とも、決して仲が悪かったわけではないが、当時は少しでも多く実務を学ばなければとそればかり考えていて、修習先で会った人たちと仲良くなろうという考え自体、私にはなかった。だから周囲も、あえて私に近づこうとはしなかった。

いずれにしろ、短期間でああも親しげに話せる仲になるというのは、私にはできない芸当だ。真似《まね》したいわけではないが、純粋に感心する。

その一方で、お互い下心があってのことかもしれないけど、と少し意地の悪い考えが頭に浮かんだ。

修習生は、いずれ修習を終え、弁護士や検察官や裁判官になる。結婚相手を探している独身女性から見れば、交際相手としては有望株と言える。それをいいことに、修習先で派手に遊ぶ男子修習生もいると、噂では聞いていた。そうだとしても、藤掛ほど外見が派手で、見るからに遊んでいそうな男のことは、女性たちも警戒するだろうと思ったのだが――さきほどの事務官の様子を見る限り、外見で警戒されがちな分を取り戻せるだけの何かが、藤掛にはあるということか。

そういえば今日、裁判所で会った修習生たちは、男女関係なく、藤掛に声をかけてきた。彼は単に、すぐに人と仲良くなれるタイプなのかもしれない。外見だけで軽薄そうだと決めつけてしまったのは早計だったかと、少し反省した。

私が煙草を一本吸い終えたとき、初老の男が喫煙所にやってきた。法廷で見かけたことはあるが、名前は知らない弁護士だ。もう少しぼんやりしていたかったが、あまり長く藤掛を待たせるわけにもいかないから、いいタイミングだった。互いに軽く会釈をした後で、私は男と入れ違いに喫煙所を出た。

廊下を真《ま》っ直《す》ぐ歩くと、正面玄関に面したロビーに出る。見回すと、藤掛が待ち合いのソファの前で、眼鏡をかけた男と話しているのが見えた。

男は、藤掛に何やら文句を言っているようだ。何かスポーツをやっていたのか、体格がよく、シンプルな紺のスーツが映えていた。その襟に、藤掛と同じバッジがある。藤掛とは全然違って、見るからに硬派といった雰囲気だ。

「勝手に俺を合コンの人数に入れるな。俺はそういうのは……」

「嫌だなー、ただの飲み会だよ？　異業種交流会的なさ。見聞を広めるためだってば」

「この間もおまえがそう言うから参加したら、三対三で完全に合コンだったじゃないか」

「風間《かざま》くん、モテそうなのにもったいないな」

「だから俺は」

私が近づいていくと、風間と呼ばれていた修習生は、すぐに気づいて口をつぐみ、こちらに向かって頭を下げた。姿勢がいい。スポーツの中でも、何か武道をやっていたのだろう。私も昔剣道をやっていたから、直感的にそう思った。

失礼します、と礼儀正しく言って、風間は歩き出した。喫煙所の方向だ。おそらく、私と入れ違いに煙草を吸いに来た男性弁護士が、風間の指導担当なのだ。

藤掛はひらひらと手を振って見送る。

「お店のアドレス、後で送るね〜」

いらん、と言いたげに風間は振り向いたが、私を気にしてか、何も言わなかった。

「ああ言ってても、結局来てくれるんですよ」

「もう人数分予約をしてしまったから、って言われると責任を感じて断れなくなるタイプだね」

「澤田先生、鋭い」

藤掛は笑って、

「本当に健全な飲み会なんですよ。ただ、前に集まったとき、たまたま風間くんのことを気に入った、積極的な女の子がいたってだけで」

訊《き》いてもいないのにそんなことを言った。風間が合コンと言ったのを、私が聞いていたと気づいたようだ。

ほどほどにしておきなよ、と言おうかと思ったがやめた。私は彼の親でもなんでもない。

「さっき事務官と話してたけど、仲いいの？」

歩きながら尋ねると、藤掛は笑顔で「ハイ」と答える。

「修習でお世話になった第一民事部の人たちには、仲良くしてもらってます。先週も修習生数人と事務官さんたちとで、ごはん食べに行ったんですよ。中居《なかい》さんがいろんなお話を聞かせてくださっておもしろかったです」

中居は、藤掛とは親子ほど年の離れたベテランの書記官だ。その名前を出すことで、浮ついた目的の会ではないのだとアピールしているのだろう。表情に出したつもりはなかったが、私が何を思ったか、藤掛は察していたようだ。

どうやら彼は目聡《めざと》く、頭もいい。こういう人間は、遊ぶにしてもうまくやるだろう。面倒な相手は避け、後腐れのない相手と楽しんで、自分のペースは乱さない。少なくとも本人は、そのつもりでいるはずだ。

しかし、安心はできない。自分は失敗しない、なんて思っていると、落とし穴に気づかなかったりするものだ。

賢いつもりの人間でも、ときには馬鹿《ばか》なことをする。

私はそれを知っていた。

けれど、それを今わざわざ藤掛に言う必要はない。

弁護修習開始から数日が経《た》って、藤掛はすっかり事務所になじんでいる。

私の見る限り、彼の仕事ぶりは悪くない。もちろん経験が少ないため不十分なところもあるが、契約書案を作らせてみても、交通事故の損害計算をさせてみても、それなりに形になっていた。私が以前作ったものをサンプルとして渡し、それを参考にしてもらっているので、ある程度はできて当たり前なのだが、必要な情報の取捨選択がうまく、呑《の》み込みも早いし、とにかく要領がいい。どんな仕事に就いても、そこそこうまくやって重宝されるだろうと思わせる器用さがあった。

何より、意外なことに、依頼人の受けがいい。鳥山事務所が顧問をしているラーメン店のオーナーなど、面談に同席した藤掛を気に入り、取引先との契約書の叩《たた》き台を彼に作ってもらいたいと言ってきたほどだった。

派手な見た目に最初は驚く相談者もいたが、少し話せばすぐに打ち解けた。「思ったよりもちゃんとしている」というギャップで、一気に距離が縮まるらしい。藤掛はそこまで計算してあの髪型や服装にしているわけではないだろうが、少なくとも私が危惧《きぐ》したほどには、見た目はマイナスにはならないということがわかった。

「あっ、澤田先生」

エレベーターホールの脇《わき》にあるトイレに行っていたらしい藤掛が、何故《なぜ》か紙袋を提げて執務室に戻ってくる。袋には、有名洋菓子店の名前が印刷されていた。

「今、千葉遥子《ちばようこ》さんのご主人がいらして、このお菓子をいただきました。物損の賠償金が全額振り込まれたのでそのお礼と、人損のほうも引き続きよろしくお願いしますって。仕事で近くまで来られたそうで」

千葉遥子は、交通事故に基づく損害賠償請求の依頼人だ。彼女が初めて相談に来たとき、夫の千葉克巳《かつみ》も同席していた。そのときも物腰が柔らかく丁寧な人だと思ったが、まだ物損について和解が成立しただけなのに、わざわざ謝礼のために寄ってくれるとは、こちらのほうが恐縮してしまう。

エレベーターホールで克巳に呼び止められた藤掛は、遥子の交通事故のファイルを読んだばかりだったので、克巳がどの事件の依頼人の夫であるか、すぐにわかったらしい。面談室に案内して私を呼ぼうとしたが、克巳はそれを固辞して、謝礼の品だけを藤掛に託して去ってしまったという。

「お邪魔しては悪いから、お礼だけ伝えてくださいって、遠慮されて。もう帰られました」

「ありがとう。後でお礼の電話しておく」

年齢から考えても、藤掛に社会人経験はないはずだが、それにしては依頼者対応にそつがない。コミュニケーション能力が高いのだろう。

洋菓子店の袋を事務局に預け、藤掛は自分のデスクに戻った。今朝私が事情聴取を頼んだ依頼人のリストを確認し、電話をかけ始める。電話応対も堂に入ったものだった。

「何なに、お菓子？」

鳥山が自分の執務室から出てきて、事務局の共用テーブルの上に置かれた箱に興味を示している。彼は無類の甘党だ。箱の中身は、個包装された焼き菓子の詰め合わせだった。

「コーヒー淹《い》れて皆で食べよう。藤掛くんは……電話中か」

「はい、破産申立書作成のための事情聴取を頼んだので」

「うまいもんだねえ。相手によって話し方を変えてるよね」

二人して、和やかに依頼人と話している藤掛のほうを見た。確かに、藤掛は人あしらいがうまい。相手の年齢や性別、言葉を交わしてみた感触などから、どういったアプローチが有効かを計算して話しているのだろう。電話においても、その手腕はいかんなく発揮されているようだ。

「澤田さんは、『ちょっと怖いけどテキパキ動いてくれるし、頼りになる。相手にもびしっと言ってくれそう』ってことで依頼人の信頼を得るタイプだけど、藤掛くんは『この人になら何話しても怒られなそう、本当のこと言っても大丈夫そう』って思われて依頼人に信頼されるタイプだね」

　鳥山が感心した様子で言う。発言の主に前半部分について、私としては言いたいこともあったが、大人げないので黙っていた。

　こちらの会話が聞こえていたらしい。ちょうど受話器を置いた藤掛は、褒められて嬉《うれ》しそうにしている。

「僕は全然、弁護士っぽい威厳、ていうか迫力？　そういうのがないんで、そっち方向に頑張ってもダメだなと思ったんです。弁護士らしさはなくても、緊張せず、リラックスして話してもらえるならまあいいかなって」

「依頼人に心を開いてもらえるっていうのは大事だよ。あと、今の電話応対もすごくうまいよね。藤掛くん、ロースクールから直でしょ？　その割に破産案件の債権者とか、怒ってる相手にも動揺しないで対応できてたし……接客のバイトとかしてた？」

「あっハイ、実家が旅館で、予約の電話とか、よく受けてました」

「あーなるほどねえ」

どんな仕事も、コミュニケーション能力が高ければ、それだけやりやすくなる。この仕事など特にそうだ。依頼人受けがよく弁の立つ藤掛は、弁護士になったら集客には困らないだろう。

昼になると鳥山は、弁護士会でのランチミーティングがあると言って出かけていった。事務員たちは昼の休憩に入り、めいめい持参した手作り弁当やコンビニのパンを出して、普段は作業台になっているテーブルで食べ始める。私の分は、朝のうちに注文しておいた弁当を事務員が運んできて、机の上に置いてくれた。

私は昼食は外食のこともあるが、電話一本で近所の仕出し屋が弁当を配達してくれるので、基本的には事務所で食べるようにしている。藤掛にも毎朝、弁当を注文するかどうか、事務員が確認するのだが、藤掛は毎回、「澤田先生と同じで」と答えていた。修習生は基本的に指導担当と行動をともにすることになっているので、気をつかっているようだ。

私と藤掛のデスクのすぐ近くに、向かい合って座れるソファセットがあるが、昼食のときまで指導担当と顔を突き合わせているのも、藤掛にとっては気づまりだろう。そう思って、事務所で昼食をとるときは、自分の席で食べるようにしている。藤掛もそれに倣《なら》って、自分の席で食べていた。

パソコンでニュースサイトを見ながら弁当を食べ終え、藤掛を見ると、彼もちょうど食べ終わって弁当の容器に蓋《ふた》をしたところだった。

「藤掛さん、藤掛さん」

空になった弁当の容器を持って席を立った藤掛に、事務員の渡辺《わたなべ》——烏山事務所では一番若い、二十代の女性事務員——が声をかけるのが見えた。所長である烏山には個室の執務室があるが、私や藤掛が執務しているスペースと事務局のあるスペースは同じ室内にあるので、互いの様子が見えるし、声も届く。

藤掛はゴミを捨てると、「はい？」とそのまま渡辺のいるテーブルに近づいた。

「金曜、月島《つきしま》事務所の事務員の子たちとご飯食べるんですけど、藤掛さんもどうです？　月島事務所の修習生も一緒に」

「いいですねえ、是非是非」

給湯室で自分の弁当箱を洗っていたベテラン事務員の浅田《あさだ》が戻ってきて、「何、合コン？」と口を挟む。

「親睦《しんぼく》を深めるための交流会ですよ、ねっ渡辺さん」

「そうですよ。そんなガツガツした集まりじゃないです。月島事務所の子は、藤掛さんかっこいいって言ってましたけど」

「えっまじですか。テンションあがりました今。何着て行こうかな」

調子のいい藤掛の返しが聞こえてくる。

藤掛が来るまでは、事務所の中でこんな会話が交わされることなんてなかったが、不愉快には感じない。少しくらいの私語で業務に支障が出るわけでもないし、まして今は昼休みだ。事務員たちの表情が明るいのはいいことだった。

今でこそ、事務員たちとは仲良くやっているが、私は彼女たちと打ち解けるには時間がかかった。女にしては背が高くて声が低く、表情に乏しいせいもあって、不機嫌そうにしている、とっつきにくそうだ、と思われていたらしい。修習が終わるころにようやく少し私的な会話も交わすようになったが、弁護士として働き始めてからもしばらくは、どこかぎこちなかった。

当時まだこの事務所にいた達哉が、私にあれこれ話しかけて冗談を言い、軽くいじったりもしているところを事務員たちに見せ、会話に彼女たちを巻き込んだり、自分が事務員たちといるときに私を呼んで話に加わらせたりした。そうやって私と彼女たちは打ち解け、今では皆、私が無言でいても機嫌が悪いわけではないとわかってくれている。私も、気を遣わずにいられる。鳥山と達哉がいなかったら、私と事務局は、もっと長い間ぎくしゃくしたままだったはずだ。

男女平等と言われてはいても、法律の世界はまだまだ男社会だ。若い女の弁護士なんて、それだけで軽んじられる。当時の私は、女はダメだなんて言われないようにと常に緊張感を持ち、依頼人や相手方に舐《な》められないように気を張っていた。事務員に対してまで、その緊張や気負いが伝わっていたのだろう。

タイプが違うだけで、法律家の資質において自分が藤掛に劣るとは思わない。自分は彼のようにはできないが、する必要もないと思っている。仕事をするうえで緊張感を持つのも、相手に緊張感を持って接してもらえるというのも、悪いことではない。ときにはそういった緊張感こそが必要で、実際にそのおかげでうまくいった仕事もあった。

ただ、藤掛のような人間に対しては、純粋に、憧《あこが》れる気持ちもある。

指導担当をしてはいるが、私が彼のためにできるのは、経験に基づく技術や知識を与えることくらいで、弁護士として彼の見本にはなれないだろう。

そう考えたとき、ふいに思い出した。そんなに気を張らなくたっていいんだぞと、修習生のころ、言われたことがあった。言ったのは当時弁護士二年目で、私の指導担当だった達哉だ。

今以上に愛想がなく、ちっとも素直でなかったそのころの自分を覚えている。達哉の助言も、すぐには受け入れられなかった。

そんな新人を、達哉は熱心に指導し、意見が異なるときは議論もし、対等に見てくれた。彼と私は弁護士としてはタイプが違っていたが、達哉は自分と違うやり方を否定しなかった。

達哉は、藤掛ほど軽い印象ではないが、人と仲良くなるのが上手だ。そのうえで、依頼人や相手方にも舐められずにうまくやっている。達哉が独立する前なら、藤掛の指導担当にうってつけだっただろう。

そういえば、達哉がこの事務所にいたころも、こんな雰囲気だったような気がする。彼は自分から事務局に仕事とは関係のない話を振ったり、皆のおやつにとお菓子を買ってきたりして、場の空気を和ませることに長《た》けていた。

職場において緊張感がまったくないのも考えものだが、皆がのびのびと働けることは重要だ。事務員が弁護士に意見を言えないような職場ではダメなのだ。所長の鳥山が穏やかな人なので、うちの事務局は仕事がしやすそうだし、私が多少無愛想でも事務所内の空気が悪くなることはない。いつか独立して個人事務所を持ったとしても、私にはこれほど働きやすい環境を作れる自信はなかった。

「あっ澤田先生、千葉さんの損害計算書、作ってみたので後で見ていただけますか」

一服するつもりで立ち上がった私に、事務員たちと話していた藤掛が、思い出した、というように声をかけてくる。

「見ておくから、机に置いておいて。一時までは休憩でいいよ。一時半から期日があるから、出る用意はしておいて」

「わかりました」

私は弁当容器を給湯室のそばのゴミ箱に捨てると、煙草とライターだけ持って執務室を出た。藤掛が何か冗談を言ったらしく、事務員たちの笑い声が聞こえてきた。

＊＊＊

藤掛が鳥山事務所で修習を始めてから、二週間が経った。

藤掛は、なんでもそつなくこなしている。鳥山に言われて、顧問先から依頼された売掛金の督促の電話をかけたときに、債務者の家族に振り込め詐欺《さぎ》と間違われて慌《あわ》てていたが、それ以外には失敗らしい失敗もない。

修習生にしてはひたむきさというか、熱意が足りないような気もしたが、それも個性と受けとめていた。気負わないくらいが、彼のペースを保つうえではいいのだろう。

　今日は、千葉遥子が訪ねてくることになっていた。交通事故の物損については和解成立し、現在人損について保険会社と交渉中で、そろそろ話がまとまりそうというところだが、今日は何やら別件で相談があるらしい。相談内容については、会ってから話したいと言われて、まだ何も聞いていなかった。

　藤掛には、保険会社に提出する遥子の損害計算書作成を任せたし、電話で彼女に連絡をしてもらったこともあるので、同席させることにした。

　午後二時に事務所を訪れた遥子は、最初は藤掛の派手な外見に驚いたようだったが、

「先日お電話でお話をしました、司法修習生の藤掛です」

　藤掛が丁寧に挨拶をすると、ほっとした様子で会釈を返した。

　執務室の隣にある面談室で、私と藤掛は四角いテーブルを挟んで遥子の向かいに並んで座る。

「今日は、交通事故とは別の件でご相談があるということでしたが」

　私が促すと、彼女はうなずいて、「お恥ずかしいんですが」と切り出した。

「実は……主人が、浮気をしているようなんです」

　一瞬、どう応えていいのかわからなくて反応が遅れる。

　よくある相談ではあるが、遥子の口から出てくるとは意外だった。

彼女の夫の克巳とは、遥子の交通事故の件で、何度も電話で話をし、直接会ったこともある。物損の和解が成立したときはわざわざ洋菓子を持って来てくれたし、遥子が初めて事務所に相談に来たときには、彼も同席していたのだ。そのときの二人の様子からは、彼がけがをした妻を心配していることが伝わってきた。遥子の通院の際は車で送っていったり、かいがいしく世話をしていた様子だったし、温厚でおとなしそうな人物で、とても、浮気をするようには見えなかった。

しかし、人は見かけによらないものだ。

「何か、そう思われるようなきっかけがあったんですか？」

そうでしたか、も大変でしたね、も白々しくなるだけだと思ったので、法律家らしく、根拠を質《ただ》す。

「なんとなく、なんですけど……よそよそしいというか、隠し事をしているような感じなんです。私に隠れて電話をしていたり。誰からと訊いても、なんでもないよって言うんですけど」

随分とぼんやりした論拠だ。考えすぎでは、という気もしたが、言葉にできない違和感、というものもある。長年夫婦として暮らしている彼女がおかしいと感じたのなら、何かあるのかもしれない。しかし、「なんとなく」では弁護士としては動きようがない。

「相手の女性に心当たりは？」

私の質問に、遥子は首を横に振った。

「怪しいメールを見たとか、電話でこんなことを話しているのが聞こえたとか、そういうことはないですか」

「はっきり、浮気だってわかるような何かがあったわけじゃないんです。急に冷たくなったなんてこともありません。優しいのは変わらず、むしろ前より優しいくらいで……でも、それもなんだか変な感じなんです。目を合わせないようにしていると感じたこともありますし、なんていうか、後ろめたいことがあるんじゃないかって」

遥子が夫の行動のどこに違和感を感じたのか、それがわかれば、そこを掘り進めていけばいいのだが、彼女自身も、違和感の正体をつかめずにいるようだ。

こうやって相手にヒントを与えて記憶を呼び起こさせたり、情報を引き出したりするのは、藤掛のほうが得意そうだったが、彼は私の隣で黙って聞いている。

「克巳さんの外出が増えたとか、帰りが遅くなったとか、そういうことは？」

「特に……ないと思います」

「女性の存在を感じるような具体的な何かがあったわけじゃなく、全体的な雰囲気というか、態度に不審なところがあったわけですね」

メモ用にリーガルパッドとペンを持って来ていたが、今のところはメモをとるほどの情報はない。私は形だけペンをとり、少し迷って、パッドの左上に今日の日付だけを書き込んだ。

「克巳さんには、この件について話をされましたか？」

「いえ、まだ……なんだか、確かめるのが怖くて」

遥子の勘違いということもありえる。現段階では弁護士がどうこうするような話ではなさそうだが、気のせいじゃないですか、で話を終わらせるわけにはいかない。夫婦間に波風を立てたいわけではないが、現に彼女が不安に思ってこうして相談に来ている以上は、弁護士としては、依頼人である彼女の側に立って対応を考えるしかない。

「勘違いであればそれが一番ですが、もし本当に克巳さんが不貞をしているとしたら、遥子さんがそれに対してどうしたいかによって、とるべき対応は変わってきます。離婚したいとか、慰謝料をとりたいとか、不貞をやめてもらって円満に解決したい、とか」

「離婚は……考えていません。でも、夫のほうから、別の女性がいるから別れたいと言われるかもしれませんよね」

「まだ、そうと決まったわけじゃないですよ」

うつむいてしまった遥子に、慌てて声をかけた。

どうやら彼女は、具体的に依頼したいことがあるというより、どうしたらいいかすらわからず、とりあえず相談に来たようだ。

慰謝料をとるには、離婚をするには、という法的な要件ならすぐに頭に浮かんだが、それは依頼人の希望ではない。夫婦関係を円満になるよう調整するとなると、法律の知識だけではどうにもならない。

夫婦の仲裁をするのも、依頼人を慰めたり励ましたりするのも、得意分野とは言い難かったが、とにかく弁護士として、何ができるかを考えた。

遥子に離婚する気がないのなら、克巳を責め立てるというのは得策ではない。かといって、彼女は見て見ぬふりをすることができず、こうして相談に来ているのだろうから、放ってもおけない。最終的には克巳に、遥子が不貞について知っていると伝えたうえで、円満な解決に向けて話し合うということになるだろう。遥子の勘違いだとしたら、痛くもない腹を探られた克巳が気分を害して夫婦仲がこじれる、という事態にもなりかねないから、あくまで慎重にだ。もし不倫が事実だとしても、今彼を問い詰めれば、証拠を隠滅されてしまうかもしれない。いずれにしても、克巳と話をするのなら、証拠をつかんでからのほうがいい。

「ともかく、しばらく様子を見てみるというのも手だとは思います。ですが、もしも、克巳さんが本当に不貞をしている場合、遥子さんがそれについて何らかのアクションを起こしたいのなら、まずは証拠です。克巳さんが怪しいそぶりを見せたら、気づかれないように注意しながら行動をチェックしてください。携帯電話の履歴やメールや、メッセージアプリを確認するとか……相手の女性が誰かわかれば、弁護士からその女性に働きかけることもできます」

怒りや悲しみを助長させないようニュートラルに、でも冷たくはならないように気をつけて説明する。

克巳が車で出かけたなら車載ナビの走行履歴でどこへ行ったかを調べたり、携帯電話にGPS機能がついているのなら、それをオンにして外出先を確認するという方法もある。行き先によっては、相手やその住所まで特定できる。

「相手の女性に慰謝料を請求する、ということでしょうか」

「ご希望なら、もちろんそれも可能です。その女性が、克巳さんが既婚者であることを知りながら不貞関係にあったのであれば、損害賠償を請求できます。既婚者だと知らなかった、と相手が主張したとしても、女性が克巳さんの職場の同僚だったり、学生時代からの友人だったりした場合は、その主張はなかなか通らないと思います。はっきりと確かめてはいなかったとしても、薄々気づいていたはずだろう、と判断されることがほとんどです。極端な話ですが、克巳さんが既婚者であることを隠して出会い系サイトに登録していたとか、独身と偽って婚活パーティーに出ていて、そこで知り合ったような場合は、女性は騙《だま》されていただけで非がない、と判断されることもありますが」

克巳がそこまでして不貞行為をするとは考え難《にく》いと思ったが、それはあくまで私の主観だ。だから、可能性として説明した。

「いずれにしても、証拠がなければ、話をしようとしてもごまかされてしまうかもしれません。克巳さんにも、相手の女性にも。ちゃんと証拠をおさえて、話をするのはそのうえで、というのがいいと思います。一度、克巳さんの行動を、注意して観察してみてください。その結果、不貞の事実はなくて、遥子さんの思い違いだったということがわかれば安心できますし」

遥子は神妙な顔つきで聞いていたが、証拠集めについては、あまり乗り気ではないようだった。夫が不貞しているという事実を、自分から確かめることに抵抗があるのだろう。

私はカウンセラーではなく弁護士なので、彼女の利益を守るためにはどうすべきかを助言するのが役割だ。しかし、夫の不貞疑惑に動揺している彼女には、酷な話かもしれなかった。

元気のない遥子を、藤掛と二人でエレベーターホールまで見送り、「何かあったらまた連絡してください」と伝えて、執務室に戻る。

執務室の共用テーブルでは、鳥山がコーヒーを飲んでいた。裁判所に行っていたはずだが、私たちが遥子と話している間に戻ってきたらしい。おつかれさま、と言って、私たちにもコーヒーを勧めてくれる。

「今日は、何の相談だったの？　事故のほうはもう示談になりそうなんでしょう」

「はい。まだ、依頼を受けるというところまでは行っていないんですが、離婚になるか不貞の慰謝料請求になるか……夫婦関係調整、でしょうか」

遥子の案件は私の担当で、鳥山はほとんどかかわっていないが、交通事故の依頼者から別件の相談希望があったということは話してあった。遥子から聞いた話を簡単に伝えると、彼は「うーん、でも、証拠はないんでしょ？」と首をひねる。

「千葉さんの勘違いだといいね」

鳥山は何十年も弁護士を生業《なりわい》としている割に、性善説の人だ。私も、そうですね、とうなずく。事務所の利益にはならないが、何もなければ——弁護士が必要になるような事態ではないとわかれば、それが一番だ。

「まだ、不貞があったかどうかも確証がないので、まずは証拠を探すように助言しました。不貞が事実だとわかったら、その段階で方針を考えることになると思います。仮に不貞が事実だとしても、夫婦関係が破綻《はたん》にまで至らず、修復できればいいんですが……千葉さんも、それを望んでいるようでしたから」

「そういうことだと、法律が云々《うんぬん》って話じゃなくなるからね。私たち弁護士に何ができるかわからないけど、できる限り千葉さんの力になってあげましょう。……藤掛くんは、家事相談の面談に入るのは初めてだったよね。まだ方針も決まってなくて、普通の相談とはちょっと違うけど、どうだった？」

「そうですね……千葉さん、遥子さん本人も、どうしたらいいかわからないまま相談に来られた感じで、今の段階では、なかなか具体的な助言が難しいなと思いました。そもそも不貞が事実かどうかもわからないので、まずはそれを確かめるために証拠を、という澤田先生の助言は、その通りだと思いました。そこがはっきりしないと、動きようがないので」

鳥山に話を振られて、藤掛は慎重に言葉を返した。指導担当を立てて自分は前に出ない、修習生らしい答えだ。

　それから、少し迷うようなそぶりを見せ——自分個人の意見を述べるべきかを考えたのかもしれない——「でも、僕も、彼女の勘違いだといいなと思います」と続ける。

「物損の件が一段落したとき、克巳さんがお菓子を持ってお礼に来てくださって、僕が応対したんです。その後も、損害計算の結果を伝えるために電話したときとかに、少しですけど、話をしました。遥子さんのことを大事にしている感じで、仲もよさそうだったし、不貞なんて……全然そんな感じしませんでした」

　私も同感だったが、個人の印象だけで判断することはできない。

　それに、誰にでも——いい人にだって、いろんな面がある。十年以上夫婦として仲良く暮らしていても、何かのきっかけで突然離婚に至るようなことも珍しい話ではない。妻を愛していたとしても、魔が差す、ということもある。

「鳥山先生、外出中に矢島《やじま》先生から、ゴルフの日程の件でお電話がありました。先月と同じ第三土曜でいいか、確認してほしいと」

　浅田が、話の切れ間に鳥山に声をかけた。深刻になりかけていた空気が、少し軽くなる。弁護士をしていれば、不貞行為の相談なんてよくあることだ。いちいち暗い気持ちになっていては仕方がない。

「矢島さん、相も変わらずゴルフ好きだなあ。ありがとう、後で電話しておくよ」

「もう毎月の恒例になってますね。いつも同じメンバーですか？」

「矢島さん中心に、たまに入れ替わる感じかな。毎月全員の予定が合うとは限らないからね。先月と先々月は木下《きのした》さんと松浦《まつうら》さんと僕だったんだけど、今月はどうかな……藤掛くんはゴルフやるの？」

「少しだけ。始めたばかりです」

「そのうち矢島さんからお声がかかるかもしれないよ。メンバーが足りなくなったときとかね」

「ほんとですか、じゃあ練習しておかないと」

鳥山と藤掛は話を続けているが、私は自分の席に戻った。もうそろそろ六時、事務員の退勤時間だ。仕事が終わっていなければ私は事務所に残るが、修習生の藤掛には、基本的に定時であがってもらうようにしている。「この後は特に何もないから今日はもう帰ってね」と、まだテーブルの前にいる藤掛に声をかけると、わかりました、お疲れ様でした、と元気のいい挨拶が返ってきた。

個人で受けている案件の書面を作ってしまおうとパソコンに向かい、ふとスマートフォンを見たら、メールが届いていた。

開いてみると、達哉からだ。今週金曜のデートのために店を予約したという連絡だった。

つきあい始めたばかりのころは、今夜会いたい、というメールが急に来ることもあった。最近はそういうことも減った。

それを淋《さび》しく思う気持ちがまったくないと言ったら嘘《うそ》になるが、今回は、急なデートの誘いでなかったことにほっとしていた。

今日は、古いブラジャーをつけている。

残業して、一人で定食屋で夕食をとり、帰宅して冷蔵庫を開けたらビールがなかった。

切らさないようにしていたつもりだったのに、うっかりしていた。風呂《ふろ》上りのビールは習慣というより、一日を終える儀式のようなもので、あきらめるという選択肢はない。

化粧を落とす前に気づいてよかった。裁判所にも駅にも近いこのエリアには、弁護士や法律事務所職員が多く住んでいるから、道を歩いていて知り合いに会うことはしょっちゅうだ。夜とはいえ、ノーメイクで出歩くことには抵抗がある。

着たばかりの部屋着を脱いでカットソーとコットンパンツを身につけた。洗濯物が増えてしまうが、仕事を終えたプライベートな時間に、一度ハンガーにかけたスーツをまた着るのはなんとなく嫌だった。

多少家賃が高くても、駅近くの便利なエリアに住んでいるのは、こういうときにすぐに必要なものを買いに行けるからだ。財布だけを持って家を出る。

時刻は十時を少し過ぎたくらいだ。徒歩数分の距離にあるコンビニへ向かう途中、酔っぱらった大学生たちや、疲れた顔のサラリーマンらしい男性とすれ違った。私も似たような表情をしていたかもしれないと気づいて、背すじを伸ばす。

コンビニの近くにある二階建てアパートの前を通り過ぎるとき、ふと見上げると、二階の外廊下に人がいるのが見えた。このアパートの前はよく通るが、外廊下が通りに面しているから、どの部屋に女性が住んでいるか、外から見てわかってしまうのが防犯上よくないと思っていたのだ。

カップルだろうか、男のほうが部屋のドアの前で、酔っているらしい女性を抱えるようにしている。女性を部屋に連れ込むところのようだが、女性のほうがへべれけになっている様子なのが気になった。

女性を支えている男の髪が明るい茶色だったので、吸い寄せられるように視線を向けて、はっとする。

廊下の電灯に照らされた顔がはっきり見えた。藤掛だった。

彼が、こちらに気づいた様子はない。それどころではないのだろう。藤掛は女物のバッグの中から取り出した鍵《かぎ》でドアを開け、女性を支えながら部屋の中へ入っていく。

金属製のドアが閉まった。

思わず足を止めてしまっていたことに気づいて、歩き始める。偶然とはいえ、他人の私生活をのぞき見ることになってしまい、なんとも言えない居心地の悪さを感じていた。

ちらりと見えただけだが、女性のほうにも見覚えがあった。確か、どこかの事務所の事務員だ。月島事務所だっただろうか。近所だということもあって、うちの事務所とは交流がある。彼女には、以前お茶を出してもらったことがあるような気もする。藤掛は顔が広いようだから、飲み会か何かで知り合ったのだろう。自力で歩けないほど飲むのも飲ませるのもどうかと思うが、大人の男女だし、合意の上ならプライベートで何をしようが、彼らの自由だ。

ビールを買って帰り、冷蔵庫に入れてからシャワーを浴びた。

タオルで髪を拭《ふ》きながら冷蔵庫を開け、一本取り出す。

缶を開けたとき、充電ケーブルにつないでいたスマートフォンの画面がぱっと明るくなった。メッセージアプリのアイコンが表示されている。

手にとってみると、同期の男性弁護士からメッセージが届いていた。

『皆で「くらら」で飲んでる。合流する？　澤田んとこの修習生もいるぞ、いい飲みっぷり』

「くらら」は、裁判所からでも歩いて行けるところにあるガールズバーだ。女性にはあまりなじみのない店だが、男性の弁護士や修習生たちの飲み会では、二軒目に使われることが多いと聞いていた。私も修習生のとき、一度だけ他の事務所の先輩たちに連れて行かれたことがある。

私が返事をする前に、次のメッセージが届く。

『今年の修習生イケメン多くね？　柳《やなぎ》とか藤掛とか、先輩差し置いて女の子に大人気なんだけど！　今にもお持ち帰りしちゃいそう。澤田が連れて帰ってよ』

飲み会の写真まで届いた。

女の子に挟まれて座っている藤掛と、変顔でポーズをとる同期が写っていた。同期のほうはかなり酔っているようだ。藤掛はグラスを持って笑っていて、さほど酔っているようには見えないが、髪型がいつもと違う。髪とシャツが、少し濡《ぬ》れているように見えた。

――ああ、彼女の家でシャワーを浴びたのか。

アパートの外廊下で見かけてから、一時間しか経っていなかった。髪も乾ききる前に、彼女を置いて次の飲み会に参加というのはいただけない。個人的にはかなり問題のある行為だと思うが、私が口を出すことでもない。

『行かない。もう寝るとこ』

メッセージを送ってから、スマートフォンをミュートに設定した。この調子なら、彼らは深夜を過ぎても飲んでいそうだし、酔っぱらって電話をかけてくるかもしれない。安眠を邪魔されたくなかった。

私はスマートフォンを液晶画面を下にして置き、缶ビールを片手にテレビをつけた。

藤掛は頭がいいし、人当たりもバランス感覚もいい。いい弁護士になるだろう。しかし、弁護士として有能な人間が、まじめで誠実とは限らない。

それに――まじめで誠実な人間でも、過《あやま》ちを犯さないとは、限らない。

人にはいろんな面がある。

誰にでも。

＊＊＊

夫が不貞をしているかもしれない、という相談を受けて一週間ほど経ったある日、千葉遥子から事務所に連絡があった。夫の不貞相手らしき女性と、昨日電話で話したのだという。

『夫のスマホに、着信があったんです。登録していない番号みたいで、名前は表示されませんでした。そのとき夫は別の部屋にいて……私、気になって、出てしまったんです。そうしたら若い女性の声で、千葉克巳さんの携帯ですか、って。私が出たからでしょうか、かしこまった様子というか……他人行儀な話し方ではあったんですけど』

遥子は暗い声で、昨日のことを話してくれる。電話ごしにも思いつめた様子が伝わってきた。

『私がどなたですかって訊いたら、その人、井上《いのうえ》と申します、って名乗りました。でも、それ以上は何も言わないんです。どこの会社だとか、何の用だとか。ただ、かけ直しますって言って……夫が戻ってきそうだったので、私も、すぐ切っちゃったんですけど』

着信履歴を見ればわかってしまうことだったので、遥子は克巳に、「井上さんって人から電話があったよ」と報告したそうだ。彼の反応を見るという意味もあったのだろう。夫は少し動揺しているようでした、と遥子は言った。

『私と目を合わせないで、「ああ、うん」みたいな……ごまかしてるっていうか、その話はしたくないみたいでした。かけ直さなくていいのって私が訊いても、急ぎじゃないから、なんて言って、スマホをしまっちゃって。隠し事をされている、と確信しました。勝手に電話に出たことを怒るとか、そういうことはなかったんですけど……なんだか、それも疑わしく思えて』

遥子はその場では、何も気づかないふりをしたそうだ。怪しんでいるそぶりを見せたら、克巳が警戒して、証拠をつかみにくくなるかもしれないと助言したのは私だ。遥子はそれに従ったことになるが、彼女は今になって、それが正しい対応だったのか自信が持てなくなったらしい。

『もしかして、浮気相手をつきとめるチャンスだったんでしょうか。問い詰めておけばよかったでしょうか』と不安そうに言葉を重ねる彼女をなだめて、やはり車やスマートフォンのGPS機能で、克巳が外出するときの行き先をチェックしてはどうかと再度アドバイスをした。それから、彼のスマートフォンを見る機会があったら、昨日かかってきたという女性の電話番号をメモしておくようにとも伝える。遥子はまだ事実を受け止めようと努力している段階で、証拠集めに積極的な様子ではなかったが、弁護士として、ただ慰めて終わりというわけにもいかない。それに何かすることがあったほうが、彼女もネガティブなループに陥らずに済むはずだ。

受話器を置いてから、すぐそばのデスクで別の事件の記録を読んでいた藤掛を見る。藤掛は、通話の間中こちらの様子をうかがっていたようだった。私の受け答えから、電話の相手が遥子だったことはわかっているだろう。私が彼女から聞いた話をすると、藤掛は残念そうに、そうですか、と言った。

「誤解だったならいいなって、思ってたんですけど……事実だったなら、これからの対応を考えなきゃですね。遥子さん自身、離婚したり慰謝料請求したり、そういうことをしたいと思っているような感じではないみたいでしたけど」

「不貞が事実かどうかもわからない段階では、弁護士にできることはないけど、不貞が事実なら、弁護士としては依頼者の利益を守るために動くだけだからね。何をするにしても証拠がないと戦えないから、やっぱり証拠を集めましょうって助言したけど」

藤掛の言うとおり、今回は、離婚して慰謝料を請求することが依頼人のためとは言い切れないかもしれない。少なくとも今、遥子はそんなことは望んでいないだろう。夫婦関係が壊れずに済むのならそれが一番だが、克巳の気持ちもある。人の気持ちは、どうすることもできない。遥子が夫の不貞を許して、これからも一緒にいたいと思ったとしても、克巳もそう思うかはわからない。遥子が不貞の事実に気づいたと知っても、克巳が相手の女性と別れるとは限らないのだ。

不貞の事実を暴《あば》きたてることで、夫婦関係は決定的に壊れてしまうかもしれない。波風を立てることを避けるため、不貞に気づかなかったふりをして、克巳の気持ちが戻るのを待つという選択肢もあるだろうが、彼女が耐え続けたところで克巳が女性と別れて戻ってくる保証もない。

遥子がどうしたいか、まずはそれをはっきりさせなければ具体的には動けないが、彼女自身の気持ちが決まるまでは、待つしかなかった。

「不貞が事実で、それが証拠から確認できたとしても……夫婦関係調整の方向で動くことになる可能性はありますよね」

「遥子さんがそう望めばね。相手次第だし、遥子さんの気持ちの上でも、完全に元通りとはいかないと思うけどね」

何しろ、不貞は不法な行為だ。

突き放したような言い方になったが、藤掛は反論したりはしなかった。そうですね、と静かに認めて目を伏せる。

「でも、やり直せるといいですね。どんな人でも、いつも正しいことばかりできるわけじゃないから」

どきりとした。二十代の青年にしては、実感がこもっている。私の中の藤掛千尋のイメージとは違っていた。

被害者の悟りのようにも、加害者の言い訳のようにも聞こえた。しかし、その通りだと思った。

今度は私が、そうだね、と答える。

過ちは消せないけれど、その後どうするかは選ぶことができる。克巳が過ちを悔いて、遥子がそれを許して、またやり直すことができたらいい。弁護士の本来の仕事とは違うかもしれないが、その手伝いができたらいい。

けれど私は、多くの場合、そんな風にはならないことを知っている。

＊＊＊

腕時計を見ると、六時四十五分だった。達哉との待ち合わせの時間は七時だ。郵便局に寄ることを考えて早めに出たが、思ったよりもすぐ用が済んでしまったので、ずいぶん早く着いてしまった。

達哉とは、駅ビルの地下エントランスで待ち合わせてそこから一緒に移動することになっていたが、ただぼんやりと待つのも時間の無駄だ。彼の事務所へ向かうことにする。どうせ、ここから歩いて数分の距離だ。

達哉が新しい事務所を開いたとき、あまりに鳥山事務所の近所なのでなんだか拍子抜けしたのを覚えている。私と会いやすいようにとそうしたわけではなく、単に、裁判所などにも近くて立地条件が良く法律事務所の多いエリアなのだ。

この辺りにはマンスリーマンションもたくさんあるから、かなりの数の修習生が住んでいるし、裁判官や検察官の宿舎も割と近くにあって、いつ誰に会うかわからず落ち着かない。だから、達哉と二人で会うときは、少し離れたところにある店を選んでいた。今日も、待ち合わせ場所だけ互いの事務所の近くにして、食事はタクシーで十五分ほどかかるレストランでとることになっている。

旅行が延期になったので、その埋め合わせとして達哉がセッティングしてくれたデートだった。店は、いつも使う店よりランクが上の、ちょっとした有名店だ。仕事帰りなので特別めかしこむことはできず、パンツスーツ姿だが、いつもより二センチだけ高いヒールの靴を履き、足首を出している。インナーも、柔らかい色と素材のものを選んだ。

ヒールの靴音を楽しみながら数分歩くと、達哉の事務所の入っているビルが見えてきた。

もうすぐ着くと連絡しておくつもりでスマートフォンを取り出し、メールが届いているのに気づいた。

達哉からだ。

仕事が長引いているとか、もう事務所を出たという連絡だろうか。前者なら待てばいいが、後者だったら、行き違いになってしまう。立ち止まりメールを開くと、最初に「ごめん」という文字が目に入った。

『ごめん、急用ができた。今日はキャンセルさせてください。今度説明する』

急いで打ったのだろう、タイトルのないメールの本文に、それだけ書いてある。

何かあったのか。仕事のトラブルだろうか。焦《あせ》っているのが伝わってきた。がっかりしたし、当日に、それもこんなギリギリの時間に何よ、という気持ちもあったが、仕方がない。こういうこともあるだろう。そういう仕事だ。息を吐いて、スマートフォンから顔を上げる。

了解、と返事を打ったが、すぐに送信するのは癪《しゃく》だったので、送信ボタンは押さずにおいた。約束の時間を過ぎるころまでは放っておこう。キャンセルはやむを得ないとしても、達哉には後数分間くらい、私が怒っているだろうかと不安でいてほしい。それくらいは許されるはずだった。

もう達哉の事務所はすぐそこだった。横断歩道を渡って、後数メートルの距離だ。しかし、会えないのに、この数メートルを歩いても意味はない。仕方がない、引き返そう——そう思ったときだった。

そのビルから、誰かが出てくるのが見えた。

達哉だ。「急用」のために出かけるところだろうか。声をかけようか、と一瞬迷い、決断する前に気がつく。達哉は一人ではなかった。レモンイエローのワンピースを着た、小柄な女性が一緒にいる。

依頼人ではないと、すぐにわかった。彼女は笑顔で、達哉の腕に自分の腕を絡《から》めている。

二人は駐車場へ向かうようだ。

こちらには気づいていない。

怒りも悲しみも湧《わ》いてこなかった。ただ、今すぐこの場から消えたい。それなのに、足が地面に貼《は》りついたように動かない。

あ。

達哉が、こちらを向く。

「澤田先生」

後ろから呼ばれて、はっとした。

声のほうを振り返ると、カジュアルな私服の藤掛が立っている。スーツでも私服でも、茶髪に赤い眼鏡はそのままだから、印象はさほど変わらなかった。にこにこと屈託なく話しかけてくる。

「お疲れ様です。今帰りですか？」

「……ああ、お疲れ様」

普通の声が出てほっとする。

みっともない顔をしてはいないだろうか。藤掛の様子からすると、大丈夫そうだ。

感情が表情に出にくいタイプなのが幸いした。

それに、達哉と一緒にいるところを見られたのでなくてよかった。

心臓は早鐘を打っていたが、意識して落ち着かせる。藤掛に声をかけられたことで、かえって取り乱さずにすんだ。

「ちょっと、夕食がてら……ぶらぶらしようかと思って。家、こっちの方向なの？」

藤掛は、達哉の顔を知らないはずだ。……弁護士会のイベントなどで、会っているだろうか。わからないが、少なくとも今は、気づいていないはず。私は話しながらさりげなく体の位置をずらして、藤掛の視界に達哉が入らないようにした。

「はい。一回家に帰ったんですけど、冷蔵庫の中カラだったんで、外で何か食べようと思って出てきたとこです」

弁護修習の期間は終わり、先月半ばから選択型実務修習期間に入っていた。その名の通り、修習先を自由に選択できる期間だから、藤掛は修習生の間しか入れない省庁や企業での修習を希望するかと思っていたのだが、彼はその期間のほとんどをホームグラウンドである鳥山事務所で過ごすことを選んだ。鳥山が担当している刑事事件の裁判員裁判に興味があると言っていたから、公判期日に傍聴しやすいようにそうしたのだろう。

藤掛は昨日まで三日間ほど、少年鑑別所や女子刑務所の見学に行っていた。その間は事務所には出勤していなかったが、明日から選択型修習期間が終わるまではずっと、鳥山事務所で修習する予定だった。まだ一週間ほどは、私は彼と机を並べることになる。

「定食屋でよければ、おいしいところ知ってるけど」

「あっ是非教えてください。ありがとうございます！」

藤掛の視線を誘導して、達哉たちのいたほうを見ないようにしながら、反対方向へ歩き出す。

少し歩いてからそっと振り返ってみたが、達哉とあの女性はもういなくなっていた。

私が藤掛に呼ばれて振り向く直前、達哉がこちらへ顔を向けたように思ったけれど、私に気づいたのかどうかはわからない。

藤掛と定食屋に入ってから未送信になっていたメールのことを思い出し、「了解」とだけ書いてあったものをそのまま送った。

私が焼き鮭《ざけ》定食を頼むと、藤掛も同じものを注文した。

すぐにお盆にのった料理が運ばれてくる。メインの焼き鮭にごはんと味噌汁《みそしる》、小鉢が二つついて、千円もしない。藤掛は嬉しそうに、「いただきます」と手を合わせてから食べ始めた。

「僕、和食が一番好きなんです。特に、焼き魚は何でも好きで」

「へえ。小洒落《こじゃれ》た店でイタリアンとか食べてそうだけど」

「あはは、イタリアンも食べますよ。友達と一緒のときとか」

藤掛は焼き鮭の皮をきれいに剝《は》がし、器用に食べている。意外なほど、箸《はし》使いがきれいだった。そういえば、旅館の息子だと言っていた。きちんとしつけられたのだろう。

私も焼き鮭の皮は好きだ。藤掛ほどうまくはできなかったが、箸で剝がしたそれを口に運ぶ。ぱりぱりと香ばしい。達哉は焼き鮭の皮を食べなかった。そんなことを思い出した。

「いいお店ですね。おいしいし、お店の人も感じがいいし」

「安いしね。修習生のころからお世話になってるよ」

昼でも夜でも同じ値段で定食が食べられるこの店を、私に教えてくれたのは達哉だった。私がまだ修習生で、彼が指導担当だったときのことだ。つきあい始めてからは、二人でこの店に入ったことはない。デートに使うような店ではなかった。でも、こういう店でその日あったことや係属中の事件のことを話していたときのほうが、私は彼を好きだったかもしれない。

達哉に腕を絡めていた女性の笑顔が頭に浮かんだ。達哉が彼女にどんな表情を向けていたかは、なぜか思い出せなかった。見たくなかったから、見なかったのかもしれない。

今、もしも一人だったら、定食屋になんて入らなかったし、食事もできていなかっただろう。きっと何も食べずに部屋にこもって、一人で、考えても仕方のないことに思いを巡らせていた。笑顔で修習生仲間の笑い話を聞かせてくれる藤掛に、適当な相《あい》槌《づち》を打ちながら、そんなことを思った。

そういえば藤掛には笑顔のイメージしかない。初対面のときは、へらへらとした男だと思ったけれど、いつも笑顔でいるなんて、意識しないでできることじゃない。意識したって、私にはできない。

焼き鮭をほぐしながら、正面に座って漬物を食べている藤掛を観察した。

コミュニケーション能力は、弁護士にとっては大きな武器だ。時には相手を油断させて不意をつくことも、硬くなっている相手をリラックスさせて信頼してもらうこともできる。

軽そうに見える第一印象のハンデをカバーできるだけの能力が、藤掛にはある。しかし、だからといって、ハンデを抱えたままでいる必要はないはずだ。藤掛の足を引っ張っているのは髪の色や身につけるものだけだ。変えようと思えばすぐにでも変えられるそれらを、そのままにしているのはもったいないような気もした。依頼者にも同業者にも、茶髪なんてけしからん、男がちゃらちゃらするべきではない、と時代遅れなことを言う人たちは一定数いる。実力で印象を好転させられる自信があるのだとしても、その分余計な労力を使うことになるし、何より自身が嫌な思いをすることになるだろう。

見た目さえもっと万人受けするように変えれば、仕事に限らずすべてが今以上にやりやすくなるだろう。藤掛のような頭の回る人間が、それに気づいていないはずもないのに。

「その赤いフレームの眼鏡、」

黒かチタンフレームにでも替えれば多少弁護士らしくなる。それに、そのほうが一般受けするだろう。そう思ったらつい口に出てしまったが、さすがに余計なお世話だと気づいて途中で止《や》める。

「似合うね」

かわりに、そう続けた。

藤掛の表情がぱっと輝く。もともと笑顔ではあったが、よりいっそう嬉しそうに白い歯を見せて、ほんとですか、と言った。

「やったあ、ありがとうございます！　お気に入りなんですよ」

赤いフレームに手をやり、へへ、と子どものように笑う。予想以上に素直な反応に、思わず釣られて笑ってしまった。

そうか、彼自身が、今の自分を気に入っているのか。

否定されることがあっても——むしろ、否定されることが多いからこそ、受け容《い》れられたときには嬉しい。それはわかる気がした。

第一印象で損をしていると、よく言われるのは私も同じだ。もっと若いころに、どうにかしようと考えたことがないわけではないが、無理をしてもどうせすぐにぼろが出る。後でがっかりされるくらいならと、最初から装《よそお》わずにいることにした。半ば意地になっていたところもあるが、私にとってはこれが自然だった。

いつもスカートではなくパンツスーツなのも、短い髪も、自分に合うと思って気に入っている。好きでそうしている。そのせいで自分を敬遠する人がいたとしても、それは仕方がないし、仕事の上でマイナスになるなら、実力でその分を埋めればいいと思っていた。

藤掛の茶色い髪や眼鏡も、それと同じなのだろう。確かにそれは彼によく似合っていた。

自分に合う、心地いい、だから誰に何と言われてもやめない。好きというのは、そういうことだったかもしれない。

達哉のことも、そう思っていた。おまえといると何かしっくりくるよと言われて嬉しかった。可愛《かわい》げも愛想もないままの自分でも、好きだと言ってくれて、すべてが報われたような気持ちだった。

ついさっきの光景をまた思い出す。私との約束をキャンセルして、ほかの女性と腕を組んで歩いていた達哉を見た瞬間はショックだったけれど、思ったほど尾を引いてはいない。こういう日が来ることを、私は予想していたのだ。

疲れを感じることなく誰かを好きでい続けることは、思っていたよりも難しい。

私は本当は、もうずいぶん前から疲れていたのかもしれない。

茶碗《ちゃわん》にこんもりと盛られていたごはんが残り少なくなったころ、店に入ってきた若い女性客が、私と藤掛のいるテーブルの前を通り過ぎた。

目が合って、あ、と思う。

見覚えがあった。以前藤掛と一緒にアパートの部屋に入っていった、あの女性だ。

彼女に背を向ける形で座っていた藤掛も私の視線を追うように振り向いて、笑顔になった。

「押野《おしの》さん。こんばんはー」

「……こんばんは。失礼します」

彼女は小声で挨拶《あいさつ》を返すと、こちらに会釈《えしゃく》をして、そそくさと店の奥のほうの席へ行ってしまう。その表情は硬く、どことなく動きもぎこちなかった。私がいるので気を遣ったのかもしれないが、彼女の反応を見る限り、二人は順調に交際している男女のようには見えない。

藤掛にとっては一夜限りの遊びだったのか、それとも、あの後藤掛が彼女を置いて飲み会に行ってしまったことで関係が悪化したのか――そのどちらだとしても、そんな状況で彼女に笑顔で声をかけるというのは、相当面《つら》の皮が厚くなければできない。

プライベートには口を出さないと決めたのに、つい、藤掛に向ける目が厳しくなる。

藤掛が顔を戻しかけたので、私は視線を逸《そ》らした。理由も説明せずに、ただ睨《にら》んだり、当たりを強くしたりするのは理不尽だろう。

彼より早く食べ終わり、会計をする前に手洗いに立った。

食後の一服をしたいところだったが、一緒に来ている相手を待たせてまで吸うのは申し訳ないし、我慢できないほど依存もしていない。会計を済ませたらさっさと帰って、家で吸うか。そう思いながら女子トイレのドアを開けると、定食屋にしては広くスペースをとられた手洗い場に、ハンカチを持った彼女——押野がいた。

私を見て気まずそうに目を逸らし、形だけ会釈して立ち去ろうとする彼女を、思わず呼びとめる。

「押野さん？　ですよね」

他人に威圧感を与えがちだと自覚しているので、なるべく優しい声を出したつもりだった。しかし振り向いた彼女は、何を言われるのだろう、と警戒するような表情をしている。

——まさか、私と藤掛の関係を誤解しているんじゃないだろうな。

「ごめんなさい、いきなり。以前、藤掛と一緒にいるのを見たことがあって……つきあってるのかなと思ってたから」

何と切り出すか迷ったが、結局ストレートに訊《き》いた。回りくどいことを言っているうちに逃げられてしまっては意味がない。

「そんなことないと思うけど、もし誤解してたら悪いなと思って。藤掛とは、さっき外でたまたま会って……」

「いえ、あの、違います」

押野は驚いた顔をした後、慌《あわ》てた様子で私の言葉を遮った。

「私、藤掛さんとはつきあってないです」

前提を否定されて、一瞬言葉を失う。

では私が見かけたのは、やはりあの夜限りのことだったのか、と思ったが、それなら彼女も、「つきあっていない」と断言せずにお茶を濁すのではないか。この否定の仕方は、おそらく、藤掛とはまったく恋愛関係にないという意味だ。

「……そうなんだ」

一拍置いて、間抜けな相槌を打った。

他人の恋路に首を突っ込むような品のないことはするまいと思っていたのに、結局声をかけてしまったうえに、思い込みだったなんて。頭が冷えると、急に恥ずかしくなる。

「さっき何か、気まずそうだったから……ごめん、勘違いだった」

穴があったら入りたいと思いながら、押野に頭を下げた。

じゃ、と言って個室の扉に手をかけると、

「さっきのは」

今度は彼女が、私を呼びとめる。

「……藤掛さんに申し訳なくて、顔を見られなかったんです。藤掛さん、飲み会で私が彼氏とのこと愚痴ってたら、相談に乗ってくれて、飲みすぎた私を家まで送ってくれて……すごく迷惑かけちゃったから」

「迷惑？」

私が二人を見かけた夜のことだろう。確かに、あのとき押野はかなり酔っているようだった。

彼女は恥じ入るように下を向く。

「私、その……藤掛さんの服を汚してしまって。藤掛さん、その後別の飲み会に呼ばれていたのに。しかも、床の掃除までさせちゃうし、本当に……」

迷惑をかけたというのが具体的にどのような状況だったのか、朧《おぼろ》げながら理解できた。

服や髪が濡れていたのもそのせいか。彼女の部屋で、汚れた箇所を洗ったのだろう。

勝手に誤解をして、遊び人だと決めつけて、藤掛には悪いことをした。

うなだれている押野を見ていると、彼女に対しても、申し訳なさが湧いてくる。

こんなことは知られたくなかったに違いない。だからさっきも逃げるように目を逸らしたのだろうに、私が藤掛のことを誤解しているとわかって、彼の名誉のために話してくれたのだ。

「多分、本人は気にしてないと思うから大丈夫じゃない。……本当に、変な誤解してごめんなさい」

「いえ、私こそ、さっきはちゃんとご挨拶もしないで、失礼しました。藤掛さんには、改めてお礼を伝えて、謝ります」

もう一度ぺこりと頭を下げて、押野はトイレから出ていった。

私が席に戻ると、藤掛は食事を終えていた。

さっき席を立ったときはすぐに会計をするつもりだったが、今は、もう少し彼と話したい気分だった。私は藤掛の向かいに腰を下ろす。

店内を見回したが、私の位置からは、押野の姿は見えなかった。

「今、押野さんと話したよ。一緒に飲んだとき、酔っぱらって迷惑かけて申し訳なかったって言ってた」

「なんだ、そんな前のこと、気にしなくていいのに。ちょっと愚痴を聞いたくらいなんですよ」

女の子に悩み相談されること結構あって、慣れてるんです、と藤掛は朗らかに笑う。

「ホスピタリティの塊なんで、僕。旅館の息子だけに」

「迷惑」の内容については、言うつもりもないらしかった。

私に、遊び人だと思われていたことや、押野との仲を邪推されていたことは、聡《さと》い彼なら気づいているだろう。私が「ビール飲む？」と訊くと、藤掛はその意を察したかのように「いただきます」と応《こた》える。

すべてにおいて、気を遣われている気がする。

私は追加注文したビールが運ばれてきたタイミングで、「誤解しててごめん」と言った。

藤掛はやはり笑顔で、「いえいえ」と軽やかに受ける。

かちんとグラスを合わせ、お互いに一口――喉《のど》を鳴らしながらの一口で、グラスの中身は三分の二ほどまで減る――飲んでから、ぷはあ、と吐く息がそろった。ついさっきあんなことがあったばかりなのに、その瞬間、すっきりと気分は晴れていた。

一時的なものかもしれないが、だとしても、ビールの力はすごい。いや、ビールの力だけではないのかもしれない。

「そうだ、ご相談しようと思ってたんですけど——千葉さんの件で、ちょっと考えてることがあって」

ふいに、藤掛がそんなことを言い出した。突然話題が変わって一瞬戸惑ったが、私としても、このままプライベートの話を続けるより、仕事のことに話題が移るのはありがたい。

私が、何、と言うと、藤掛は周りを気にしてだろう、声のトーンを落として続けた。

「遥子さんじゃなくて、克巳さんと話ってできませんか？　できれば電話とかじゃなくて、事務所に来てもらって」

「直接会って探りを入れるってこと？　そんなことしたら、警戒されるんじゃない？」

遥子の許可を得て会うのなら、会うこと自体は問題ないだろうが、証拠のないまま弁護士が克巳を問い詰めるわけにもいかない。確信を持っているのならともかく、今はまだ、不貞の事実があったのかどうかもわからない状況なのだ。

「面と向かって問い詰めたりはしません。僕が克巳さんと会ったせいで遥子さんが困ることにならないように、十分気をつけますから」

藤掛はビールのグラスを定食のお盆の上に置いて言った。

もし、不貞を疑っていることに気づかれないようにうまく話ができるなら、デメリットは何もない。藤掛はそのあたりの調整はうまそうだ。

電話の女性が不貞相手なのか、そもそも、不貞関係はあるのかどうか——そこを確かめない限り、私たちも動きようがない。探ってみてくださいと伝えはしたが、遥子には無理かもしれないと、私は薄々気づいていた。

確かめるのが怖いという彼女の気持ちはわかるが、かといって、このまま何もせずにいるのがいいとも思えない。はっきりさせずにおけば、決定的な破綻《はたん》には至らないかもしれないが、疑いを持ったままでいるのも辛《つら》いはずだ。この不安定な状態が、遥子のストレスになっていることは間違いなかった。

私は考えた後、もう一口ビールを飲んで、グラスを置く。

「あらかじめ遥子さんに了承を得てからなら、いいよ。彼女、自分では訊けないから、むしろ私たちから訊いてほしいって思ってるかもしれないし——どこまで克巳さんに話していいのかは、ちゃんと遥子さんに細かく確認しておく必要があるけど」

でも、どうして急に？

口には出さなかったが、私がそう思ったのを感じ取ったらしい。藤掛はグラスをつ

かみ、

「考えすぎかもしれないんですけど」

　と先回りして答えた。そう言う割に、自信がなさそうには見えない。

「気になってる、というか……思いついたことがあるんです。それを、確かめたくて」

＊＊＊

　預かっていた交通事故関連の書類を返却するという名目で、千葉克巳を事務所に呼んだ。遥子には話を通してある。自分は用があって行けないから、代わりに書類を受け取ってきてと、彼女から克巳に頼んでもらった。「ご足労いただいて……」と言いかけた私に、「いえいえ、仕事の帰りに寄っただけですから」と克巳は手を振り、恐縮した様子で頭を下げた。

「その節は、本当にありがとうございました。これまで生きてきて、弁護士さんに相談するなんて初めてだったので最初は緊張しましたけど……お願いして本当によかったです。親切にしていただいて、弁護士さんってこんなに頼りになるんだって驚きました」

「そう言っていただけると、私も嬉しいです」

思いがけず感謝されて、くすぐったくなる。今日は目的があって来てもらったので、喜んでいる場合ではないのだが、そんなことを言われると、やっぱり嬉しかった。

私たちの依頼人は遥子で、直接的には彼を助けたわけではない。それでも彼は、自分のことのように感謝してくれている。この人が、不貞行為をして妻を蔑《ないがし》ろにするような人間だとは思えなかった。

しかし、いい人であることと、不貞をしているかどうかは関係がない。自分の心証だけで判断すべきではない。私は緩みかけた口元に力を入れ、表情を引き締める。

「人損の損害賠償金は先週送金済ですが、ご確認いただけましたか」

「はい、妻が確認したようです。ありがとうございました」

賠償金の振り込み先は遥子名義の口座だから、克巳は関知していないようだ。彼は、それを不満に思っている様子もない。

藤掛は、私が克巳と話している間は黙って彼を観察していたが、

「千葉さん……克巳さんとお話をしていると、遥子さんのことを気づかって、とても大事に思ってらっしゃるのが伝わってきます」

会話が途切れたタイミングで、にこやかに、そんなことを言い出した。克巳は、いやあ、と照れたように頭に手をやる。藤掛は笑顔のまま、両手の指をテーブルの上で組んで克巳を見ている。

「代理人がつく前は、克巳さんが保険会社とやりとりをされていたんですよね。遥子さんも、克巳さんを頼りにされていると思います。だからこそ、ご自身の悩みについては遥子さんに言えないこともあるんじゃないかと、それが心配です」

克巳が、最後の一言に、えっという顔をする。話の方向が急に変わったことに気づいたようだ。

藤掛は克巳から目を逸らさずに続ける。

「失礼な仮定で申し訳ないですが、もしも克巳さんが何か過ちを犯したとしても――遥子さんの、克巳さんへの気持ちが変わるなんてことはないと思います。でも、克巳さんとしては、心配をかけたくないとか迷惑をかけたくないとか――幻滅されたくないとか、そういう思いから、大事な人だからこそ相談できない、ということもあるんじゃないかと思って」

何か含みがあるのはわかったが、それが何なのかは、私にはわからない。不貞のことを言っているようにも聞こえるし、そうでないようにも聞こえる。しかしどうやら、克巳には伝わっているようだった。彼は最初は困惑した様子だったが、次第に表情を硬くし、「何の話ですか」と尋ねることもなく、藤掛の話を聞いている。

「これは私の勘のようなもので……遥子さんの事故とは無関係ですし、余計なお世話かとは思ったんですが」

藤掛は一度言葉を切り、

「遥子さんに言えずにいることが、あるんじゃありませんか？」

静かに切り込んだ。

克巳は、すぐには答えない。数秒の沈黙があったが、藤掛は黙って待っている。

克巳はきゅっと唇を結んだ後、目を閉じて、小さく息を吸った。

そして、実は、と口を開いた。

＊＊＊

克巳に事務所へ来てもらった翌日、遥子からお礼の電話がかかってきた。

克巳が帰っていった後、遥子には私から電話をして、「克巳さんから、遥子さんにお話があるそうです」とだけ伝えていた。克巳は無事、誤解を解くことができたらしい。

彼女は電話口で何度も、ありがとうございましたと繰り返した。直接ご挨拶に、とも言われたが、それには及びませんと丁重にお断りする。交通事故の物損の件が解決したときに、すでに克巳に洋菓子を持ってお礼に来てもらっている。

お騒がせしましたと恐縮した様子の彼女に、よかったですね、と言って通話を終えた。本当にそう思っていたからか、私にしてはずいぶんと柔らかい声が出て、自分でも驚いた。

「千葉さん、仲直りできたって。ちゃんと話せるか心配だったけど」

受話器を置いて、藤掛に報告する。藤掛はほっとした様子で、そうですか、よかった、と笑顔になった。

「あ、千葉さん？　解決？　よかったね」

コーヒーカップを持った鳥山が通りかかって、呑気《のんき》な感想を述べる。私は、はい、とうなずいた。まさしく、解決だった。

昨日、面談室で藤掛が克巳から聞き出した。藤掛の思っていたとおり、克巳は、妻を裏切ってはいなかった。ただ、彼女に隠し事をしていた。

借金があるのだそうだ。事業をやっている実兄に頼まれて消費者金融から借り入れをしたのがきっかけで、その返済のために他の消費者金融や信販会社から借りることを繰り返した結果、金額は二百万円ほどに膨らんだ。交通事故に遭って通院中の妻には言えなかったらしい。

　しかし、彼は妻が法律事務所に相談に行くのに付き添って、生まれて初めて弁護士と会って話し、自分の悩みも弁護士に相談することで解決するのでは、と思いついたのだという。

　遥子には知られたくなかったから、彼女の代理人をしている私たちに依頼するわけにはいかず、インターネットで見つけた法律事務所に、一人で相談に行った。今は債務整理の手続き中で、月々無理のない金額を返していくことで消費者金融と和解ができそうだと、克巳は話していた。遥子の電話によれば、来月から分割で支払っていくことで相手方とは話がついたらしい。

　何故《なぜ》もっと早く自分に相談してくれなかったのかと、その点については夫に怒ったが、不貞ではなかったとわかって安心したと、遥子は言っていた。克巳は自分で返すと言っているが、遥子は交通事故の賠償金で、一部を繰り上げ返済することも考えているそうだ。

　克巳は、心配をかけたくない、幻滅されたくないという思いから彼女に借金を隠していたようだが、無用な心配だったわけだ。あの夫婦はもう大丈夫だろう。

「それにしてもよく気づいたねえ。藤掛くん、なんでわかったの」

「もしかしてって思ったのが、たまたま当たっていただけです。克巳さんは浮気なんてしそうに見えなかったけど……遥子さんの話を聞いて、確かに行動に不審なところはあるのかなって思って。それなら、何か隠し事とか、後ろめたいことがあったりするんじゃないかって……不貞じゃないけど知られたくないことってなんだろうって考えたら、思い当たったんです」

鳥山に褒められて、藤掛は照れくさそうに答える。

「依頼人に電話してご家族が出たとき、家族に内緒の依頼だと、法律事務所ですって名乗れないこと、あるじゃないですか。僕も、振り込め詐欺《さぎ》に間違われたりしました し……遥子さんがとってしまった電話で、相手の女性が用件を言わなかったって聞いて、思いついたんです」

「ああ、なるほどねえ」

そういえば、藤掛が債権回収のために電話をかけた相手に怪しまれて、珍しく焦《あせ》った様子でいたのを覚えている。相手が返済をしていない債務者だからといって、その家族に対して「あなたの家族が払うべきお金を払っていないので、その回収を依頼された弁護士です」と伝えてしまっていいものか、判断に迷ったのだと、後で言っていた。いつも立て板に水で話す彼が、電話でしどろもどろになっていたのが珍しくて、印象に残っている。

私は個人的には、債務者の家族に対しては、弁護士であると名乗っていいと思っている。もちろんケースによるが、依頼人でもない債務者にそこまで気を遣う必要はないし、家族から説得してもらうことで債権回収がスムーズにいくこともある。しかし、依頼人の家族に対してはそうはいかない。私だって、家族に秘密で債務を整理したいという依頼を受けたら、その家族に知られないように慎重に行動するし、もし依頼人の携帯電話にかけて家族が出たら、弁護士だとは名乗らないだろう。その結果、「何の用かも言わない、知らない女から電話がかかってきた」という疑惑の種を家族に残してしまうというのは、なるほど、ありそうな話だった。

「でも、本当に誤解でよかったです。事務所としての仕事はなくなっちゃいましたけどね」

「そうだね。よかった」

素直にそう思えた。

基本的に法律は、当人たちの信頼関係が壊れた状況下で持ち出されるものだ。弁護士へ持ち込まれた時点で、ほとんどの場合、人間関係は破綻しているか、破綻に近いところまで行っていて、円満に解決できることは滅多にない。夫婦が本当は愛し合っていて、誤解が解けてめでたしめでたしなんて、こんなケースは例外中の例外だ。

だからこそ、今回の結末を、私はこの先ずっと忘れないだろう。

克巳が遥子を裏切っていたのでなくてよかった。

些細《ささい》な誤解から二人の関係が壊れてしまうようなことにならなくてよかった。

私たちが法律という武器を携えて介入して、取り返しのつかないことにならなくてよかった。

千葉夫婦の話を聞いたのが私だけだったら——藤掛が一緒でなかったら、この件はハッピーエンドにはならなかったかもしれないと、わかっていた。

「選択型修習も、もう終わるね。藤掛くんがここにいるのも、今週いっぱいかあ。寂しいけど、あと数日よろしくね。金曜の打ち上げには、僕も行くから」

「はい、ありがとうございます。こちらこそ、よろしくお願いします」

「あ、鳥山先生。後でちょっと、ご相談したいことが」

私は、コーヒーを持って自分の執務室へ戻ろうとしていた鳥山を呼び止める。彼は振り向いて、「じゃあ、いつでもいいので僕のデスクに来てください」とにっこりした。相談内容はわかっている、という顔をしていた。

鳥山がいなくなってから、藤掛は私を見て、

「金曜の打ち上げ、澤田先生は不参加なんですよね」

少し残念そうに言う。

今週金曜には、弁護士会全体で、実務修習の打ち上げの懇親会がある。裁判所、検察庁、法律事務所での修習の後、さらに一か月半の選択型修習も終えた修習生たちは、来週から、和光市にある司法研修所へ移動して集合修習を受けることになっている。その前の最後の宴であり、修習地で出会った指導担当たちとの別れの会だ。店を一軒借り切っての大人数の懇親会になる予定だった。

修習生側の幹事は藤掛で、確か、弁護士側の幹事は私の同期の男性弁護士だったはずだ。一応会費制ということになっているが、修習生を受け入れた事務所の弁護士たちが分担してほとんどの費用を持つのが通例なので、会計を割る頭数のため、参加する弁護士は多ければ多いほどいい。私も声をかけられたが、そのときは断ったのだ。

私は手帳を出して、今週金曜の予定表を見る。「T」と、小さくボールペンで書いてあった。達哉と会う予定の日につけている印だ。我ながら素っ気ないと思うが、ハートの予定日にハートマークを描くような可愛さはない。そんな風になりたいとも思

わない。

人に、可愛いと言われたり思われたりしたいわけではない――はずだった。けれど、つきあい始める前、初めて達哉に可愛いと言われたときは、嬉しかった。

そんなことで簡単に、私は達哉を好きになった。

そのままの私を可愛いと言ってくれる男性は、達哉のほかには現れないかもしれないなんて、馬鹿《ばか》なことを思った。そう思っているのは私の中の一番馬鹿な私だったけれど、それも私だった。

「……いや、行くよ。ちょっと遅れるかもしれないけど」

手帳を閉じて答えた。

千葉夫妻のようなハッピーエンドは、望めないとわかっていても――私も、向き合わなければいけない。

＊＊＊

本当は気づいていた。

デートをキャンセルした日、達哉が矢島弁護士とゴルフには行っていなかったことも、旅行がダメになったのは仕事のせいじゃないことも。

気づいた時点で、すっぱりとあきらめるべきだったのだ。

他人のことだったら、間違いなく、そうすべきだと助言しただろう。

どうするのが正しいのかわかっていたのに、私はそれを選べなかった。

自分が思っていたよりも馬鹿な女だったことに、達哉とつきあっている間中、失望していた。

こんなに時間がかかってしまった。

金曜日の夜、飾り気のないスーツ姿で待ち合わせ場所に行くと、達哉は笑顔で手を挙げ——私の顔を見てすぐに、いつもと様子が違うと気づいたようだった。

私はできるだけ深刻にならないように、いつもの調子で、話があると告げる。達哉はうなずいて姿勢を正し、静かに私の話を聞いてくれた。

私も達哉も、取り乱したり怒ったりはしなかった。

お互いに、いつかこうなると知っていたし、そのときが来たのだと、もう終わりなのだと、わかっていた。

最後に達哉は、頭を下げて私に謝った。

最後まで私は彼を嫌いになれなかった。

ずるい男だけれど、言い訳をしなかったことだけが救いだった。

私も達哉もプロだから、弁護士会や裁判所で顔を合わせたとしても、今後はただの同業者としてふるまうことができるだろう。

別れるとき、奥さんと仲良くね、と言いかけてやめた。いくらなんでも皮肉が過ぎる。

三十分ほど遅れて打ち上げ会場の創作居酒屋へ行くと、三時間の飲み放題コースなのに、すでに宴もたけなわといえるほど盛り上がっていた。

店員がせわしなく店内を行き来し、次々と新しい飲み物を運んでくる。修習生たちの飲むピッチはかなり速いようだ。実務修習を終えた彼らは、これから和光市の司法研修所へ移り、集合修習を受けることになる。そうなれば遊んでいる暇はなくなるから、最後に思う存分飲んでおきたいのだろう。その気持ちは理解できた。

藤掛の茶色い髪は人の多い店内でも目立って、すぐに見つかったが、彼のいるテーブルはすでに埋まっている。藤掛が私に気づいて会釈したので、軽く手を挙げて応えてから、別のテーブルの空いている席に座った。弁護士サイドの幹事役の同期が、「お疲れ」と声をかけてくれる。

「澤田は不参加かと思ってたよ。前に、用があるって言ってただろ」

「ああ、うん。済ませてきた」

短く答えて、その一言が思いのほかすんなりと、痛みを伴わず出て来たことに自分で少し驚いた。

そう、もう済んだことだった。

初めて会ったときから、達哉は大人の男で、仕事のできる弁護士で、自分なんて相手にされるわけがないと思っていたから、好きだと言われたときは本当に嬉しかった。舞い上がってしまって、私だけ？　とも、本気なの？　とも、あえて聞かなかった。不安なのに聞かなかったのだ。確認しなかった。たぶん、確認したくなかったのだ。

彼も、はっきりしたことは何も言わなかった。お互いに、できることならそこに触れずにいたいと思っていた。

達哉には妻がいた。彼は指輪をしていなかったし、共働きの妻は仕事の関係で単身赴任中だったが、結婚していること自体は秘密ではなかった。鳥山も事務員たちも知っていた。私がいるところで話題に上ることがなかっただけだ。

私は、知ろうと思えばいつでもそれを知ることができた。あえてはっきりさせないまま踏み込んで恋愛関係になったのは、そうしたかったからだ。知ってしまったら、踏み出せなくなると思ったから。

おそらく既婚者なのだろうと思っていても、確認する前なら、自分に言い訳ができる。私は望んで退路を断ったのだ。

だから、恋人同士になった後で妻の存在がわかったときも、私は達哉を問い詰めたりはしなかった。薄々感じていた疑念から目を背けて、自分から袋小路に入り込んだくせに、逃げ道をふさがれた被害者のように怒ったり泣いたりするのは見苦しいと思った。達哉はずるい男だったが、ずるいのは私も同じだった。

私はまるで、すべて飲み込んで納得しているかのようにふるまい、達哉との関係を続けた。

弁護士としても一人の人間としても誤った選択だったし、私らしくもない。

けれど藤掛の言ったとおり、人はいつも正しいことばかり選べるわけではない。後悔しているし、愚かだと思うけれど、そうすることを選んだのは私だ。

終わらせることを決めたのも、私だった。

「澤田先生、お疲れ様です。来てくださってありがとうございます！」

藤掛が席を立って、わざわざこちらへ挨拶をしに来てくれる。手には飲みかけの赤いカクテルの入ったグラスを持っていた。果物が浮いていて、随分と甘そうだ。その浮かれた色合いは赤いフレームの眼鏡や茶髪に似合いすぎていて、まるで撮影用の小道具のように見える。

「飲み物、何にしますか？　注文までですよね」

「気にしなくていいよ、このへんの適当に飲んでるから」

私は伏せたままになっていたグラスをとって、中身が半分ほど残っているビール瓶に手を伸ばした。指先が触れた瓶はまだ十分に冷たい。藤掛が私より先に瓶をとって、グラスに注いでくれた。さすが旅館の息子というべきか、慣れた手つきだ。

「ありがと」

「いえ。改めて、お疲れ様でーす」

かちんとグラスを合わせる。藤掛の派手な色のカクテルは、シロップのような甘い香りがした。

私はビールに口をつけながら店内を見まわす。鳥山を探したのだが、見当たらなかった。まだ来ていないようだ。いつものことだった。若い弁護士や修習生の集まりがあると、最後のほうに顔を出して、ちょっと飲んで、多めに代金を払って帰る。そういう人だ。

「……しょうがないか」

「はい？」

藤掛に話があった。本当は、鳥山と一緒にと思っていたのだが、藤掛がまだ素面《しらふ》のうちに話しておきたい。

あのね、と私が言いかけたときだった。

奥のテーブルで、「皆さん注目ー！」と声があがった。

藤掛と二人してそちらに目を向けると、見覚えのある眼鏡をかけた修習生が、周りの仲間に何やらはやしたてられている。以前、裁判所で藤掛と一緒にいるところを見た、真面目《まじめ》そうな男子修習生だった。顔が赤いので飲んではいる様子だが、酔っぱらっているようにも見えない。プライベートなことだ、とか、先生方には関係がない、とか言っている声も聞こえたが、

「風間くんから、皆さんに発表があるそうでーす！　どうぞっ」

隣の席の男子に重ねて言われ、結局、風間が根負けした形になったようだ。しぶしぶ、といった様子で立ち上がった。

彼は片手にグラスを持ち、もう片方の手で眼鏡の位置を直し、口を開く。

「……四班の風間です。あー……私事ですが、このたび、修習仲間の……二班の水木《みずき》奈帆《なほ》さんとおつきあいすることになりました」

なんとも微笑《ほほえ》ましい報告に、おおっと歓声があがった。

店内は広いので、全員が静まり返って注目しているわけではない。彼に気づかず話し続けているグループもいた。それでも、かなり多くのテーブルから拍手が起こる。風間と同じテーブルの面々はすでに報告を受けていたらしく、言った！　いいぞー！　お似合い！　おめでとう！　等と祝福の声が飛んだ。そのテーブルには、特に酒飲みがそろっているらしい。空いた瓶の数が、どのテーブルよりも多かった。

風間の左隣の席にいる女子修習生が、おそらく彼の交際相手なのだろう。眉尻《まゆじり》を下げ、困った顔で笑っている。風間は歓声が鎮《しず》まるのを待ってから再び眼鏡に手をやり、

「ありがとうございます。もちろん、まだ修習中の身ですので、浮かれることなく、集合修習に向けて、よりいっそう励んでいきたいと思っていますので、ご指導ご鞭撻《べんたつ》のほどを……」

冗談かと思うほど真面目なコメントで交際発表をしめくくろうとしたが、とたんに「硬い！」「つまんねーぞ！」という声が左右から飛んだ。

反論しようとしたのだろう、風間が口を開いたが、それを遮るかのように、

「キース！　キース！」

今度は、そんなリズムを付けた掛け声があがる。

いやそれは、と風間が言いかけたそばから、手拍子と一緒に酔っ払いたちの掛け声は重なっていった。

風間の左隣の彼女は、焦った表情で周囲を見回している。彼女が怒っていたり泣きそうになっていたりすれば、誰かが周囲を止めたかもしれないが、彼女も周りの空気を読んで、本気で嫌がって拒絶することを躊躇《ちゅうちょ》しているのだろう。はっきりと拒絶の意思を示していないからといって嫌がっていないことにはならないはずだが、あの反応では、「照れているだけで嫌がってはいないからいいだろう」と解釈されてしまう。ましてや相手は酔っ払いたちだ。

しかしさすがに、悪ノリが過ぎる。

セクハラじゃないのか、あれは、と思っているのは私だけではないはずだが、修習生たちは皆、打ち上げのこの盛り上がった雰囲気に水を差してまで、やめなよとは言いにくいのだろう。これからも集合修習で一緒になるメンバーだ。場をしらけさせるのは避けたい、と考えてしまうのは理解できなくもない。

私の同期や先輩弁護士たちも、苦笑しながら眺めていた。口を出す気はなさそうだ。

——仕方ない、憎まれ役は私が買って出るか。

私が声をあげようとした、そのときだった。

私のそばにいた藤掛が、さっと掛け声の中へ飛び込んだ。

「はいはいはーいちゅうもーく皆さんの藤掛クンですよー」

そんなことを言いながら両手をあげてぱたぱたと手のひらを前へ倒し、掛け声と手拍子を止め――静かになった次の瞬間に、風間の頭をがしりとつかんで、彼の口に自分の口を押しつけた。軽く触れるだけではすませず、たっぷり三秒はたってから離れる。

歓声と悲鳴と爆笑が沸き起こった。

藤掛は「どーもー」などとへらへら笑いながら再び両手をあげて歓声に応え、手拍子の音頭を取っていた男子修習生の隣に腰を下ろす。肩を組み、「飲んでるう？」などと親しげに言葉を交わし始めた。

「風間くんばっかりモテんのズルくなーい？　俺のとこにも春が来ないかなー。そーだこないだ言ってた合コンのことなんだけど」

「藤掛おまえ飲みすぎだろー」

そんな会話が聞こえてくる。その横で、そっと風間が席に着くのも見えた。

藤掛が横入りして主役を奪った形になったが、風間も左隣の彼女も、明らかにほっとした顔をしていた。

「おまえんとこの修習生だろ、あいつやるなあ」

同期に言われて、「そうだね」と、なんとなく誇らしいような気持ちで答える。

私がグラスに半分ほど残ったビールを飲み干すと、彼は手を挙げて店員を呼んでくれた。焼酎《しょうちゅう》水割りを注文する。

「どうだった、指導担当は」

「悪くなかったよ」

正直に言うと、同期が意外そうに眉をあげた。

焼酎が運ばれてくる。私はすぐにグラスに口をつけ、大して酔ってもいないくせに酔ったふりをして騒いでいる藤掛を眺めた。

どうやってこちらへ呼ぼう。チャンスは二次会だろうか。彼のまわりにはいつも人がいるから、明日以降に改めて、鳥山と三人の席を設けたほうがいいかもしれない。

——そういえば、私から、玉砕覚悟で誰かに想《おも》いを伝えたことは一度もなかった。これが初めてということになる。

少し緊張していたが、悪くない気分だった。

藤掛千尋はそれに値する男だ。

弁護士として、うちの事務所に来ないか。

なんとか藤掛を近くへ呼び、そう切り出すタイミングをはかっている。

第二章　ガールズトーク

審判の調書を作るためにパソコンのキーを叩《たた》く指先は、クリームイエローに塗られている。指先は、最もよく自分の目に入る部分だ。仕事中のテンションに影響するから、こまめに塗りなおすようにしている。淡い黄色のネイルカラーは、先週買ったばかりの新色だった。

ムラなくきれいに塗れているし、アクセントに貼《は》ったネイルシールも利《き》いている。百円ショップで買ったシールだとは思えない。裁判所書記官になっていなかったら、ネイリストも向いていたかもしれない。裁判所職員総合研修所の入所試験に合格して研修を受けて、やっと手にした書記官の地位を、手放すつもりなんてないけれど。

「——ということですが、間違いないですか？」

裁判官の確認に、両親と並んで座った少年——少年事件において、罪を犯した未成年者は、男女関係なく「少年」と呼ばれる——西口《にしぐち》きららは、はい、と答える。

中学二年生の彼女が同級生の机からスマートフォンを持ち去ったり、駅前のドラッグストアでフルーツ味ののど飴《あめ》を万引きしたことについて、処分を決めるための審判だ。

きららの両隣に座った両親は、真剣な顔で正面の裁判官を見ているが、当事者であるきららは、どこか他人事《ひとごと》のような表情をしていた。

民事や刑事の法廷とは違い、少年審判廷には傍聴席がない。壁際《かべぎわ》に用意された修習生用の席には、松枝侑李《まつえだゆうり》が一人で座っている。裁判所の刑事部と民事部、検察庁、弁護士事務所での修習を終え、自分で希望の修習先を選べる選択型実務修習期間において、最初の二週間に少年部修習を希望したのは彼女一人だった。少年部が特別不人気というわけではない。三クールある少年部修習のうち、他の二クールにはそれぞれ数人の希望者がいるが、たまたま第一クールの希望者は彼女だけだったのだ。

ぴんと背すじを伸ばして姿勢よく座り、眉《まゆ》一つ動かさず裁判官の話を聞く侑李とは対照的に、審判対象の西口きららは見るからにやる気がなさそうに長椅子《ながいす》の背にもたれている。

審判は坦々と進んだが、なんだか手ごたえがなかった。西口きらら本人の反応が薄く、周りの大人たちが空回り……というか、きらら一人を残して進んでいるような印象がある。

きららは、犯罪事実については認めていた。スマートフォンは最新機種のものが欲しくて、机の上に置いたままになっていて簡単にとれたから、とった。ドラッグストアの商品は、レジに並ぶのが面倒だったし、店員も見ていなかったので棚からとって鞄《かばん》に入れた。見つかったときは、あーあと思った……。

訊《き》かれたことには素直に答えるが、きららの態度からは、悪いことをしたという気持ちが見えてこない。大変なことになった、という危機感すらないようだった。

「反省していますか？」

「まあ……」

「友達のものを勝手に持って帰ったり、お店のものをとったり、もう二度としないと誓えるかな」

「うーん……」

彼女の両親に雇われた付添人弁護士は、きららから反省の言葉を引き出そうとしているようだが、苦戦している。

裁判官席の正面に設置された長椅子の背にもたれた楽な姿勢で、きららは首をひねった。

反抗的、というわけではない。弁護士や親や裁判官を困らせようという意図などなく、ただ単に「ピンと来ていない」のが、見ていてわかった。何が悪かったのか、何《な》故《ぜ》悪かったのかが、そもそも理解できていないのだ。

「嘘《うそ》とかついても意味ないって弁護士さんが言ってたから正直に言うけど、わかんないです、先のことは」

この場だけでも「もうしない」と答えるのは簡単だろうに、正直にもほどがある。ある意味では誠実にこの審判に向き合っていると言えるのかもしれないが、そこを評価するわけにもいかなかった。審判前に何か月も調査官や付添人とやりとりをして反省を促されてきたはずなのに、その結果がこれでは、裁判官の言葉が響くとも思えない。

私は表情を消して、黙々と調書作成のためのメモをとった。

裁判官を挟んで私の向かいに座る調査官の木山《きやま》も、難しい表情をしている。ベテラン調査官である彼にとっても、こんな展開は不本意だろう。

少年審判は、成人の刑事裁判とは目的が違う。刑罰を科すことが目的ではなく、少年の更生のためにどういった処分が適当かを判断する。被害の軽重は関係なく、その子の更生のために必要な判断をするわけだから、百円のお菓子を盗んだだけでも、更生のために妥当だと裁判官が判断すれば、少年院に送致されることもある。とはいえ今回は被害が軽く、被害者の処罰感情も強くない上、両親が娘の監督を申し出ていて家庭環境に問題がないなど、処分が軽く済むために必要な要素がそろっていた。こういう場合は普通なら、不処分——今回はおとがめなし、注意のみ、で済むところだ。けれど、見るからに全く反省していない彼女をこのまま社会に放り出しては、審判をした意味がない気がした。

家族や調査官との継続的な話し合いで少年が考えを変え、成長していくことに期待して、少年院には入れずに社会の中での更生を促す、保護観察という処分もある。その場合、少年は普通に生活しながら定期的に保護司に会って生活状況を報告し、自分を見つめなおしていくことになる。

しかし、数か月間の調査官面接や付添人とのやりとりを経たのに僅《わず》かも反省していない様子のきららを見ていると、保護観察処分を受けたとしても、彼女が変わるとは思えなかった。

根本的な価値観や倫理観から教育するには、矯正施設へ送ったほうがよさそうではあるが、この件で少年院送致は重過ぎる。裁判官はそう考えているだろうし、私もそう思う。けれどその一方で、再犯可能性が高いことに目をつぶり不処分か保護観察処分とするのも、もやもやする。「今回だけは許すけれど、次にやったら少年院だからね」と厳しく言っておけば、多少の効果はあるだろうか。それくらいしか、できないのだろうか。

一時間ほどかけて、裁判官、付添人、調査官からの、少年と両親への質問が終わった。裁判官から「最後に、何か言いたいことはありますか」と尋ねられたきららは、

「特にないです」

と答える。

母親は泣きそうな顔をしていた。娘が反省を示さなかったことで、厳しい処分が下されるのではないかと不安に思っているようだ。

少年院への送致か、保護観察か、不処分か。

少年審判は通常一回で終了し、処分はその日のうちに言い渡される。だから裁判官は、どういう処分にするか、大体の心証を決めてから審判に臨む。今回もそうだったはずだ。記録を読んだ段階では、おそらく、不処分とするつもりでいたのではないかと思う。けれどきららの態度を見て、その心証が揺らいでいる可能性は十分にあった。

裁判官がどんな処分を下すのか、言い渡しの瞬間までわからない。私も――おそらくその場にいるほかの皆と同じように――緊張感を持って、言い渡しを待った。

「――四か月の間、少年を在宅試験観察に付する」

裁判官は、西口きららにそう告げた。

不処分でも少年院送致でも保護観察でもない、在宅試験観察。

きららの母親が、困惑した表情で付添人と裁判官とを見比べる。どちらかというと珍しい処分だから、付添人や調査官からは、試験観察について聞いていなかったのかもしれない。

試験観察に付すとは、少年院に行くとか不処分となるとか、そういう最終的な結論を出す前に、様子を見る期間を設けるという意味だ。少年は、これまで通り自宅から学校に通い保護者のもとで生活しながら、定期的に家庭裁判所で調査官と面接し、裁判所は調査官を通して、少年の生活態度を観察することになる。そして、四か月後にまた審判が開かれ、その場で西口きららの処分が決まるのだ。結論は保留されたことになる。

私はそっと、傍聴する侑李に目をやった。

四か月の試験観察を経て最終処分が決まるころには、もう侑李は少年部にはいない。結末を見届けずに実務修習を終えることは、彼女にとっては心残りだろう。

裁判官が丁寧に、きららとその両親に試験観察について説明し始めた。両親は、再度のチャンスを与えられたことを知り、熱心にうなずきながら聞いていたが、きららは、これまだ続くの？　と言いたげな顔をしている。

裁判官が話を終えて退廷すると、きららは「やっと終わった」と言わんばかりにあくびをし、立ち上がった。一緒に立った両親がたしなめるような目で見るのを、気にする様子もない。

「きららさんとご両親は、こちらへどうぞ。別室で、私から今後の流れについてご説明します。きららさんには、これから週に一度家裁で私と面接していただくことになりますから、その日程調整も」

調査官が、きららと両親の先に立って歩き出した。調査官の後に両親が続いたが、きららは立ち止まったまま歩き出そうとしない。

行くわよ、と促す母親の声にも応《こた》えずに、きららは私を見て、

「ねえ、それ、サロン？　自分で塗ったの？　どこの」

と言った。

ネイルカラーのことを訊かれているのだと気づくのに、二秒かかった。

「……自分で。ルルコムのレモンソーダと、ネイルシールは百均の」

「ふーん。可愛《かわい》い。私も買お」

きららはそんなことを言って、くるりと私に背を向け歩き出す。足を止めて待っていた母親を追い越して部屋を出て行ってしまった。

侑李が宇宙人でも見るような目で、きららを見つめていた。

＊＊＊

私が初めて松枝侑李を見たのは、分野別実務修習の全体開始式だった。毎年のことだったし、同じようなスーツを着た修習生たちの一人一人を個人として認識するのは最初からあきらめていた。それでも、女子修習生は一つの班に二人だけだし、彼女はどこか、中学時代の同級生に似ているところがあったから、印象に残った。

そのときは話をする機会もなかった。名前を知って言葉を交わしたのは、先月のはじめ、彼女が分野別修習中に少年部に配属されてきたときだ。

原則、手続きが非公開とされている家庭裁判所では、一度に何人も審判を傍聴することはできないため、刑事部に配属されている期間中に各自二日だけ、交代で少年部で修習する形がとられている。たった二日の修習では、書記官や調査官との交流もほとんどないまま終わってしまう。私は二日ごとのローテーションにすっかり慣れて、新しい修習生が配属されても、まったく新鮮さを感じなくなっていた。

それでも、配属初日の朝、侑李に挨拶《あいさつ》をされたときは、ああこの子か、と思った。彼女は開始式のときと同じボックススカートのリクルートスーツを着て、巻いても染めてもいない髪を黒いゴムで一つに束ねていた。侑李は彼女の所属する二班の中では確か最年少で、二十五歳だったはずだが、童顔のせいか化粧っ気がないせいか、実年齢よりさらに若く――というか、幼く見える。中学生のときの同級生を思い出したのは、そのせいもあったかもしれない。

家庭裁判所に配属されている期間中は起案をする必要がない、つまり課題が出ないので、気楽だと言う修習生もいるが、侑李は少年部修習を息抜きだと思っている様子は全くなかった。厚い記録を隅々まで読み、少年審判を傍聴し、裁判官や調査官の話を真剣な表情で聞く。少年事件に特別興味があるのかと思ったが、たまたま話す機会のあった民事部の友人に聞いたところ、民事裁判修習中も同じような様子だったそうだ。ただ単に、何事においても真面目《まじめ》で熱心というだけらしい。

侑李の少年部修習二日目にして最後の日、私は通勤途中の道で、車道を挟んだ向かい側にいる彼女を見つけた。

車の行き来は全くなく人通りもまばらだったが、彼女は姿勢よく立ち、信号が青に変わるのを待っていた。狭い両側二車線の横断歩道だから、車が通っていないときは赤信号を無視してぱっと渡ってしまう人も多いが、そこはさすが司法に携わろうとする修習生というべきか、侑李は信号を守らないことなど考えもつかないような様子でいる。

信号が青に変わり侑李が歩き出すと、正面から風が吹いて、おそらくスタイリング剤を全くつけていないと思われる前髪が巻き上げられ、額が全開になった。彼女はそれを気にする風もなく歩いている。私は歩く速度を緩め、そんな彼女をなんとなく目で追ってしまった。

もう外を歩くと汗ばむ陽気で、侑李の額にも汗の粒が光っている。

侑李は私に気づいた様子はなく、横断歩道を渡り切り、裁判所の前でチラシ配りをしていた男性に呼び止められた。

裁判所の前で、マイクで主義主張を語ったり、チラシを配ったりしている人たちは珍しくない。まだ朝早く人が少ないので、声をかけられる相手が通るのを待ち構えていたのだろう。男性は侑李にチラシを渡し、何かに関する署名を求めているようだ。

侑李はペンを受け取らなかったが、チラシは受け取り、きちんと半分に折って鞄にしまった。

侑李が足を止めている間に私は彼女を追い越して、チラシ配りの男性を回避し、先に裁判所の敷地内へ入る。

「すみません、急ぐので。でも、後で必ず読みます」

後ろから、侑李がそう言う声が聞こえた。

その日の昼休み、侑李は本当にそのチラシを読んでいた。律儀《りちぎ》なことだ。横目で窺《うかが》うとチラシには、びっしりと誰かの主張が書き連ねられているのが見えた。


二日間の少年部修習では足りず、もっと深く少年事件について学びたいと希望する修習生は、選択型実務修習の際に、自分の意思で家庭裁判所での個別修習を選択し、少年部に戻ってくる。今年は侑李が一人目だ。

西口きららの審判を終えた後の昼休み、早めに昼食を食べ終わった私が裁判官室へ行くと、記録庫の前のソファで、侑李が事件記録を広げていた。

私が近づくと彼女は顔をあげ、ソファから立ち上がる。

「あ……朝香《あさか》さん。お疲れ様です」

「お疲れ様です。……西口きららの記録ですか？」

「あ、いえ、田上樹《たがみいつき》のです」

田上樹は、同級生の背中や脚を金属バットで殴って金を巻きあげたという男子高校生だ。来月審判が予定されている。彼の審判期日には侑李は少年部での修習を終えているから、審判の傍聴はできないが、確か今週、審判前の調査官面接の予定があったはずだ。侑李は、調査官から受ける講義の予習として記録を検討しているらしい。

「昼休み返上で記録検討ですか。熱心ですね」

「家裁では五時までに記録を返却しなきゃいけなくて、居残りができないので……修習の予定が詰まっていて、記録検討にかけられる時間も少ないですし」

同じ裁判所でも、部によって大分違うんですね、と言った後で、彼女は少しの間迷うようなそぶりを見せ、

「裁判と審判も、全然違います。目的が違うので、あたりまえなんでしょうけど……びっくりしました。少年に、その……全く反省した様子がなくて」

と続ける。西口きららのことだろう。加害少年の審判でのあんな様子を見てしまっては、彼女が少年審判の存在意義に不安を感じても仕方がない。

「ある意味正直なんだろうから、表面だけ取り繕って反省したふりをするより誠実なのかもしれませんけどね。彼女の意識を変えるには、まだ時間がかかりそうですね」

だから試験観察なんです、と私が言うと、侑李はうなずいたが、その表情は暗い。

少年審判を傍聴できる機会は少ないから、目の前で最終処分が下されなかったことが残念なのかもしれない。慰めるつもりで言った。

「試験観察になるケースは、比較的珍しいですよ。最終処分がどうなるか見届けられないのは残念だと思いますけど、ああいう審判を見られたのは、貴重な経験だと思います」

「そうですね……そう思います。でも、やっぱり最後まで見たかったです。裁判官や調査官や付添人は、ああいう少年相手にどうやって接すればいいのか、それによって少年がどう変わるのか、私には全然わからない……想像もつかないから」

侑李は途方に暮れたような表情をしていた。もし自分が裁判官になってこんな事件を担当したら、もしくは弁護士としてきららのような少年の付添人になったら、と想像したのかもしれない。

ちょっと頭が回る少年なら、裁判官や調査官の前でだけしおらしくして、いかにも反省したかのように見せかけることくらいはする。裁判官も調査官も、そういう少年たちを見慣れているから、演技ならすぐにわかるが、処分を軽くしてもらおうと彼らが試行錯誤するのは、むしろいい傾向だ。少年院に行くのが怖い、親元から引き離されるのが嫌、という気持ちがあるわけだから、それは再犯をしない理由の一つになる。

きららは、自分が少年院へ入れられるかもしれないとは全く考えていないようだった。調査官面接や審判は面倒だが、やり過ごせばまた日常に戻れる、どうせ大したことにはならないと、そう思っている。事実、本来なら少年院に送るかどうかを迷うようなケースですらないのだ。

被害額がごく少額でも、少年院へ送られることはある。しかしそれは家庭環境がよくなかったり、少年が自宅に戻らず遊び歩いているような場合で、家族が監督していくと申し出ているような場合は、初犯で少年院へ送られることはほぼないと言っていい。

きららは、非行歴のある友人やインターネットなどから、そういった情報を得ているのかもしれない。調査官や付添人からは、反省が見られなければ少年院へ行くこともありえるとは言われているはずだが、それもただの脅しだとたかをくくっているのだろう。

「裁判官や付添人の言葉が響かない少年相手に、どうしたらいいのか……ずっと考えているんですが、答えが出ません。警察沙汰《ざた》になって、親に心配をかけても平気な顔をしていて、自分がこれからどうなるのか不安に思うことすらないようで。人のものをとることの何が悪いのか、本気でわかっていない様子で……彼女が何を考えているのか、全然理解できなくて」

まるで、言葉の通じない別の生き物みたいです、と、侑李はわずかに眉を寄せて言った。

彼女がきらきらと同じ年頃だったのは、そう遠い昔のことではないはずだが、そのころだって、友達のスマートフォンをとったり、万引きをしたりする子のことは理解できなかっただろう。

「鳥山法律事務所の所長の、鳥山先生っていう弁護士さんがいるんですけど。六十代かな、もう大ベテランの」

私が言うと、侑李は顔をあげる。

「少年事件で中学生の女の子の付添人になったとき、少女漫画を買って読まれていました。その子の好きな漫画なんだって。最初は全然話をしてくれないって困っていたけど、その話だけはしてくれたから、話を広げるきっかけにって」

「話が通じない、話をしてくれない、何を考えているのかわからない。そんな少年を前にして苦労するのは、経験豊富な弁護士でも同じだ。

「話してみるしかないんじゃないですか。結局のところ」

私が言ったのはごくあたりまえのことだったけれど、侑李は大きく目を見開いて私を見て、そうですね、と深く、噛《か》み締めるようにうなずく。それから丁寧に頭を下げた。

「ありがとうございます」

目に入らない長さに切って下ろしているだけの前髪が揺れる。見たところ眉も描いていないようだが、きりっとして形のいい眉だった。

真面目だ。短い家裁修習の中でほんの一時かかわるだけの事件にも、真剣に向き合っている。素直に感心してしまう。

ああ、彼女は法律家になるんだな、と、当然のことを今さら思った。

＊＊＊

夕飯の買い物のために立ち寄ったスーパーで、ストッキングが伝線しているのに気がついた。

裁判所から自転車で五分のところにある二階建てスーパーは、広くて品ぞろえがよく、仕事帰りに寄れるので便利だったが、立地のせいで法律関係者御用達《ごようたし》のようになっている。法律事務所は裁判所の周辺に固まっていて、弁護士もたいていはその近くに住んでいるし、検察官の宿舎も近いので、裁判所職員だけでなく弁護士や検察官、修習生の姿もよく見かけた。

いつ誰と会うかわからないのに、伝線したままのストッキングを穿《は》いていたくない。生鮮食品売り場へ向かっていた私は、買い物かごを所定の位置に戻して、衣料品や生活用品売り場のある二階へ向かった。

エスカレーターを上がったところで店内を見回すと、フロアの隅にハンガーラックが見えた。このスーパーで衣料品を扱っていることは知っていたけれど、ストッキングはドラッグストアや量販店で買った方が安いし、下着や衣類をスーパーで買うことはなかったから、普段はほとんど近づくこともないコーナーだ。

どんな人がスーパーで服を買うのだろう。家族が多くて、一度に買い物を済ませてしまいたいお母さんにとっては便利かもしれない。ちらっと見ただけだが、意外と若い女性向けと思われる衣類もあるようだった。一階の食品売り場は混んでいたけれど、衣料品売り場には私のほかに客はいない。こんなところを知り合いに見られて、朝香夏美《なつみ》はスーパーで服を買っていると噂《うわさ》にでもなったら、職場における私のイメージに差し障《さわ》る。私は急いでストッキングを探した。

下着や靴下が並ぶ棚の一番下の段に、何種類か置いてあるのを見つける。三足一組のストッキングを手にとって顔をあげたとき、リクルートスーツを着た女性がハンガーラックの前に立ち、淡いピンクのカットソーを手に取るのが見えた。私は何気なく目を向けて固まる。松枝侑李だった。記録を見ていたときと変わらない真剣な顔で、「1500円〜2000円」という札の掲げられたラックの前に立っている。

私が固まったままでいると、その視線に気づいたのか侑李もこちらを見て、「お疲れ様です」と言った。

「……お疲れ様です」

スーパーで知り合いが、それも若い女性が衣類を買っているのを――買おうとしているのを――見るのは初めてで、どう反応していいのかわからない。気まずかったけれど、侑李は特に恥ずかしそうにはしていなかったので、私も何も気にしていないようにふるまうことにした。

「それ、買うんですか？」

「……迷っています。あまりこっちに服を持ってきていないので、スーツの下に着る服がもう一、二枚ほしいと思っているんですけど……」

侑李は言葉のとおり、思案するように首をかしげている。なんとなく足を止めてみた、というわけでなく、やはり買うつもりで手にとったようだ。

スーパーで服を買うのが悪いとは思わない。しかし、ここでは試着もできないし、サイズやデザインの選択肢も多くない。値段だって、特別安いというわけではないだろう。何より侑李が手にしているカットソーは、彼女に似合うとは思えなかった。

若い女性が服を買うのなら、ほかにいくらでも店がある。修習地で過ごすのは数か月の間だけだからと、必要最低限の店の場所さえわかればそれ以上は新規開拓しない修習生もいるようだが、何でもスーパーで済ませるというのはもったいない気がした。

「ここだと、若い人向けの商品は数が少なくないですか。駅のほうへ行けば、同じくらいの値段で、もっと色々選べるお店がありますよ」

私が言うと、侑李は興味をひかれた様子だったが、

「あまり詳しくなくて。どのお店に入ればいいのかわからないので……」

自信なげに言った。

口には出さなかったが、助けてほしそうにしているのを感じたので、案内しましょうか、と申し出る。

侑李は、「いいんですか」と驚いた様子で目を瞬《またた》かせた。

「ちょっと待っててください。これだけ、お会計してきちゃいます」

らしくないお節介かもしれない。しかし、明日侑李がこの店で買った服を着て出勤

したら、私は間違いなくいたたまれない気持ちになるだろう。どうせ今日はこの後何も用事はない。

私はストッキングが伝線している左向こうずねを侑李に見えないように反対側へ向け、三足パックを手に急いでレジへと向かう。

会計を済ませて、トイレでストッキングを穿きかえ、侑李と合流してスーパーを出た。若者向けの店は駅の周りに集中していて自宅とは逆方向なので、乗ってきた自転車はそのまま駐輪場に置き、帰りに取りに寄ることにする。

スーパーの駐車場を横切ろうとしたとき、店員らしい男性が、足早に私たちを追い越していった。私たちの数歩先を歩いていた老人を呼び止め、ぴたりと横に貼りつくようにして、

「レジ、通してませんよね」

と声をかける。

老人が、どうだったかな、あれ、忘れてたかな、などと、とぼけた様子で答えているのが聞こえた。

私は家裁に配属される前には刑事部にいたので、ああいう老人は法廷で何度も見たことがある。店員につかまる現場を目撃したのは初めてだけれど、特に珍しいもので

もないし、他人事だ。私はそのまま通り過ぎたけれど、気がつけば侑李が足を止めている。

私も立ち止まり、振り向いた。

老人は抵抗せず、店員に連れられて店内へと戻っていく。侑李は、じっとそれを見ていた。


駅近くのファッションビルで、侑李はトップスを二枚買った。若者向けで手ごろな値段だけれど、スーパーで彼女が見ていたものよりはファッション性があり、縫製もしっかりしている。ちゃんと試着して選んだから、サイズもばっちりだ。

侑李の顔立ちは整っていて、どちらかというと美人の部類に入ると思うが、小柄で化粧っ気がないせいか、どこか子どもっぽく地味に見える。スーツも、ジャケットやスカートの丈が中途半端《はんぱ》で、ひとつひとつを見ると趣味が悪いわけではないのに、総合的に見たときのバランスがおかしかった。垢抜《あかぬ》けない雰囲気になってしまうのは、おそらくそのせいだ。

「松枝さんの身長なら、もうちょっとスカートは短いほうがいいですよ。これくらい……二センチくらいあげたほうが、脚がきれいに見えます。わざわざ縫わなくても、裾上《すそあ》げテープを使えば簡単ですし」

試着室から出てきた侑李に、「どうでしょうか」と訊かれ、余計なお世話かなと思いながらもそんな助言までしてしまった。侑李は真面目な顔でうなずき、裾上げしてみます、と応える。

彼女は身なりに気を遣わないというわけではないようだ。スーパーで見ていたあの服も、何でもいいと思って手にとったわけではなく、色が可愛くて、あそこにある中では若者向けだと思ったと言っていた。

「ありがとうございます。とても助かりました。おしゃれをしたい気持ちはあるんですが、自分で選ぶと、おばさんぽいとか、逆に小学生みたいとか言われることが多くて……」

随分ストレートにひどいことを言うなと思ったら、実家の母親や弟の言葉だという。身内というのは容赦がないものだ。

お礼にお茶をと言われたので、割り勘ならいいですよと応えた。将来的に高給取りになることが見込まれるとはいえ、年下の修習生に奢《おご》られるわけにはいかない。

夕食には早い微妙な時間帯のせいで、駅前のカフェは空《す》いていた。奥の席に座って、侑李はカフェラテを、私はロイヤルミルクティを注文する。

「朝香さんは、おしゃれですね」

　カップを持つ私の指をじっと見て、侑李がふいにそんなことを言った。

「その爪《つめ》も、とても可愛いです。よく見たら、花がついているんですね」

　淡々と誉《ほ》めてくれる。おしゃれをしたいと言っていたのは社交辞令ではなく、本当に興味はあるらしい。

「西口きららも、目を留めていましたね。裁判官の話も付添人の話も、ろくに聞いていない様子だったのに……こういうことがきっかけになるんだなと思いました」

「ああ……」

　そういえば審判の後、きららに声をかけられたのだった。

「可愛いと思っても、私にはちょっとハードルが高いですが……そんな色に合う服を、そもそも持っていませんし」

「どんな服に合わせても浮かないピンクベージュを塗るとか、透明なトップコートだけ塗るのでも違いますよ。ささくれがないように手入れするだけでもいいし。指先は毎日自分の目に入る部位ですから、きれいにしているとテンションがあがりますよ」

　私の助言に、侑李はまた「試してみます」と素直にうなずいた。

　それから彼女はカップに両手を添え、下を向いて続ける。

「審判の後……西口きららが私を見て、『だっさ』と言ったんです。別に、それで傷ついたとかいうことはないんですけど、もし私が彼女の付添人だったら、彼女とコミュニケーションをとるのに苦労するだろうなと想像してしまって」

「……ああ、ええと」

それは聞いていなかった。しかし、きららならば言いそうだ。彼女は、裁判官や調査官の髪型やファッションについては何も言っていなかったが、侑李は比較的年代が近いぶん、目についたのだろう。

侑李はそれくらいでダメージを受けそうにも、実際に受けたようにも見えなかったが、家族にも同じようなことを言われたと話していたから、意外と気にしているのかもしれない。

「……確かに、適当な恰好《かっこう》をしていると、第一印象で舐《な》められてしまう、ということはあるかもしれません。ああいう子は、見下した相手とはまともに話もしませんから」

そんなことないですよ、などと形だけ慰めても仕方がないし、侑李もそんな言葉がほしくて言ったのではないだろうから、思い切って自分の考えを言うことにした。

「誤解を恐れずに言いますけど、私、弁護士も検事も裁判官も、見た目は気にしたほうがいいと思うんです」

侑李が、カップを持ち上げようとしていた手を止めてこちらを見る。

「もちろん、仕事をきちんとしていれば、他人にどうこう言われる筋合いはありません。でも、人を見た目で判断する人って、結構多いです。無意識かもしれませんけど……可愛い、きれい、かっこいいってだけじゃなくて、たとえば、しっかりしてそう、仕事ができそう、とかそういうのも含めて、人は見た目の印象に影響されます。子どもは遠慮がない分、余計態度に出るかもしれません。西口きららみたいに、はっきり口に出す子は少ないでしょうけど」

その是非は置いておいて、外見で人を判断する人が多いことは事実だ。言葉を交わしたり、仕事ぶりを見せたりして、先入観を覆《くつがえ》すことができるケースもあるだろうが、そのチャンスを与えられないまま終わってしまうこともある。

「やりたくないことを無理してやることはないですし、最低限ＴＰＯはわきまえなきゃダメですけど、どんな職業だって、かっこよくとか可愛くしてて悪いことはひとつもないんです」

媚《こ》びろって言っているわけじゃないですよ、と念のために付け足すと、侑李は「わかります」とうなずいた。

私はカップに口をつけ、ロイヤルミルクティを一口飲む。舌と喉《のど》を湿して続けた。

「何より、自分の意識が変わってきます。私なんか、髪型がきまらないと一日中ちょっと自信がなかったり、逆に新しい服を着ていたら、背筋が伸びてきてきぱき動けたりします。松枝さんは、そういうことないですか？」

今日の私はおしゃれだ、可愛い、と思うと自信を持てる。気持ちよく働けるし、そういう違いは、接する相手にも伝わる。

外見を全く気にしない人にはピンとこないかもしれないが、侑李はそうではないはずだ。思ったとおり、彼女はカフェラテに口もつけずに真剣な顔で聞いている。

「あるかもしれません。その日着ているブラウスにアイロンがきちんとかかっていなかったと気づいたときとか、髪に寝ぐせがついているのにそのまま家を出てしまったときだとか……そういう日は人目が気になって、なんだかこそこそしてしまいます。自信を持てる身なりでいれば、堂々としていられるってことですよね」

冷めますよ、と私が口を挟むと、侑李は思い出したようにカップに口をつけた。カップの縁に、口紅の跡はつかない。

「……でも、おしゃれと言っても、どういうことをすればいいのかわからなくて。自分なりに可愛いと思うものを選んでも、ださいと言われてしまうので……逆効果になるのではないかと思うと、なかなか」

「アドバイスさせてもらってもいいですか」

同意を得たので、「失礼します」と一言断ってから、侑李から少し身体《からだ》を離して全体のバランスを見る。高校生や大学生のころは、友人たちからメイクやファッションについて助言を求められることがよくあった。社会人になってからは久しぶりだ。

「前髪はもうちょっと軽いほうがよさそうですね。髪留めも、紺とかベージュの上品な色なら、飾りがついたものでも派手にならないし、どんな服にも合うと思います。メイクは、しなきゃダメってことはもちろんないですけど、リップを色つきにするだけでも顔が明るく見えます」

侑李は慌《あわ》てて鞄から手帳を出し、メモを取り始めた。スマートフォンではなくて手書きでというのが、なんとなく彼女らしい。

「あと、眉カット、よかったら教えますよ。今日は道具がないけど、明日以降でよければ持ってきます」

「いいんですか」

「いいですよ。私、女の子が可愛くしてるの、好きなんです」

単純に可愛いものやきれいなものを見るのは楽しいし、自分も頑張るぞって気分になるから。

私がそう言ってミルクティを飲むと、侑李は手帳を閉じてカップを持ちあげようとしていた手を下ろした。視線を感じて、私がそちらへ目を向けると、

「私も、頑張っている人を見ると、自分も頑張るぞって思います」

同じなんですね、と呟《つぶや》いて彼女は目を細める。口元にも笑みが浮かんで、雰囲気が柔らかくなった。

まるで友人同士のようなやりとりに、なんだか気恥ずかしい気持ちになってつい目を逸《そ》らす。

修習生は短期間裁判所に所属するだけで、実務修習の期間が終わったらいなくなってしまう存在だ。仕事とプライベートの線引きをする意味でも、これまでは表面上のつきあいだけにして、馴《な》れ合わないようにしてきた。男子修習生にアプローチされることは何度かあったが、勤務時間外に会おうという誘いに応じたことは一度もない。同性だからつい気が緩んで、近づきすぎただろうか。

きっと彼女が、中学時代のクラスメイトに似ているせいだ。休み時間はいつも本を読んでいた、優等生の女の子。どのグループにも属さずに一人でいることが多かったけれど、少しも寂しそうではなくて、それがかっこよく見えた。私は彼女と話してみ

たかったけれど、自分と明らかにタイプの違う人とどんな話をすればいいのかわからなかったし、話しかけて迷惑そうな顔をされるのが怖かった。結局、ほとんど会話を交わさないまま卒業してしまった。それが心のどこかに残っていて、だから侑李の世話を焼いてしまうのだろうか。あのときできなかったぶんを取り返すように。だとしたら、私は自分で思うよりも感傷的な人間なのかもしれない。

侑李は手帳をしまうと、一口ぶんだけ減ったカフェラテに砂糖を入れ、スプーンでかき混ぜる。何かを考えているようで、一度は和らいだ表情が、また悩むようなものに変わってしまった。彼女は少しの間沈黙し、それから、「ちょっと、話は変わりますが」と断って口を開く。

「さっき、スーパーで……お店の外で、店員がおじいさんに声をかけていましたよね。たぶん、万引きだと思うんですが」

騒ぎもせずおとなしく店員に連れられていった老人を思い出す。あの様子からして初めてではないだろう。あれはおそらく、何度も万引きを繰り返し、つかまることにも慣れた人間の反応だ。

私がうなずくと、侑李はスプーンを置いて続ける。

「刑事部での修習中に、窃盗の公判を見ました。被告人はもうすぐ八十になる老人で、前科十三犯、それもすべて窃盗で、刑務所を出たり入ったりしている人でした。少年のころから自転車盗や万引きを繰り返して、もう、癖みたいになっている人で……その人のことを、思い出したんです」

そういう被告人は珍しくない。私も、スーパーの前であの老人を見たとき、過去の裁判の被告人たちを思い出した。しかし修習生である侑李にとっては、高齢になっても窃盗を繰り返す人間を目《ま》の当たりにすることはショックだったのかもしれない。

「最初は、家がない人がわざと窃盗を繰り返してはつかまっているのかと思ったんです。刑務所の中にいれば、食事も出ますし、屋根と壁のあるところで眠れるわけですから」

「ああ、そういう人は、確かにいます」

少なくない、とまでは言わないが、すごく珍しいわけでもない。そういう人たちは、年末年始を屋根のあるところで過ごしたいからと、その時期を狙《ねら》ってわざわざ軽い罪を犯すことさえある。刑務所に収監されることは罰であるはずなのに、彼らにとってそれは罰ではないのだから、弁護人はもちろん、裁判所も、やりにくいことこの上ない。彼らに裁判を受けさせる意味があるのか、それすら疑問に思えてきて、そういう裁判は書記官として見ているだけでも虚《むな》しさを感じた。

「はい。刑務所に入りたくてわざと罪を犯しているのだとしたら、それはそれで、どうすればその人を更生させられるのかは難しい問題ですけど……私が見たその人は、ホームレスではありませんでした。彼は公判でも、刑務所の中はつらい、戻りたくないと話していました……刑務所の中で死にたくない、とまで。前科の多さから、実刑になるのはわかっているようでしたけど、刑期を少しでも短くしてほしいと、裁判官に懇願していました」

そんなに刑務所が嫌なのに、それでも同じ過《あやま》ちを繰り返してしまう。そういう人間は確かにいる。

今度こそ更生します、誓います、だから寛大な処分を。その懇願は、間違いなく本心なのだろうけれど——そのときは、心から悔いているのだろうけれど。

二度目、三度目ならともかく、四度五度と回数を重ねるたび、その言葉はどこにも届かなくなる。前科十三犯ともなれば、涙ながらの懺悔《ざんげ》の言葉でも、紙よりも薄っぺらく聞こえるだろう。

「もちろん口には出しませんけど、検察官だけじゃなくて弁護人も裁判官も、もうこの人は一生、窃盗をやめられないんだろうと思っているのがわかりました。今回の裁判が終わって収監されて、そのときは後悔していても、刑期を終えて出所したらまた同じことをする。いつかは、刑務所の中で一生を終えるのかもしれない——私もそう思いました。あきらめているって言ったら、なんだかすごく冷たく聞こえるかもしれないですけど」

「……はい」

「もうそこまで来てしまったら、どうしようもない……そう思ってしまうのも、理解できて。少年のころから何度も繰り返してきたのなら、もっと早くどこかの段階で止められなかったのかなって、思って」

そのときそのときに担当した弁護士や裁判官や刑務所の職員が、更生のために十分に活動しなかったというわけではないにしろ——十回以上の裁判手続きの中のどこかで流れを断ち切ることはできなかったのかと、そう考えてしまうのは理解できた。今ある結果は、どうしようもないことだったのか。それとも、誰かがどこかで何かしていれば、違う結果になっていたのか。今となってはわからないし、考えてどうにかなることでもないけれど、考える行為自体は無意味ではないはずだ。過去は変えられなくても、それを踏まえて考えることで、これから審判や裁判を受ける人たちにどう向き合うかが変わってくる。

「止められるチャンスがあったとしたら、きっと、もっと初期……少年時代とか、成人して初めて逮捕されたときが一番可能性が高かったんですよね。それを今さら言っても仕方ないけど……少年事件を担当するときは、今が最大のチャンスで、もしかしたら最後のチャンスかもしれないって、そのことを忘れないようにしなきゃいけないって……そんなことを思い出したというか、改めて感じました。すみません、まわりくどくて」

「そうですね。更生は、後になればなるほど難しくなりますから……よくも悪くも影響されやすい少年のうちに軌道修正することは、本当に大事です」

侑李は、「修習生の私が、えらそうなことを言って」と恐縮した様子だったが、私は彼女の誠実さを好ましく思った。

侑李は、しっかりとした目的をもって法律家になることを選んだのだろう。

私も最初はそうだったと思う。ふと、この仕事を選んだときの気持ちを思い出そうとしたけれど、できなかった。そんなに昔のことでもないはずなのに。

十代のころのように理想ばかりを抱いてはいられなくなってきた。そんな自分に失望もするけれど、十代のころは、それはそれで自分の無力さに失望していたはずだ。大人になるとそれを忘れがちで、過去がきらきらしたものばかりだったかのように思えるけれど。

年を重ねて、それまで知らなかったことを知り、わからなかったことを理解し、できなかったことをできるようになることもある。人は成長するにつれて色々なものをなくすけれど、その一方で、良いほうに変わることもできるのだ。それは罪を犯した少年も、成人の被告人も、私も同じだった。

「西口きららや田上樹にとっては、今が最大のチャンスなのかもしれません。私たちもそのつもりで、心して動かなければいけないと思います。でも、今回のチャンスで彼らが変われなかったとしてもそれで終わりじゃない。最大のチャンスは逃がしたかもしれないけど、チャンス自体は何度でもあるはずです。さっきのおじいさんだって、同じです」

口に出すのはなんだか気恥ずかしい。それでも、これだけ真剣な彼女には自分も誠実に向き合うべきだと思ったから、ごまかしたり茶化したりはせずに言った。

「何度過ちを繰り返しても人は変われるって、私たちが信じていなきゃ、少年や被疑者を説得できませんよ」

友達に聞かれたら、あんたそんな熱く語る奴《やつ》だったっけと笑われそうだ。私だってそう思う。短期間しか少年部にいない修習生の彼女が相手だから、言えたことかもしれなかった。

照れくさいので、できるだけ何でもないことのように言って、侑李のほうを見ないようにしていたけれど、彼女はじっと黙って私の話を聞いていた。そして、「本当にそうですね」と呟いた後、――たぶん私が恥ずかしがって目を合わせずにいることに気づき、私のことは見ないまま――尊敬します、と言った。

＊＊＊

「今日、七時から修習生と民事部のひとたちとでお食事会……交流会があるんですけど、一緒に行きませんか」

昼休みに女子トイレの鏡の前で眉《まゆ》カットをしてあげている最中、侑李がそんなことを言い出した。まさか彼女に、飲み会に誘われるとは思わなかった。そもそも、侑李と飲み会が、イメージとして結びつかなくて、一瞬、反応が遅れる。

侑李とは違う班の男子修習生が幹事をしていて、侑李と、同じ班で仲良くしている水木奈帆とに声をかけてくれたのだという。水木は用事があって参加できないが、侑李は参加すると返事をしたそうだ。

藤掛というその修習生のことは、私も知っている。今期少年部修習に来た修習生たちの中でも、特に印象に残っていた。派手なルックスで頭も舌もよく動き、目立っていたが、およそ侑李と交流がありそうなタイプではない。彼が幹事だというだけで、「交流会」とやらはそういう名目のただの飲み会、もしくは合コンの類《たぐい》だろうと想像がついた。

「松枝さんもそういうのに出るんですね。ちょっと意外です」

「これまでは、あまり出ていなかったんですけど」

侑李は鏡に映った自分の顔を、不思議なものを見るような目で見ながら答える。

「朝香さんに言われたことを思い出して……これまで知らなかったことを知ろうとすることも必要だなって思ったんです。視野を広げてみようと思って、今回は参加することにしました」

少年とコミュニケーションをとるきっかけ作りのためにベテラン弁護士が少女漫画を読んでいた、というあれか。それとこれとをひとくくりにして同列に置いていいのかどうかはわからないが、侑李は大真面目だ。おそらく今夜の「交流会」も、交流をする会、と言葉通りに受け止めているのだろう。

素直で前向きなのは彼女の美点だが、その方向性が正しいのかどうかは微妙なところだった。

「……いいですけど」

私の言葉を受けて慣れない飲み会への参加を決めたと言われると、若干責任を感じる。そう思って応じると、侑李はほっとした様子で、時間や場所を説明してくれた。

服選びにつきあったのをきっかけに、妙になつかれてしまった感がある。彼女は学ぼうとする気持ちが強く、私からも何か学べると思っているようだ。

私は眉カット用のハサミをしまい、ティッシュで侑李の顔についた眉毛の切りくずを払う。もうそろそろ昼休みも終わりだ。

「そういえば、田上樹の調査官面接、傍聴できることになったんですよね。観護措置が取り消されて、家裁で面接することになったから……明日でしたっけ」

「はい。記録を読む限り、反省している、もうしないと本人は話しているみたいなんですけど……調査官の木山さんは、あれは口だけですねって言っていました。処分を軽くするために、反省したふりをしているだけだって」

「まあ、そんなにあっさり悔い改めるような子なら、そもそも同級生を金属バットで殴って財布から札だけ抜いて持っていくなんてことしないですよね」

幸い被害者のけがは大したことがなかったが、やっていることは強盗だ。少年事件は罪の軽重だけで処分が決まるものではないが、たとえ本人が反省していたとしても少年院送致となる可能性が十分ある案件だった。西口きららとは、非行の程度が違う。

「田上樹といい西口きららといい、こんなに、同情の余地もなければ反省もしていない少年の事件が連続するなんてあんまりないですよ。珍しいケースではあるから、引きがいいんだか悪いんだかって感じですけど、裁判所としては修習生にはもっと、少年審判を経て少年が反省して、更生するところを見せたかったんじゃないですか。まあ、二週間じゃ無理がありますけど」

二日だけの少年部修習では物足りない修習生のために、選択型修習で少年部での個別修習ができるようになっているわけだが、それでも二週間では、一つの事件を最初から最後まで追うこともできない。

西口きららの場合は審判の場で最終処分が決まらず試験観察になったので、処分が下るのは四か月ほど後の予定だし、田上樹の審判は来月だ。どちらの事件についても結末を見届けられないことが、侑李は残念そうだった。

「観護措置が取り消されるのは、珍しいんですよね？　まして田上樹の件は、凶器を用いての強盗事件なのに……成人だったら、勾留《こうりゅう》が取り消されたようなものですか？」

「レアケースですよ。少年の場合は要保護性を重視しますから成人の勾留とはちょっと違いますけど、勾留の取り消しより珍しいと思います。私も初めて聞きましたもん」

罪を犯した少年を、審判が開始するまでの間少年鑑別所に送ることを、観護措置という。少年鑑別所は、少年院とよく混同されるが、別の施設だ。少年院は、審判の後更生のために送られる矯正教育施設であるのに対し、鑑別所には、逮捕された少年が審判までの間、一時的に収容される。鑑別所にいる間に審判のために必要なテストや面接が行われ、それらは最終的に本人を少年院へ送る必要があるかどうかを決定するための判断材料となる。

同級生を金属バットで暴行して財布を奪った田上樹は逮捕され、審判開始を待つ間、少年鑑別所へ送られた。彼と、審判までの間自宅から学校に通うことを許されたきらとの違いは、非行の程度もあるが、何より家庭環境にあった。樹の両親は別居中で、彼は母親と一緒に住んでいたが、母親は家を空けることが多かったようだ。息子が夜通し遊んで自宅に戻らなくても気にせず、それどころか気づかないこともあったという。

観護措置がとられたからといって、必ず少年院へ送られるとは限らないが、少なくとも観護措置を決めた時点で、裁判所は樹を自宅に置いておくべきではないと考えたわけだ。樹が少年院へ行く確率は決して低くないと言えた。

観護措置にするか、自宅に置いておくかは、自宅にいながらでも審判に必要な調査が十分にできるか、少年を安全で健康的な状況で保護できるかを考えて判断される。そして、一度観護措置となった後で、その決定が取り消されることはめったにない。少年の成育のために不適当と思われた環境が誰の目にも明らかなほど改善し、自宅での少年の監督が可能になったと裁判所を説得しなければならないとあって、相当ハードルが高い。それをやってのけたわけだから、田上樹の付添人弁護士は有能なのだろう。

「観護措置が取り消されたということは、最終処分にも影響しますよね。自宅での監護が可能だと、裁判所が認めたということになりますから」

「観護措置がとられなかった場合でも、少年院送致になることがないわけじゃないですけど……そうですね。少年院に送らなければいけない理由が一つ減った、とは言えるかもしれません」

私が答えると、侑李は整えられたばかりの眉根を寄せる。

「少年の処分については、今後の更生のための環境が重視されることはわかっています。でも……行き過ぎると、犯した罪そのものを軽んじることになるんじゃないかと、それが気になります。少年のために何が最善かを優先するがゆえに、被害者が蔑《ないがし》ろにされているように思えて」

確かに、強盗は少年事件でなければ裁判員裁判になるような重大犯罪だし、田上樹の場合は態様も悪い。初犯とはいえ、成人であれば間違いなく厳しい処分が下されたはずだ。しかし、少年事件においては、被害の軽重より加害少年の要保護性——非行を繰り返す可能性があるかどうか、保護処分によって再犯を防止できるかどうか——が重視される。

侑李は、まさにその点に引っ掛かりを覚えているようだ。

「同級生を、金属バットで殴るなんて……それも、お金目当てで。記録を読む限り、その日だけたまたま悪ふざけがエスカレートしてしまった、というわけでもなさそうでした。普段から、彼は同級生や下級生に対して暴力的で、威圧的な態度をとっていたという証言があります。被害者はきっと怖かっただろうし、悔しかっただろうと思います。加害者には、ちゃんと罰を受けてほしいと思うんじゃないでしょうか。加害少年の将来はもちろん大事ですけど、被害者を置き去りにして進めていくことには、なんていうか、違和感があります」

私は黙ってうなずいた。

少年院は処罰のための施設ではないが、被害者にとっては、加害者が矯正施設に収容されるか、今後も社会の中で生活していくのかは大きな違いだ。保護観察処分となった場合、定期的に保護司と面接することを義務づけられていたとしても、被害者からすれば、加害者はほとんどお咎《とが》めなしで釈放されたように見えるだろう。

「逮捕されたとき、田上樹は『あいつ、ちくりやがって』と言ったそうです。逮捕されるようなことをしてしまった、という自覚がないんです」

被害者が通報したことを咎めるなんて、逆恨みもいいところです。そう言って、侑李はますます表情を険しくする。

「記録を読むかぎり、彼が、人に暴力をふるうことも、お金をとることも、大したことではないと思っているのがわかりました。そういう少年を更生させることが少年審判の目的で、そのために自宅での教育が有意義ならそうするべきだ、という理屈はわかります。でも、犯行時点と比べて環境がましになったからチャンスをあげようと言われて、被害者は納得するんでしょうか。同じ学校に通って、これまで通りの生活をしている加害者を見て、どう思うでしょうか」

司法に失望しないでしょうか、と小さな声で付け足して、侑李は目を伏せる。

将来のために寛大な処分を。そのことが少年の更生を助け、再犯を防止する。それは被害者の望みでもあるはずだ——というのが、建前だ。実際にそうであることもあるだろう。しかし、将来のことを考えるよりもまず、少年は犯した罪を償うべきだと考える被害者も、決して少なくないのではないか。

「少年事件はそういうものだって、わかっているつもりだったんですけど……なんだか、バランスが悪い気がしてしまいます。少年審判においては、被害者の代弁者となる存在がいないからでしょうか」

加害者が少年だろうと成人だろうと、傷つけられた側の痛みは変わらない。相手が少年だから許せる、とは限らないだろう。

少年審判の手続きにおいても被害者の聴取は行われるが、処分を決める上ではあまり重視されない。加害者の処分を決める手続きに被害者が不在というのは、確かに特殊だ。

弁護士も裁判官も、少年を糾弾する立場にはない。少年審判に検察官はいない。

被害者の思いを知ること、そのうえで被害者に対して償うことは、少年の内省を深めるためにも必要なステップであるように思えるが、少年事件においては被害者の感情は処分にほとんど影響しないのが現状だった。そのためどうしても、付添人の被害者への対応も、成人事件のそれと比較して後回しにされがちだ。被害者への償いは十分に行われないまま、手続きが終わってしまうこともある。付添人の仕事は少年の更生のために最善を尽くすことなので、より処分の結果に直結する環境の整備等が優先されてしまうのは仕方がないことではあるのだが。

「まだ、少年部に来て数日ですけど……田上樹の記録を読んでから、少年事件における法律家の役割について、考えています」

女子トイレを出て歩きながら、侑李は視線を数メートル先の床へ向けたまま言った。

答えはまだ出ていないようだ。

もしかしたら、どれだけ考えても答えの出ない問いかもしれない。それでもきっと、現場の法律家がそれを考えること自体に意味がある。そう思ったけれど、口には出さなかった。えらそうに聞こえたら嫌だったし、自分が言うようなことではないと思った。

私は侑李と同じ立場ではないし、彼女の悩みは彼女だけのものだ。

私は彼女のことが、少しうらやましかった。

＊＊＊

少年審判のファイルを返却しに記録庫へ行くと、記録庫前のソファに家庭裁判所調査官の木山がいた。

記録庫と面談室の二つ並んだドアの前に設置されたソファセットは、少年の保護者が待機したり、修習生や裁判官が記録を閲覧するときに使ったりするスペースだ。木山はそこで誰かと話しているようだ。見れば、田上樹の付添人弁護士の柴本《しばもと》だった。

私が声をかけると、二人とも挨拶《あいさつ》を返してくれる。

柴本は、二年ほど前に独立するまでは、少年事件に力を入れている事務所に所属していたから、私も何度か見かけたことがある。彼のほうも私の顔を覚えていたようだ。裁判官の執務室にいるはずの侑李のことが頭に浮かび、少しお節介を焼きたくなった。

「あの、柴本先生、まだ少しお時間大丈夫ですか。今、少年部に選択型修習の修習生が来ているんですけど……」

明日、木山は田上樹の面接をする予定があって、侑李はそれを傍聴することになっている。調査官面接を傍聴する前に付添人の話を聞くことは勉強になるだろうし、滅多にない観護措置取り消しについても聞くチャンスだ。

事情を話すと、柴本は快く侑李と会うことに応じてくれた。

私は記録庫の鍵《かぎ》を開け、とりあえず抱えた記録を室内の机の上に置いて、すぐに裁判官室へ行って侑李を呼ぶ。ちょうどもう一冊記録庫へ戻さなければならないファイルがあったので抱えていく。

私が侑李を連れて戻ると、柴本はソファから立ち上がって迎えてくれた。

「柴本です。こんにちは」

「修習生の松枝です。お忙しい中、お時間をとっていただいてありがとうございます。よろしくお願いします」

柴本に頭を下げた後、侑李が私に目を向けて、「ありがとう」というように目礼をする。

私は軽く会釈《えしゃく》をして彼らの横を通り、記録庫に入った。

「田上樹の記録は読みましたか？」

「はい、一通り読ませていただきました」

記録庫のドアを開けていると、ソファで話している声は私にもはっきり聞こえる。つい聞き耳を立ててしまいながら、私は机に置いた記録をゆっくりと棚の所定の位置へ戻した。

柴本が、田上樹の処分としては保護観察がふさわしいと考えていることや、今日は調査官の木山との意見交換のために来たということを話し、木山が一言二言それに言葉を添える。最初侑李の声は相槌《あいづち》しか聞こえなかったが、木山に「せっかくだから聞きたいことがあったら」と促され、

「観護措置取り消しのために、どんな活動をされたんですか。観護措置が取り消されることは、滅多にないことだと伺ったんですが」

控えめに質問をするのが聞こえた。

「そうだね、審判までの期間、保護者から引き離してまで施設に収容する必要がない少年の場合は、最初から観護措置にはしないから」

柴本が、すぐに答える。

「少年が最初の段階から逮捕・勾留されているようなケースだとほぼ観護措置になっちゃうけど、観護措置になった原因を取り除いて裁判所を説得すれば取り消されることもあるんだ。確率は低いけど、今回はたまたま条件がそろったって感じかな」

自分の手柄だとは言わず、彼はそんな風に説明した。

「僕は、少年の父親に雇われたんだ。記録に出ていたと思うけど、今回の少年は両親が別居中で、事件当時は母親と同居していてね。母親は少年を放任気味だったんだけど、今後は父親と同居することにして、父親の仕事中は父方の祖母が面倒を見てくれ

ることになったから、今までよりしっかり監督できる環境が整った。父親の家から今の学校までは、通えなくもない距離だけど、被害者が同級生っていうこともあるから、転校の手続きも進めてる。被害者への被害弁償の話と並行してね。被害者は、少年が転校するのであれば、示談に応じてもいいって言ってくれている。審判までに示談が成立したらいいんだけど」

柴本はそう言うが、そこまでやればたとえ期日までに示談ができなかったとしても、保護観察で済む可能性はかなり高いだろう。自宅での監督や教育が可能だと裁判所も判断したからこそ、今回観護措置が取り消されたのだし、少年院に送らなくても再犯を防止できるという主張に説得力がある。あとは少年本人がどれだけ反省しているかだが、少年院送りを逃れるためなら田上樹も反省しているふりくらいはするはずだ。

「少年は、可能な限り社会の中で更生させたほうがいい。環境さえ整っていればね。少年院に収容されている間は学校にも通えないし、どうしても、少年院帰りっていうレッテルを貼《は》られてしまうから」

「その環境を整えるのが、付添人の仕事の一つだということでしょうか」

「そうだね」

廊下の方から事務官が木山を呼ぶ声が聞こえた。木山は二人に一声かけ、ソファか

ら離れたようだ。木山の足音が遠ざかり聞こえなくなってから、

「松枝さんは、記録を読んでどう思った？」

今度は柴本から侑李に尋ねた。

侑李はすぐには答えない。正直に言っていいものか、躊躇《ちゅうちょ》しているのかもしれない。私と話をしたとき、彼女は田上樹にいい印象を持っていないようだった。少年事件においては少年の将来にばかり気を遣って、被害者救済がおろそかになりがちなのではないかと、気にしていた。

言いにくそうにしているのを感じたのか、柴本が、「正直に言っていいよ」と促す。

「記録上読みとれる限りでは、ですが……少年が、本気で反省してるようには思えませんでした。今のお話では、確かに環境は整ったと感じましたが」

「あ、第三者から見てもそう？　まずいな」

ようやく答えた侑李に、柴本は気を悪くした様子もなくあっさりと言った。

まだまだ反省が足りないか、と他人事《ひとごと》のように暢気《のんき》な調子で続ける。

「うわべだけじゃすぐバレる、口先だけ反省してますって言えばいいってわけじゃないとは言ってるんだけど、いまいち本人に伝わってない気がするんだよな。審判までに、もうちょっとなんとかなるといいんだけど。明日は木山さんとの面接もあるし」

田上樹の場合は、西口きららとは違い重大犯罪だから、少年院送致となる可能性も一定程度あり、反省の態度を示さなければ処分に影響すると本人も理解しているだろう。だから調査官や裁判官の前では、反省しているとかもう二度としないと述べはするだろうが、そういう少年を何人も見てきた調査官や裁判官には、その謝罪や反省の言葉の薄っぺらさがすぐにわかってしまう。割とよくあるパターンだ。それでも、反省や更生への意欲を全く示していないわけでなく、再犯を防止する環境が整えば、初犯の少年の場合、保護観察になる――なってしまうことは多い。侑李の指摘したとおり、被害者側に立てば疑問を感じることもあるかもしれない。

「成育環境を整えて本人に反省してるって言わせて、表面上だけ繕って……処分を軽くすることばっかり考えるなんて、法律家として無責任だと思うかな」

柴本がふいに言った。とっくに棚に収め終えたファイルを無意味に眺めていた私は、思わずドアのほうを振り返る。

侑李の性格上、彼女が柴本の方針について不満を表明するとは思えない。けれど、もしかしたら、何か言いたげな表情をしていたのかもしれない。柴本は、それを察知したのだろう。

「いえ――すみません、そんなつもりは」

「ごめんごめん、こちらこそ、責めたつもりはないんだ。そういう感覚は大事だよ。特に、修習生のうちは」

言葉のとおり、柴本の口調に侑李を責めるような色はなかった。慌てた様子の侑李を笑いながら宥《なだ》める。

「成人の刑事弁護とは違って少年事件は、少年の今後の人生のためにどうするのがいいのか、裁判所と付添人と調査官とで考えて一番いい方法を決めていくものだから、付添人も、ただ処分を軽くするために動くわけじゃない。本人が少年院行きを嫌がっても、少年院に入れたほうがその子のためになるような場合もあるから、そういう場合はこっそり調査官と裁判官と打ち合わせをして、本人や保護者には内緒で本音の話をすることもあるよ。だから、何でもかんでも保護観察とか不処分とかにしようとしてるわけじゃないんだ。僕も」

ゲームのように、あるいは報酬を得るために、軽い処分を勝ち取ろうと思って活動しているわけではないのだと、柴本は穏やかな口調で説明した。

「でも、やっぱり、極力少年院行きは避けたいっていう気持ちはあるかな。少年院が悪いところって意味じゃない。少年院に入ることで劇的に変わる子もいるし、そうしないと変わらない子がいるのは事実だよ。でも、少年院に入れなくても更生できる可能性がある子は、入れないで解決したい」

「それはどうしてですか？」

「うん、僕の考えだけどね……人は変わるものだけど、少年の場合は特にそれが顕著なんだ。一年もあれば、別人みたいになる子もいる。少年にとっての一年って、大人のそれよりずっと重要なんだよ。できる限り、社会の中で過ごすチャンスを奪わないでおいてあげたいんだ。……って、まあ、独立する前にお世話になってた事務所のボスの受け売りなんだけど。少年事件を熱心にやる人だったから、影響されたのかもしれないな」

柴本は、二年ほど前に独立するまでは鳥山事務所にいた。なるほどな、と思った。彼は鳥山とはタイプの違う弁護士だが、受け継いだものもあるようだ。

「それは、少年が反省していなくても……でしょうか」

柴本が他人の疑問や異なる意見にオープンであるとわかったからだろうが、侑李が一歩踏み込んだ質問をした。「極端なことを言ってしまえば、そうだね」と、柴本は答える。

「審判までの間に変わることができればそれが一番なんだろうけど、正直、難しいことも多い。今はまだ自分のしたことについて本当の意味で反省していなくても、いつ済むか気がつく――変わるときがくると信じて、それまで、同じ間違いを繰り返さないで済む環境を整えるのも、付添人の仕事だと思っているよ」

侑李の顔は見えないが、彼女にも、きっと柴本の言葉は届いている。それがわかった。一〇〇パーセント同意はできなくても、きっと侑李も、彼やほかの何人もの先輩法律家から色々なものを受けとって、一人の法律家として、今度は他の誰かにそれを伝えていくのだ。

「記録を読んだり、審判を見たりしたんですが……悪いことをして、それを悪いと思っていない少年たちが、いつかは変わるというのが想像できなくて……」

「はは、うん。それはわかるよ。でも本当に立ち直って、あのときはありがとうございましたなんて手紙くれる子とかもいるんだよ」

侑李と柴本の会話は続いているが、たった二冊のファイルを棚にしまうだけの私の用事はとっくに済んでいる。用もないのにいつまでも記録庫にとどまっているわけにもいかなかった。私は記録庫から出てドアの鍵を閉める。

侑李は記録庫に背を向けて座っていたけれど、柴本がこちらを見たので、そっと会釈をしてそのまま部屋を出た。

駅からほど近い場所にあるイタリアンレストランの個室で、カンパリソーダを飲んでいる。

藤掛が選んだというレストランは、ちょっとわかりにくい場所にあるのと、料金表が外から見えるところにないので入りにくいのか、初めて来たという参加者が大半だった。私も初めてだ。値段はリーズナブルで雰囲気がいいし、料理もなかなかだ。大人数が入れる個室があるのもよかった。

藤掛が幹事と聞いて、どうせ合コンの類だろうと思っていたが、既婚者も含め年齢がばらばらの十人ほどが集まっているところを見ると、どうやら本当に交流が目的の食事会のようだ。修習生を中心に、民事裁判所の事務官や書記官が何人か、私が異動前にいた刑事部の先輩もいる。

侑李は私の斜め前に座って、隣の席のベテラン民裁書記官の話を興味深そうに聞いていた。私が侑李の近くに座ったのは、慣れない酒の席で彼女が浮いていたらかわいそうだなと思ってのことだったけれど、無用の心配だったようだ。個室だから、他の客を気にせず具体的な事件の話ができるのもいい。

私の左隣、侑李の真向かいには藤掛が座っていて、左隣に座った民事部の女性事務官の、「ネット上で見かけたバッグの購入を迷っている」というどうでもいい話に、感心してしまうほど楽しそうに相槌を打っている。

二日だけだが少年部で修習したはずの、顔と名前が一致しない修習生たちが私の仕事の内容を訊《き》いてくるので、当たり障《さわ》りがない程度に話をした。その間もそれとなく侑李の様子を見ていたが、彼女もそれなりに楽しんでいるようだ。どうも、「学習」という姿勢が抜けていないようだったけれど、本人がそれでいいなら問題ないだろう。

「松枝さん、飲み物頼む？」

侑李のグラスが空になっているのに気づいたらしい藤掛が、メニューを渡した。

藤掛の左隣にいた女性事務官がトイレに立ち、侑李と書記官の会話が一区切りついたタイミングだった。侑李が、じゃあ、ウーロン茶、と言うと、藤掛は私にも同じ質問をした。私は「カンパリソーダをもう一杯」と答える。

藤掛は周囲の数人の希望を聞いてから、「すみませーん」とよく通る声で店員を呼んで飲み物を注文した。

「松枝さん、今選択型修習で少年部にいるんだよね。ちょっと訊いていい？」

メニューを所定の位置に戻しながら、藤掛が侑李に話しかける。

「西口きららちゃんって女の子の審判が、今週だったと思うんだけど」

「あ、うん。傍聴した」

「やっぱり！　どうなった？　家裁修習のとき調査官面接を傍聴して、気になってたんだよね」

少年事件において観護措置がとられると、その時点で審判の期日も決まる。少年を鑑別所へ入れておける期間には限りがあるからだ。その場合、審判期日までに必要な調査を終えなくてはならないことになるが、観護措置がとられていないケースではそういった時間の制限はない。事件が家裁へ送られてから審判が開かれるまでは、何か月かかかるのが通常だった。

正確な日数は覚えていないが、西口きららの場合もそうだったはずだ。

「まだ、最終処分は出てないよ。試験観察になったの」

「試験観察って……確か審判後、もう何か月か様子見るんだっけ。彼女のケースって、案件的には不処分もありな内容だよね。それが、まだ処分が決まらないってことは……本人がよっぽど反省してないとか？」

「当たり。残念ながら」

侑李は重々しくうなずいた。こういう質問が出るということは、藤掛が傍聴した調査官面接においても、西口きららは全く反省した様子を見せていなかったということだろう。審判のときの様子を思えば容易に想像できた。

「どんな感じだった？　審判で、彼女」

「もう二度と窃盗はしないかと裁判官に訊かれて、先のことはわからないですって答えたり……」

話しながら、侑李が私へ視線をよこす。

私は、あと一口分だけ残ったカンパリソーダを飲み干して応《こた》えた。

「私のネイルを見て、それどこの？　と言っていましたね」

ありゃ、マイペース、と言って藤掛が笑う。驚いたというより、「やっぱり」というような苦笑だった。それを見て思い当たり、

「調査官面接に同席したなら、藤掛さんも何か言われたんじゃないですか？」

空になったグラスを脇《わき》によけて訊いてみる。案の定、藤掛は笑いながらうなずく。

「言われましたよぉ。『そんなかっこで怒られないの？　裁判所って結構ゆるいんだ』って」

なるほど、言いそうだ。そのときの藤掛がどんな服装だったのかはわからないが、

今は茶系のチェックのスーツを着ている。髪や眼鏡とバランスがとれていて似合ってはいるが、裁判所にいればかなり目立つだろう。

「それで、藤掛さんはなんて答えたんですか?」

「俺は制服を着て学校を卒業した後に自分に合う服を選んだんだから、怒られるようなことはしていないし、怒られても平気なんだ、って。ちょっとでも俺に興味を持ってくれて、話すきっかけになればと思ったんですけど……ふーん、って言われておしまいでした」

へえ、と思った。

ルールを守ったからこそ、今の自由がある。きららにも届きそうな言葉で、結構いいことを言っているように思えたが、その後のきららの様子を見る限り、彼女には大して響かなかったらしい。難しい。きららの性格上、年長の裁判官や調査官よりは、年も近い藤掛の言うことのほうに耳を傾けそうだと思ったのだけれど。

きららに「だっさ」と言われ、言葉を返せなかったという侑李は、尊敬のまなざしで藤掛を見ている。

「松枝さんは、調査官面接は傍聴した?」

「西口きららのはしていないけど、他の少年のを、明日傍聴する予定。強盗致傷から窃盗と傷害になった事件なんだけど、つい最近観護措置が取り消されて……こっちの少年も、いまいち、反省している様子がなくて」

「へー、観護措置取り消し！　って珍しいんだよね？　でも、観護措置じゃなくなったってことは……いつ審判開始かわからないのかな？　何か月も先になるのかな」

話しながら藤掛は視線を侑李から私に向ける。私は訊かれる前に答えた。

「今回は最初に観護措置がとられているので、もう審判期日は決まっていますよ。来月です」

観護措置が取り消しとなったのは予定外のことで、それ以前にすでに審判の期日は決まっていた。釈放されたからといって期日が変更になることはない。

「じゃあ、ずっと先ってことはないけど、どっちにしても見られないね。成人の公判だったら、修習先に頼んでその時間だけ抜けさせてもらって、傍聴することもできたかもしれないけど」

成人の刑事公判は傍聴可能だが、少年審判は非公開だ。家裁で修習中であれば傍聴できるが、あくまで修習の一環として特別に、一度に少人数のみ許されているだけで、気軽に傍聴できるものではない。侑李は残念そうに、そうですね、と言った。

「その加害少年は、保護観察になりそうなのかな。観護措置が取り消されたってことは」

「そうだと思うけど……」

侑李の反応から、彼女がそれをよしとしていないことを察したのだろう。藤掛は、

「松枝さんは、少年院送致が妥当だと思ってるの？」

直球で尋ねる。見抜かれて動揺したのか、侑李は「そういうわけじゃないんだけど」と口ごもった。

「記録を読んだり、調査官の木山さんや付添人の柴本先生から話を聞いたりした限りでは、本人が反省しているとは思えないから……このままでいいのかなって思ってるだけ。観護措置が取り消されるまで鑑別所にいたんだけど、そこで内省を深めたってこともなさそうで、窮屈だし、職員にえらそうにされてむかついた、なんて文句を言ってて」

「もうしばらく入れとけばよかったのに、って思った？」

藤掛の冗談めかした物言いに、侑李は少し表情を和らげて、「うん」と答える。

「柴本先生も、少年院ではもっと窮屈な思いをするよ、それに何年も耐えなきゃいけないよ、それが嫌なら今反省して行動を改めるしかないよって、少年には話をしたって言ってた。確かにそれで、少年は態度を改めるかもしれないし、付添人としては正

しいと思うけど……それで少年が、審判の場でだけ殊勝な態度をとって保護観察になったとしたら、それはそれでなんだか釈然としなくて」

侑李は、保護観察では甘い、少年院送致になればそれで納得できる、と言っているわけではない。それは私にもわかった。柴本の方針を批判しているわけでもないのだ。

侑李は自分の考えを確認するように、言葉にしていく。

「私……少年審判は、加害少年のためのものだってわかってるけど、それでもやっぱり、被害者のこと、忘れちゃいけないと思う。たぶんそこが、引っ掛かってるんだと思う」

被害者が置き去りにされているのではないかと、私にも言っていた。

「少年審判のシステムとか、その在り方自体を批判するつもりはないの。成人と同じように、少年を厳しく責め立てるべきだとも思ってない。でも、少年審判に検察官はいない……被害者の代弁者はいないんだから、裁判官とか付添人が、被害者の存在を少年に思い出させてあげなきゃいけないんじゃないかって、私は思う。私が裁判官とか付添人として、この事件にかかわっていたら、そうしたいって」

「うん」

藤掛は侑李の意見を否定も肯定もせず、柔らかく相槌を打った。

「それぞれの、現場の法律家たちの、姿勢の問題なんだと思う。何が正解とかじゃないんだろうけど、私はそうしたいっていう……ちょっと、反省していない少年の事件を立て続けに見たから」

藤掛の反応に背中を押されたのか、侑李は話しにくそうにしながらもそう続ける。

「実際の事件記録を読んだり、調査官の話を聞いたりして、自分ならこうするって、考えてたんだ？」

「柴本先生のやり方を否定するつもりはないの、本当に。行動的で、有能な先生だと思うし」

「うんうん。でも、話を聞いて、自分ならこうしたいって思うことがあったんじゃない？　クラスメイトを暴行して、観護措置は鑑別所の職員がえらそうで嫌だ、なんて言ってる加害者少年の付添人になったら、松枝さんなら、どうやって彼に向き合う？　どんな言葉をかける？」

俺は今すぐには考えつかないから、興味あるんだ。そう言って藤掛が侑李を促す。

侑李は少しの間考えている様子で、ほとんど氷と水だけになったウーロン茶のグラスを見つめていたが、やがて、「たぶん……」と口を開いた。

「……あなたも、被害者の子にえらそうにしたんじゃないの？　って」

いつも通りの、あまり起伏のない静かなトーンだったけれど、想像していた以上に強い言葉だった。私は思わず、生ハムとルッコラのピッツァをとろうとしていた手を止めて彼女を見る。

侑李は私のことも藤掛のことも見ず、両手をグラスに添えて続けた。

「自分のほうがえらいと思っているから、あんなことができたんじゃないの？　いったい誰に、人のものをとったり人を殴ったりする権利があるの？　どれだけえらい人なら許されるの？　自分と同じ年の子に、殴ったり蹴《け》ったりされて、被害者はどんな気持ちだったと思う？」

どこを見ているのかわからない目で淡々と言って、

「あなたこそ、何様のつもりなの？」

静かというより冷たく聞こえるその一言を最後に、口をつぐむ。

藤掛は茶化すことなく聞いていた。私は凍りついていたけれど、

「……って言ったら、……問題になるかな」

侑李が困ったような表情でそう言ったから、少しほっとして肩の力が抜ける。これまで見たことのなかった彼女の一面を見た気がして、どんな表情をしていいのかわからない。

侑李は何度か、少年審判のあり方や、西口きららや田上樹の態度に対して、「もやもやする」「釈然としない」という言葉を使って納得がいかないことを表していたけれど、本当に彼女の中にあったのは、もっと強い感情だったのではないか。このとき初めて気がついた。

「それくらい言われなきゃわかんないかもよ」

藤掛が明るい声で答える。侑李にしては過激な発言に動じた様子もなく、それを受け流すこともせず。

「誰かに指摘されて気がつけば、自分の頭で考えるきっかけになるはずだし。それだけ言っても、わからないかもしれないけど」

「……そうだね」

同意してうつむいた侑李に、

「でも、伝わらなくっても、あきらめたらダメなんだよね。法律家として、かかわるってことは」

さらりと軽い口調で彼は付け足す。侑李は顔をあげ、笑顔の藤掛と目を合わせて、少し驚いた顔をした。その後でもう一度、今度は確かめるように、「そうだね」と言った。

「ごめんね、何か私、一人で熱く語っちゃって」

「ううん、全然。こういうのちょっと修習生らしいじゃん？　こういう話するために個室にしたんだしさ。どんどん話しちゃって」

藤掛は、大皿のショートパスタを三枚の皿に手際《てぎわ》よく取り分けた。慣れた手つきだ。私が誉《ほ》めると、飲食店でバイトしてたんです、と教えてくれる。

侑李は礼を言って皿を受け取ったが、すぐには手をつけなかった。少し迷うように視線を動かした後、「もう、何年も前の話なんだけど」と、今度は自分から話し出した。

「近所で交通事故があってね。自動車が自転車に追突したの。飲酒運転だったんだけど、警察の取調べがされたのは翌日だったから、お酒は検出されなくて、業務上過失致傷と暴行で処理されて」

「交通事故で業務上過失致傷はわかるとして……暴行？」

「自転車に車をぶつけた後、車を降りて被害者を蹴ったんだって」

運転手は酔っていて、車に傷がついたのに腹を立てて被害者を蹴ったのだという。動けずにいた被害者を近所の人が見つけて、自宅へと送りとどけた。被害者は病院へ行き診断書をとったが、翌朝被害届を出す前に加害者が警察に出頭し、加害者は逮捕されずに在宅のまま取調べを受け、略式裁判で罰金刑を科された。昔の話だという割に、侑李は澱《よど》みなく事件の概要を説明する。

「その被害者が、知り合いだったんですか」

身内が関係していた事件だから思い入れがあるのかもしれない。そう思って私が尋ねると、侑李は「いいえ」と首を振った。

「知り合いだったのは、加害者のほうです。私の実家の向かいに住んでいました。顔を合わせれば挨拶をする程度の関係でしたが……事故を起こしたらしいことは、近所の噂《うわさ》で知りました」

そこまで話したところで、店員が追加の飲み物を運んでくる。藤掛は私と侑李のグラスも受け取って、それぞれの前に置いてくれた。

侑李は、店員がテーブルを離れるのを待って話を再開する。

「被害者の家族らしい男性が、加害者宅を訪ねてきたことがあったんです。罰金で済んだことに納得がいかなかったんでしょう。私が見たのは一度だけでしたが、もしかしたら、何度かあったのかもしれません。加害者男性はうんざりした様子で相手をしていましたが……私の見る限り、申し訳なさそうではありませんでした。ただただ、迷惑そうで」

新しいウーロン茶のグラスに手を添えて、けれど口はつけずに、その目はグラスの中の氷を見ている。

「数日後でしょうか、彼が友人らしい人にその話をしていて……罰金二十五万払って、もう済んだのにしつこいんだよって。そう言ってるのを聞いてしまいました。私の印象では、その人は特に悪人に見えていたわけじゃないから、なおさら……それがずっと、頭のどこかに残っているんです」

グラスに触れていた指先に、きゅっと力が入った。

「確かに刑は確定して、罰金を支払ったんですから、その時点で彼は罪を償ったと言えるんでしょう。でも、被害者は腰の骨を折る大けがをしたそうです。その結果について、彼がなんとも思っていないんだとしたら、罰金を払えばおしまいだと思っているんだとしたら、なんだか……制度自体が、不十分に思えて。初犯でこれくらいの罪だから、だいたいこういう量刑、って型どおりに処分するんじゃ、足りない部分もあるんじゃないかと思っていたんです。だからって、私が検察官や裁判官だったら何ができたのかなんて言えないんですけど」

刑事裁判によって、司法によって、被害者は救われていない、加害者も何も変わっていない——彼女はそう感じたということだ。彼女が法律家を志したことにそれが影響しているのかどうかはわからないが、少なくとも、この事件に起因する司法に対する不信感が、彼女が法律家の道を選ぶにあたり妨げにならなかったのは幸運だった。

「だから、被害者のことを気にしていたんですね」

「はい、……その事件では、刑事手続きを経ても被害者が納得する結末にはなりませんでしたけど、そういうケースばかりじゃないのはわかっています。でも、法律家としては……型どおりに事件を処理するんじゃなくて、ちゃんと、一つ一つの事件に被害者がいるってことを忘れないように……加害者にも、それを忘れさせないようにというか」

侑李はどこか居心地が悪そうにし始めた。話しているうちに、妙に頭が冷えて、客観的になってしまうことはある。

侑李は視線を泳がせ、挙句、すみません、と謝った。それまで黙って聞いていた藤掛が「なんで謝るの」と苦笑する。侑李は、だって、と口ごもった。

「相手が少年なら、成人の被疑者に対するよりも自然に、『教育する』姿勢になれるし、相手も、柔軟に変わってくれるものと思っていたところがあったの。でも実際の事件を見て、それは理想でしかないんだなって……思っていたほど簡単じゃないんだって実感した。それなのに、さっきは感情的になって……」

「なんだ、そんなの気にしなくていいのに」

俺が訊いたんだし、と藤掛は明るく言う。私も藤掛と同意見だった。確かに侑李の発言は、普段の彼女にしては過激だったかもしれないが、田上樹に面と向かって言ったわけでもない。飲み会の席で、自分が付添人だったらという仮定の話をしたにすぎないのだから、気に病むほどのことではないだろう。

しかし、侑李は反省した様子でうなだれている。

「でも、法律家が、事件のことで感情的になっちゃダメでしょう。仮の話ではあるけど、藤掛くんは、私が田上樹の付添人なら彼に何て言うか、って訊いたのに……少年に話すときに、あんなふうに自分の感情が入りすぎるのは」

「そうでもないと思うけどな。できる限り冷静でいよう、って姿勢は立派だと思うけど、それはそれとして、法律家だって人間だもん。機械みたいに型どおりのことしか言わないんだったら、人間が付添人になったり裁判官やったりする必要ないじゃん」

自分で取り分けたパスタを食べながら、藤掛はからりと言った。

「俺が少年犯罪の被害者なら、付添人とか裁判官がそう言ってくれたら嬉《うれ》しいし、俺が少年の親でも、松枝さんみたいな人に担当してもらいたいって思うよ。それだけ真剣に考えてるってことでしょ」

世間話でもするような軽い調子だったけれど、侑李がその言葉に打たれたように目を見開くのが見えた。私もフォークを止めて藤掛を見る。大したことを言ったつもりはないのか、藤掛だけが照れもなく、平然とパスタを口に運んでいた。

確かに、大したことではない——彼が言ったのは、あたりまえのことかもしれない。でもきっと、それが侑李には必要だった。

型どおりの「弁護士として」「裁判官として」ではなく、自分自身として相手に本気で向き合うことが、無意味であるはずがない。

どんな本気の言葉でも、少年本人にはすぐには伝わらないかもしれないし、むしろうるさがられるかもしれない。それでもいつか、その言葉を思い出す日が来るなら——それが少年の更生の土台になるのなら、それは決して無駄ではないのだ。

侑李の口もとが歪《ゆが》む。嬉しくて笑いそうなのをごまかしているようにも、泣きそうなのを我慢しているようにも見えた。

「そっか……」

「そうだよぉ」

「そうだね」

侑李は、いただきます、と言ってパスタを食べ始める。自分が作ったわけでもないのに、藤掛は嬉しそうに「はいどーぞ」と言った。

「いつもこんな感じなんですか？　友達相手にまで相談役みたいなことしてて疲れません？」

侑李がトイレに立った隙《すき》に、隣の藤掛に声をかける。

藤掛は、全然ですよ、と顔の前で手を振った。

「実家が客商売だったんで、慣れですかね。話聞くのが苦にならないのは、弁護士になるうえではよかったかも、なんて」

同じ修習生でも、侑李とは全然違うタイプだ。

警戒心を持たせずに、相手に心のうちを話させてしまう。人を見て、相手が必要としている言葉を選ぶことができる。法律家には向いている。

本気で女の子を口説いたら、百発百中だろうな、と思ったが、さすがに口には出さないでおいた。

中身は見た目ほどチャラくはないらしい。侑李に対してもただ修習生仲間を励ましただけだとわかっていた。しかし、下心もなくあれでは、かえってたちが悪いとも言える。

彼と話をしただけで、侑李の表情は明るくなった。思いを吐き出してすっきりして、そのうえ思ってもみなかった言葉で肯定されて、すくいあげられた気持ちでいるはずだ。藤掛は親身になって話を聞いて、彼女に必要な言葉をかけた。それは建前でもなんでもなく、真実彼がそう思ったから言った言葉かもしれない。

しかし藤掛自身は、自分の内面は少しも見せないままだ。

決して悪い人間ではないし、仕事の上では頼りになるだろう。

でも、友達になりたいタイプじゃないな、と思いながら、私は皿に残ったチーズソースをパスタに絡《から》める。

親しみやすいキャラクターのせいで、周囲はそのことに気づかないけれど、彼はほとんど完璧《かんぺき》に場をコントロールしていた。

自分はするりと相手の奥深くまで入り込むくせに、相手には深く踏み込ませない。

もしかしたら、私が「見た目ほどチャラくない」と感じたその見た目すらも、そう思わせるための計算なのではないか。それは穿《うが》ちすぎにしても、彼が自分で選んで作りあげた、第一印象ではマイナスになりそうな外見をも、自分の有利になるように利用しているのは間違いない。

客商売をしている家で育って、それが習い性になっているのかもしれないから、計算高いと言ってしまうのは厳しすぎるかもしれないが、どうにも修習生らしい初々《ういうい》しさがなかった。

修習生なんて、ひよこも同然だ。迷って当然なのだ。自分や他人をコントロールする術《すべ》に長《た》けた人間より、悩みながら進もうとしている人間のほうが好感が持てる。なんて。

「……やっかみかな」

「え？」

「いえ。……藤掛さんは、松枝さんみたいに悩むことはなさそうですね。どんなときでも理性的に行動できそうです」

嫌味が過ぎたか、と口に出してから後悔した。

藤掛なら、言葉のとおりに誉められているわけではないと気づいただろう。

修習生相手に、大人げないのは私のほうだ。

謝ろうと顔をあげると、藤掛は苦笑していた。

「それが悩みかも」

小声でぽろっとこぼれるように告げられた一言に、私は一瞬虚を突かれる。

目が合った。次の瞬間、

「……なーんて」

藤掛はそう言って笑い、また元の、隙だらけのようでいて隙のない彼に戻ってしまう。

私はそれを冗談だったと受け止めて――受け止めたことにして、パスタを口に運ぶ。

外からどう見えていても、わからないものだ。

私はひそかに反省し、藤掛に対する認識を改める。

彼には彼で、色々あるようだ。

＊＊＊

田上樹の調査官面接を傍聴した後、侑李は疲れた顔で裁判官室へ戻ってきた。

今日は面接が長引いたらしく、終わると同時にちょうど昼休みになってしまった。

面接後は調査官とその内容について話をする予定だったが、それは休憩後ということになったらしい。

裁判官はすでに食事をとりに行っている。私も食事に出ようとして、侑李がまだ部屋に残っているのに気がついた。彼女と仲のいい水木奈帆が、ちょうど家事部での個別修習プログラムを選択していて同じ建物にいるから、昼はたいてい待ち合わせて一緒にいたのに。

「今日は水木さんとお昼食べないんですか」

私が声をかけると侑李は顔をあげ、律儀《りちぎ》に「お疲れ様です」と挨拶《あいさつ》してくれる。

「朝、奈……水木さんといるとき、四班の風間さんに会って、お昼一緒にどうかって誘われたので……今日は用事があるからと言ってしまいました」

「ああ。あの二人、ちょっといい雰囲気でしたもんね」

班は違うが、親しげにしているのを見たことがある。

藤掛と同じ四班の風間も、おそらく今、裁判所での個別修習プログラムを受けているのだ。

「じゃあ、私と食べます？　今日はお弁当持ってこなかったから、外で食べようと思ってたんです」

侑李は表情を明るくして、是非、と答えた。

一緒に部屋を出て、エレベーターに乗る。

「田上樹の調査官面接、どうでしたか」

「予想通りというか……一応、もうしない、とは言っているんですけど。鑑別所が嫌だったから、もう戻りたくないって。少年院も嫌だって」

「危機感があるなら、いいことじゃないですか」

「はい。でもやっぱり、反省しているとは言えない感じでした。被害者に対する謝罪もないですし……面接は今後も続けるそうなので、これからに期待するしかないですが」

罰を受けるのが嫌だから、もうやらない。少年がそう思うのなら、それはそれで一つの決着だ。心からの反省とは言えなくても、再犯を防止し更生を促すという、少年事件の手続きの趣旨には沿っている。

しかし、それなら今度はバレないようにやろう、と考える少年もいるのが難しいところだった。実際には、とりあえず再犯の可能性は低くなった、というだけで、よしとするしかないこともある。

自分の犯した罪の重さを理解して悔い改め、二度とやらないと誓うのが望ましい在り方ではあるのだろうけれど、少年にも審判手続きにも、そこまで多くは求められない。本来はそういうものであるべきだとしても、私も、そして恐らく侑李も、それはあくまで理想でしかないとわかってしまっていた。

エレベーターが一階に着いてロビーに出て、歩き出した侑李が足を止める。

私は、どうしたの？　と振り返ろうとして彼女の視線を追い、ロビーをうろうろしているブレザー姿の少年に気がついた。

田上樹だ。

彼はきょろきょろと辺りを見回していたが、こちらに顔を向けたとき、その口が「あ」の形になった。見覚えのある顔を見つけた、という表情だ。

「トイレどこですか？」

彼は臆《おく》せずに近づいてきて、侑李に訊いた。

侑李がとっさに答えられずにいたので、私がトイレの方向を指さして教える。

「一番近いのは、そこをまっすぐ行って右手です」

「裁判所の人っすよね」

私が答えるのにかぶせるように、樹は侑李に言った。ついさっき調査官面接で顔を合わせたばかりだから、覚えていたのだろう。

「裁判官、なんて言ってます？　俺、少年院になります？」

侑李は何も答えなかったが、樹はそれに対して頓着《とんちゃく》する様子もなく、気だるげに、少し癖のある髪をかきまわしながら続ける。

「裁判官が決めるんでしょ。裁判官に、俺超反省してるって言っといてくれませんか」

なるほど、反省しているようには見えない。そもそもその目は侑李を見てすらいなかった。だから侑李の表情の変化にも、彼は気づかなかっただろう。

「私に何を言われても、裁判官の判断は変わりません」

侑李は毅然《きぜん》とした態度で言った。

「あなたが反省しているかどうかは、調査官から裁判官に面接結果の報告がされますし、あなた自身が裁判官に直接伝えるチャンスもあります。少年院に行きたくないなら、私に伝言を頼むより、心から反省して、それを示すことだと思います」

「だから反省してるって……示すってどうすんだよって話。反省してるって言うしかないでしょ。ゴミ拾いとかすればいいんすか」

私は、その言い草にも発想にもカチンと来たが、侑李は表情を変えない。私が口を挟む間もなく、

「あなたの処分を決めるのは、裁判官です」

はっきりと言った。何をあたりまえのことを、と言いたげに息を吐いた樹に、彼女は感情を入れない口調で続ける。

「あなたが自分のしたことについて全然反省していなくて、被害者に対する謝罪の気

持ちもなくて、態度も悪くて、それがむかつくと思ったら、裁判官はあなたに嫌な思いをさせるためだけに、少年院へ送ることもできます。どうするのがあなたの更生に役立つのかなんて一切考えないで。でも、裁判官はそんなことはしない。どうしてだと思いますか」

樹は驚いた顔で侑李を見た。

侑李は樹を見ていたから、二人の目が合うのが、私にもはっきりわかった。

「あなたより強い立場の人が、自分より弱いから、気に入らないから、という理由だけで、自分の力を使ってあなたをいじめたら、どう思いますか。あなたはそんな人を許しますか？」

あなたが同級生にしたのはそういうことです。と、侑李は容赦なく、迷いなく告げる。

樹は呆然《ぼうぜん》としているようだった。トイレの場所を訊いただけの相手に、こんなことを言われるとは思っていなかったという顔だ。しかし意外にも、彼は侑李に対して反論したり、反抗的な態度をとったりはしなかった。

居心地悪そうに目を逸《そ》らし、ふてくされた様子で言う。

「……俺、どうなんの」

「わかりません。言えません」

形だけの敬語も消えた問いかけに、侑李はきっぱりと言った。

「でも、あなたがこのまま変わらなかったら……もしも少年院に行かずに済んだとしても、勝手に自分より下だと思ったり、弱いと思ったりした相手を踏みつけ続けて、そのまま大人になったら、あなたのまわりは、あなたと同じ考えの人ばかりになります。あなたはいつか、あなたより強い誰かに、自分より弱いというだけで下だとみなされて、理不尽な暴力を受けることになります。目に見える暴力でも、そうでなくても」

侑李はまっすぐに樹を見ている。樹は目を合わさないまま聞いていたが、やがてそろそろと顔をあげた。再び二人の視線が交わる。

「そういう風に他人を扱うということは、そういう風に自分も扱われるということです。それが嫌なら」

そこで一度息を吸って続けた。声の調子は変えないまま、けれどまっすぐに強く、相手に届けようという力のこもった声で。

「あなたが変わるしかありません。自分より強い人にあなたがそう扱われることがあっても、流されずに」

　樹は黙っている。

　侑李と樹は少しの間見つめ合ったままでいたが、思った通り樹のほうから目を逸らした。それを見て、侑李も少し目を伏せたようだった。

「……トイレは、あちらです」

　もう一度樹にトイレのある方向を示してから、彼の横を通り過ぎ歩き出した。

　出口へ向かって姿勢よく歩く彼女に、私もついていく。

　裁判所を出るときに振り向いてみると、樹はまだ同じ場所に立っていた。


「……言ってしまいました」

　裁判所の建物を出て数歩歩いたところで立ち止まり、侑李が呻《うめ》くように言った。

　やった、言ってやった、という勝ち誇った雰囲気はまったくない。さっきまでの堂々とした態度は何だったのかと思うほど、悲愴《ひそう》な面持ちでうなだれている。

「つい、熱くなって……修習生が、審判対象の少年に私見を述べるなんて。しかもあんな風に真正面から、えらそうに……私こそ何様なのかと」

「いや、あの、そんなに気にしなくてもいいと思いますよ」

　あまりに落ち込んだ様子なので、慌《あわ》ててフォローした。

確かに、修習生は審判や面接を傍聴している間中、感情を表に出さないようにと言われている。あくまで「傍で聴いている」だけの立場だから、その存在が少年審判の手続きに影響を及ぼさないように配慮すべきというのはその通りだ。その観点から言えば、手続きの外だったとはいえ、侑李が少年と接触して私見を述べたのは褒められたことではない。けれど、話しかけてきたのは樹のほうだし、侑李は裁判所を代表して何かを言ったわけでもない。質問をされて個人としての見解を述べただけなのだから、大問題になるようなことでもないだろう。

「私はいいと思いましたよ。あれくらい言わなきゃ伝わらないです。藤掛さんも言ってたじゃないですか」

本当はかなり踏み込んだ発言だったと思ったけれど、私が何か言うまでもなく反省していることが明らかな侑李に、追い打ちをかける気にはなれなかった。慰める言葉をかけたけれど、侑李は私が気を遣っていると感じたのだろう。その言葉に甘えたりはしなかった。礼を言った後で、「でも」と首を横に振る。

「私は、まだ修習生です。弁護士や裁判官になった後なら、少年を諭すのもいいですけど……今の私の立場で、あれはやりすぎでした。反省しています」

後で、裁判官と木山さんに謝りに行きます。そう言って、私にもすみませんでしたと改めて頭を下げた。

「まあまあ、謝るにしたってごはんの後ですよ。まずはお昼、食べに行きましょう」

私は侑李の背中をぽんと叩《たた》き、顔をあげさせる。意識して明るい声を出し、無理やり話題を変えた。侑李はまだ何か言いたげにしていたが、「時間なくなっちゃいますよ」と私が言うとしぶしぶ引き下がり、先に立って歩き出した私についてくる。

私は、立ち尽くしていた田上樹のことを思い出した。

彼が、一人の修習生の言葉でいきなり改心するとは到底思えない。柴本や木山との面談を経た後でも、あの態度だったのだ。それでも少しは、何かは、届いたように見えた。

「審判、ちょっと楽しみですね」

本当にそう思っただけで、いじわるを言ったつもりはなかったのだけれど、侑李は少し恨めしそうな目で私を見た。

侑李は裁判官と調査官に頭を下げに行き、調査官から連絡先を聞いて柴本にも電話をかけて謝罪した。柴本は怒るどころか笑って、「僕の仕事を手伝ってもらっちゃったな」と言っていたそうだ。

そうして数日後、侑李は二週間の少年部での修習を終えた。

この後、ホームグラウンドとしての弁護修習先に戻って、そこを拠点に、省庁や刑事施設の見学などの選択型修習を行う予定だと話していた。残り四週間の選択型修習が終わったら、和光市にある司法研修所での集合修習が待っている。

侑李と連絡先の交換はしなかった。これまで修習生と連絡先を交換したことは一度もなかったから、なんとなくタイミングがつかめなかったのだ。

「お世話になりました」と裁判官や調査官、私にも丁寧に頭を下げて侑李が去った後、私は出しそびれたスマートフォンを今さら鞄《かばん》から取り出し、ため息をついた。

残り四週間の間に、指導担当の弁護士について裁判所に来ることもあるだろうから、建物内で顔を合わせたら、そのとき訊《き》けばいい。そう思ったけれど、すぐに、そのときもやっぱり訊けないかもしれないな、と思った。

＊＊＊

審判当日、田上樹は緊張している様子だった。少なくとも西口きららのように、今にもあくびをしそうなだらけた態度ではなかった。きちんと制服を着て、柴本の言うことを真面目《まじめ》な表情で聞いている。

審判廷に入ったとき、彼が誰かを探すように視線を動かした気がしたけれど、それは私が侑李の不在を気にしていたからそう思っただけかもしれない。

若干型どおりの感はあったが、彼は審判の中で反省の言葉と更生への意欲を述べた。質問でそれを引き出した柴本は大きくうなずいている。裁判官も木山も、内心ほっとしただろう。

その甲斐《かい》あってか、裁判所が樹に下した処分は、保護観察だった。

侑李の言葉が樹に届いたのか、樹が本当に更生するかどうかは、まだわからない。これからだ。けれど、樹が審判廷を出るとき——柴本にそうするよう言い含められていただけかもしれないが——こちらを向いて頭を下げたのを見て、私はやっぱり侑李と連絡先を交換しておけばよかったと後悔した。審判中に特に何か起きたわけではなく、よくある少年審判の風景だったのに、何故《なぜ》か感動していた。

これまでの私は担当する事件の少年と言葉を交わしたこともなかった。審判廷の中にいる少年の姿しか知らなかったから、ほんの少しいつもより深く関わった樹の事件に、自分でも気づかないうちに思い入れを持っていたのかもしれない。

侑李はまだ選択型修習中で、個別修習のプログラムを受けていないときは弁護修習先の事務所にいるはずだ。事務所へ電話をかければ連絡をとることはできるが、そうまでして伝えなければいけないことでもない。裁判所の業務外で、書記官としての立場から知りえた情報をもって彼女に連絡をとるというのも不適切だろう。

どこかで偶然会えたらいいなと思いながら、執務室の外では侑李の姿を探し、スーツの女性を見つけると目で追うようになった。

偶然の再会を半ばあきらめかけ、侑李に審判結果を連絡していいか、と裁判官にお伺いをたてようかと思い始めたころ、裁判所のロビーで彼女を見かけた。

「松枝さん」

少し離れたところから声をかけると、侑李は振り返り、あっという顔をする。礼儀正しく挨拶をしようとした彼女の声にかぶさる勢いで、

「田上樹、保護観察になりましたよ」

簡潔に告げる。

侑李は立ち止まっていて慌てる必要もないのに、伝えなければという気持ちが先に立って早口になった。

「ちょっとだけですけど、前より態度がよかったし、真面目に審判を受けていました。まだ変わったとは断言できないけど、変わろうとしているようには見えました」

侑李は驚いた顔をしたけれど、すぐに安心したような笑顔になる。

「ありがとうございます。……よかった」

私も息を吐いた。

侑李が実務修習を終えて和光へ行ってしまう前に、会えてよかった。ぎりぎりだった。

伝えられたことにほっとして、嬉しそうにしてくれたのが私も嬉しくて、口元がほころぶ。

でもそこから先、言葉は出てこなかった。修習もうすぐ終わりですね。今は選択型修習、何をしてるんですか。今日は傍聴ですか？　刑裁ですか、民裁ですか。いくらでも話題はあるはずなのに。

間抜けな沈黙の後、じゃあ、と言いそうになって、慌てて口をつぐんだ。違う、連絡先を聞くのだ。別に緊張することでもない。そう思うのに、何故か言葉が出てこない。

侑李の修習はもうじき終わる。もう会うこともなくなるかもしれない。

修習のためとか、業務のためという理屈はもう使えない。この状況で連絡先を聞くのなら、ただ単にあなたと友達になりたい、離れても連絡を取り合いたいという意思表示になる。

連絡先の交換なんて誰でも気軽にしていることなのに、自分から誰かに連絡先を聞くなんてあまりに久しぶりで、やりかたを思い出せなかった。仲良くなりたいと思っていた同級生に声をかけられなかった、中学生の私ではないのに。

自意識過剰なせいで連絡先を聞けないまま別れたら、絶対に後悔する。自分でもわかっていたから、辺りを見回すふりをして侑李に一度背を向け、目を閉じてゆっくり呼吸をして、頭を切り替えた。

よし、何気ない調子で切り出すぞと決意して口を開きかけたとき、

「あの」

侑李のほうから声をかけられる。

「——連絡先、交換しませんか」

声に出さずに練習していた台詞《せりふ》を先に言われてしまい、すぐに反応できなかった。心を読まれたのかなんて馬鹿《ばか》げたことを一瞬思って、それからやっと、言葉の意味が頭に入ってくる。

侑李が一大決心をしたような表情でいるのがおかしくて、思わず笑ってしまった。彼女は真剣な表情で私の返事を待っている。

私も今そう言おうと思っていたんです、と言えれば侑李もほっとしたのだろうが、そこまで素直にはなれなかった。

「特別ですよ」

冗談めかして私が言うと、侑李は大真面目にうなずき、重要書類でも扱うかのように、私の連絡先を自分のスマートフォンに打ち込んだ。

＊＊＊

十二月も終わりに近くなった。

侑李が少年部での選択型修習を終えてから四か月、彼女が和光市へ去っていってから約三か月が経《た》っていた。和光での集合修習も十一月に終わり、彼女はもう、修習生ではない。今月半ばに、裁判官への任官志望者の面接や、新人弁護士の一斉登録は済んでいるはずだ。

連絡先を交換したものの、特に連絡をするような用事もない。お互い、意味のないやり取りを楽しむために頻繁に連絡をとりあうような性格でもないので、気にしていなかった。連絡しようと思えば連絡できる、つながっている、というだけで満足し、安心していた。

侑李は裁判官になるのだろうか。だとしたら、裁判官は若いうちは異動が多いから、いつか私のいる部に来ることもあるかもしれない。そうなったらおもしろい。

それくらいの距離感でつながっていられれば十分だった。

西口きららの最終審判当日、私は久しぶりに侑李のことを思い出した。

審判廷に現れたきららは、四か月前の審判のときと大して変わっていないように見えた。相変わらずやる気がなさそうだ。でも、少しだけ姿勢がよくなったような気がした。そうあってほしいと思って見ているからだろうか。

「もう二度とやらないと誓えますか」という、裁判官からの四か月越し二度目の質問に、きららは少しうつむき、

「更生とかまだピンときてないっていうか、よくわからないけど……」

言葉を探すように、ゆっくりと視線をさ迷わせながら答える。

「でも、もうやりません。万引きとか、人のもの持って帰ったりとか」

どきっとした。

つたない言葉だったけれど、彼女自身の言葉だ。きららが自分の言葉で、「もうやらない」と言っている。

「どうしてそう思うようになったのかな。前は、わからないって言っていたけど」

裁判官が尋ねる。この四か月の間にどういう心境の変化があったのか、私も気になった。黙々と調書を作りながら、耳に意識を集中させてきららの答えを待つ。

きららは、「どうしてっていうか」とわずかに首を傾け、

「彼氏が、そういうの嫌いだから」

こともなげに言った。

私は思わず、パソコンのキーを打っていた手を止める。裁判官が、そうかあ、なるほどねえ、と感心したように言った。

四か月前、あれだけ弁護士と裁判官と調査官に入れ代わり立ち代わり諭されても、きららからは反省も後悔も見てとれず、彼女は窃盗の何が悪いかを理解した様子もなく、今後同じことをしないと誓うこともできなかった。四か月期間を空けたからといって、何か変わるものだろうかと、疑っていたけれど。

彼氏が嫌いだと言ったから、もうしない。――それほど柔らかいものなのだ。少年というものは。

侑李が少年部にいたころ、「少年は、よくも悪くも影響されやすい」と彼女に言ったのは私だったけれど――少年法の趣旨も、少年は成長するということも、何度も聞

いてわかっているつもりだったけれど、現実にそれを目《ま》の当たりにしたのは初めてだった。有能な弁護士や真摯《しんし》な調査官が力や言葉を尽くしてもだめだったことが、男の子の一言であっけなく達成されてしまう。こんなことがあるのだ、現実に。少年とはそういう生き物で、少年審判はそんな彼らの今後のために処分を決めるものなのだ。

私は笑いそうになるのをこらえてキーを打ち続けた。

西口きららは、不処分になった。

定時に仕事を終えて裁判所を出て、駅近くの書店に寄った。

目当ての棚へ行く前にふと思い出し、メッセージアプリを立ち上げる。こういうことはタイミングを逃してはダメなのだ。審判が終わったその日のうちに、忘れる前に送っておこうと思った。

『元気ですか。今日、西口きららの最終審判でした。彼氏が嫌がるから万引きはもうしないそうです。不処分です』

用件だけのメッセージを、侑李に送る。

彼女にメッセージを送るのは随分久しぶり……連絡先を交換した直後、確認のために送りあったのが最後だったから、ほとんど初めてのようなものだったけれど、まるでいつもやりとりをしているかのように気負わず送ることができた。報告があると、連絡するのは思っていたよりもずっと簡単だった。

私はスマートフォンを鞄にしまい、壁に貼《は》ってある店内のフロア案内を眺める。目当ての棚は、店の奥、壁際にあるようだ。

実はもう一つ、侑李に報告しようか迷っていることがある。なんだか照れくさいし、どう切り出せばいいのかもわからないけれど、こうして用事があって連絡するついでに言わなければ、ずっと言えない気がする。

もう少し先に進んでから報告したほうがいいのだろうかと迷ったけれど、自分を鼓舞するためにも、恰好《かっこう》をつけずに今決意表明したほうがいいと思った。それに、侑李には伝えておきたかった。

司法試験参考書の棚の前へ行き、私は民法の基本書に手を伸ばす。ずっと前大学生のころに手にしたことがあった、有名な本だ。今はもう改訂版になってカバーも替わっている。何年も経ってから、改めてこの本を読むことになるなんて、考えてもみなかった。私は分厚い本のページをぱらぱらとめくりながら、一人で少し笑った。

些細《ささい》なきっかけで、笑ってしまうほど単純な理由で、人は急に変わったり成長したりする。

西口きららは、数か月で変わった。田上樹も変わり始めた。少年審判は、少なくともそのきっかけになったはずだ。私たちは、それを誇っていい。

そして、大人になってからでも何かに気づくチャンスはきっとある。どんな言葉も届かないように思えた彼らだって変わったのだ。万引き常習犯の老人でも更生の可能性はあるとカフェで侑李に話したとき、私はそれを心からは信じていなかったけれど——今は、本当にそう思えた。

十三回の服役で何も変わらなかった人でも、十四回目で心から悔い改めることがあるかもしれない。最初に過《あやま》ちを犯した時点でそれを正すことよりもずっと難しいけれど、不可能ではないはずだ。

可能性を信じることをあきらめたら、裁判も刑務所も、存在する意味がなくなってしまう。裁判所や刑務所の職員は、それを忘れてはならないのだ。そして、法律家も。

人はいつでも、何度でも、別の自分を選ぶことができるのだ。

私だってきっと、数か月前の自分とは違う。これからまだ成長することもできる。

少年たちほど柔軟ではないかもしれないけれど、遅すぎるということもないはずだ。

仕事は好きだけれど、今の立場ではできないこともやってみたいと思い始めていた。

今さら？と、誰に言われなくても自分で思っているし、せっかく書記官になったのに？　とも思うけれど、挑戦したくなったのだから仕方がない。私のこれからの人生の中で、今が一番若いのだから、どんなに「今さら」でも、始めるなら今からしかない。

数冊を抱えてレジへ向かう途中、鞄の中でスマートフォンが震えた。見ると侑李からメッセージが届いている。絵文字も何もない、シンプルで堅苦しい文面だ。

私は口元が緩むのを、片腕に抱えた本で隠して返事を打った。

『司法試験の勉強を始めようと思うんですけど、参考書でおすすめってありますか？』

第三章　うつくしい名前

普段は朝一番のこの時間だと、検察庁内にはほとんど人気《ひとけ》がない。しかし、その日は自販機前に先客がいた。見慣れない顔だ。

ひとまわりサイズが大きいように見えるスーツを着崩した、薄っぺらい体の若い男だった。俺も身長はあるほうだが、彼は俺よりも背が高くて、驚くほど顔が小さい。芸能人かと思った。

襟に留められた三色のバッジで修習生だとわかる。今日から検察実務修習を開始する、三班の修習生だろう。今日は第四クール、分野別実務修習の最終クールの初日だ。

目が合って会釈《えしゃく》されたので、「修習生？」と尋ねると、はい、という答えが返ってきた。無礼とまでは思わないが、たたずまいが社会人のそれではない。スーツのサイズが合っていないこともあって、なんだか高校生のように見えた。それは言い過ぎだとしても、えらく若い。

「早いな」

「目覚ましのアラーム、一時間間違えてて」

実務修習開始前に開催された全体での懇親会で一度顔を合わせているはずだが、それだけでは、一人一人の顔は覚えられなかった。あの時は久しぶりに殺人事件が送致されてきたばかりで、そのことで頭がいっぱいだったのだ。それにしても、こんな目立つやつの顔すら覚えていないというのは、俺はどれだけ上の空だったのか。

ごとん、と音を立てて炭酸飲料が自販機の受け取り口に落ちてくる。そいつには、炭酸入りの清涼飲料水が似合う若さがあった。缶を取りあげると、もう一度俺にひょこりと会釈して、気だるげに歩いていってしまう。まだ始業時間まで大分あるから、散歩にでも行ったのだろう。

去っていく足元を見ると、スニーカーだった。若いやつの流行《はや》りの着こなしだろうか。個人的な好みとしてはどうかと思うが、そんな恰好《かっこう》でもなんとなく様になっているのがすごい。大人げないとは思いながらも、脚の長さに若干むかついた。しかもあの顔。あの容姿で弁護士になどなった日には、テレビ局からオファーが殺到するだろう。

なんとなくおもしろくない気持ちになりながら俺は自販機に向き直り、ズボンのポケットから財布を取り出した。コーヒーのサンプルが一つ、倒れたままになっている。いつまでも直らねえな、と思いながら百円玉を入れた。

そういえば、全体での式典の後、上席の検察官たちが「今年の修習生にはすごいのがいる」と話していた。高校に通いながら十八歳で司法試験予備試験を受け、そのまま司法試験に合格したという天才少年、柳祥真《やなぎしょうま》。執務室の自分のデスクで缶コーヒーを飲みながら、ああ、さっきのあいつがそうか、と思い当たった。

現在、司法試験の受験資格を得るためには、原則として法科大学院を修了する必要があるが、法科大学院に通えない事情がある者への救済策として、司法試験予備試験が実施されている。この試験に合格すれば、法科大学院修了者と同等の学力があるとみなされ、司法試験の受験資格を得ることができる。合格率は低くハードルの高い試験だが、予備試験には学歴や年齢の制限はない。何歳だろうと受験できるとはいえ、十八歳で合格したというのはすごい。しかも柳は、その十か月後、ストレートで司法試験にも合格している。

司法試験の合格発表日までに誕生日が来て十九歳になったらしいが、もちろん今期の修習生の中ではダントツの最年少だ。十代の合格者も前例はあるが、珍しいのは間違いない。

　全体での懇親会でも注目の的だっただろう。俺は顔を見ていなかったが、検事正が興奮した様子でいたのは覚えていた。

「君塚《きみづか》。見たか、噂《うわさ》の十九歳。柳だったか？　俺の若いころにそっくりの男前だったな。よほど実務の出来が悪かったら別だが、修習の様子を見て検察庁に勧誘して、獲得しろ。広告塔になるぞ。あれだけ見栄《みば》えが良けりゃ、裁判員ウケもいいだろう」

　見ていませんでしたとは言えず、はあ、と答えたが、その後名簿を見て名前は確認した。弁護士会や裁判所でも、十九歳の修習生が来る、と噂になっていたようだ。

　彼が任官すれば確かに話題にはなるだろうし、裁判員ウケもいいだろうが、検察官に向いているかどうかはまだわからない。柳とは、つい先ほど自販機前で初めて話したが、いかにも現代の若者といった感じで、やる気に満ち溢《あふ》れているようには見えなかった——少なくとも、熱血タイプではなさそうだった。

　見るからに初々《ういうい》しいと、取調べで被疑者に舐《な》められるかもしれない。任官した後はもちろんのこと、修習中の今も、十歳も二十歳も年上の同期たちの中で、後れをとらずにいられるのか。能力面だけでなく、若すぎて一人だけ班になじめずにいるのではないか、という不安もある。

飲み終えた缶をデスクの脇《わき》のゴミ箱に捨てた。

俺はあくまで検察修習における指導担当であって、学校の担任教師ではない。修習生の人間関係に気を配るのは本来俺の仕事ではないし、若いというだけで柳一人を特別扱いする必要もないと個人的には思うが、何せ検事正が気にしている。高校在学中に予備試験を受け、司法試験もストレートで合格した将来有望な修習生が、万が一にも人間関係に悩んでドロップアウトするようなことがあれば一大事だ。ちょっと気をつけて見ておくか——と、俺は第四クール開会式のために大会議室へと向かいながら考える。

しかし、すぐにそんな懸念《けねん》は不要なものだったとわかった。

「柳、合コンどうよ合コン。先週の子たちと二回戦！　瀬田《せた》と藤掛も来るから」

「金ないからいい」

「そう言わずに！　いやおまえの分は俺が出すよ！　おまえ酒飲めないし」

「じゃあ行く」

修習生室から声が聞こえてくる。あの声は秋川《あきかわ》と柳か。仲がよさそうで結構なことだ。

事務官の加賀《かが》が俺に目配せをしてきたので、肩をすくめてみせる。「注意しましょうか？」「ほっとけ」。口に出さなくても、加賀は俺の言わんとするところを察してパソコンの画面に視線を戻した。

三班に所属する八人の修習生のうち、柳のほかは全員、二十代と三十代だ。第一クールから第三クールの間、ともに修習してきた仲間ということもあって、班のメンバーには連帯感があり、柳一人が浮いているということもなかった。むしろ、愛想がいいとはいえないうえに、歯に衣《きぬ》着せない物言いをする柳を、年上の仲間たちが広い心で見守り、可愛《かわい》がっているような雰囲気だ。

修習生室は、検察官執務室と、ドア一枚で隔てられた続き部屋になっている。修習生同士の議論が白熱したり、雑談で盛り上がっていたりするときは、俺の部屋まで声が筒抜けなので、あまり騒いでいると加賀がたしなめに行くこともあったが、始業前や休憩時間は基本的に目をつぶることにしていた。

時計を見ると、あと十分で始業時間だ。今日は、実際の事件の被疑者と被害者を呼んで、修習生たちに取調べや事情聴取をさせることになっている。修習生同士でロールプレイングをさせたことはあるが、本物の取調べはこれが初めてだ。

俺がデスクから立ち上がり、修習生室のドアを開けると、瞬時に「おはようございいます！」と秋川の声が飛んでくる。ほかの修習生たちも次々とそれに倣《なら》った。俺は挨《あい》拶《さつ》を返してから室内を見回した。

「今日の取調べの担当者は？」

吉高《よしたか》、駒井《こまい》、秋川、そして柳が手を挙げる。

今日は傷害事件の被疑者と被害者が検察庁に出頭する予定だった。取調べ担当の四人の修習生は、二人ずつに分かれて、それぞれの事情聴取をする。

大きな検察庁には取調べのための個室があるが、あいにくこの庁にはない。俺が取調べをするときは検察官執務室に被疑者を呼ぶが、修習生たちの取調べ実習は修習生室で行う。窓際に長机を二つ縦に並べてパイプ椅子《いす》を設置し、左右をパーティションで区切っただけの取調べブースを作ってあった。

狭いブースの中に何人も入るわけにはいかないので、検察官役の修習生一人が取調べ相手の前に座り、事務官役の修習生一人と俺が、その後ろに立つ形になる。残りの修習生たちは、パーティションの外でこっそりと聞き耳をたてるわけだ。

被疑者の取調べを担当する検察官役の吉高は、二十代の小柄な男子修習生だ。事前に細かく、聴取予定の内容をメモにとっていた。緊張した様子だったので、ブースに入る前に、「肩の力抜け」と助言したが、あまり効果はないようだ。メモをとるためのリーガルパッドに、指の跡がついている。

事務官役の駒井は落ち着いていて、どちらかというと彼女のほうが検察官らしく見えたが、どちらが検察官役をするかはじゃんけんで決めたらしい。班内に検察官志望者がいるときは志望者を優先させるが、三班には特に検察官を志望している修習生はいなかった。もっともこの検察修習は始まったばかりで、修習が終わった段階でどうなっているかはわからない。

東京や大阪といった、修習生の特別多い修習地を除けば、一つの修習地から検察官になる修習生は原則一名しか選ばれない。一班に熱心な検察官志望者がいたから、他に希望者や特別適性のある修習生がいなければ、彼を推すことになるだろう。検事正は柳を気にしていたが、これればかりは本人にやる気がなければどうしようもない。

駒井に案内されてブースに入ってきた傷害事件の被疑者高田《たかだ》に、まずは俺から、吉高が実習中の司法修習生であること、今日は彼から質問をさせてもらうことを説明した。高田はよくわかっていないようだったが、特に不満を述べることもなく同意する。相手が難色を示した場合は実習はしないで俺が聴取をするが、経験上、拒否されたことはなかった。

まずは修習生たちに取調べをやらせて、俺は後ろで見守り、問題がありそうであれば代わることになっている。

「先週の木曜日、事件当夜のことを聞かせてください」

吉高が質問を開始した。

警察からあがってきた報告書や調書によると、六月十四日夜十一時過ぎ、駅前の道路上で、互いに酔っていた被疑者と被害者が口論になり、揉《も》み合った結果被害者がけがをした——らしい、というのが本件の内容だった。端的に言って、単なる酔っ払いの喧嘩《けんか》だ。

らしい、というのは、互いに酔っていたせいで被疑者は相手を殴ったことを覚えていないし、被害者も具体的に状況を供述できないためだ。

被疑者と被害者は、同じ店を行きつけにしている顔見知りだったが、その日はたまたま席が隣り合い、ささいなことで口論になった。そのときは店員がとりなしておさまったものの、どうやら店を出たところでまた小競《こぜ》り合いになったらしい。どういった経緯かはわからないが被害者はその場に倒れてしまい、被疑者は立ち去った。道端に倒れていた被害者を通行人が見つけ、店員にそれを伝えて救急車が呼ばれた、というのが、関係者から警察官が聞き取った経緯だった。

被害者の真野雄二《まのゆうじ》は救急隊員の呼びかけに応《こた》えて意識を取り戻し、自力で自宅へ帰って、翌朝病院へ行き、その足で被害届を提出した。外傷はなかったようだが、頸椎《けいつい》捻挫《ねんざ》の診断書が出ている。

吉高に促されるまま、高田は仕事の後で飲み屋に入ったところから、その日の自分の行動を順を追って説明した。話に不自然なところはなく、記憶の通り正直に話しているようだとの印象を受けたが、二軒目の店に入って飲み始めたあたりから記憶が曖昧《あい》《まい》になっているという。

「二軒目で被害者の方と会って、ちょっと揉めたような記憶はあるようなないような……でも、外に出てから殴ったとか、そういうことは全然覚えてないんです。あの日は相当飲んでいましたし。被害者の方が殴られたと言うなら、そうなんだと思いますが」

記憶にないのだから、やったともやっていないとも断言できない。高田は途方に暮れた様子で眉尻《まゆじり》を下げた。

否認しているわけではなく、記憶にない部分も、「おそらくそうなのだろう」と認めてはいるから、起訴は可能といえば可能だが、全体像があまりにぼやけていて、このまま被害者の言うとおりの内容で起訴するのもどうかという印象だった。被害者のけがは大したことがなさそうだし、高田も、記憶はないなりに、飲みすぎて人に迷惑をかけたらしいことは認め反省しているようだ。このままだと処分保留ということになるか。

これ以上何を訊《き》いたらいいのか吉高が困っている様子だったので、後ろから肩に触れ、目配せをして席を代わる。明らかに吉高よりも体格がよく強面《こわもて》の俺が正面に座ったので、高田は不安そうな表情になった。

「私から何点かお訊きしますね」

責めるつもりはないのだと示すために、意識して穏やかな口調で言う。高田はほっとした様子でうなずいた。

「これまで、他人と殴り合いの喧嘩をしたことはありますか」

「ありません」

「殴っていなくても、つかみあいになったとか」

「全然、小学生のころだってないです」

「格闘技を習っているとか、部活をやっていたとか」

「いえいえ、学生のころは美術部でした。運動はからっきしで」

まったく喧嘩慣れしていない、そんな人間が、酔ったからといっていきなり他人を殴るだろうか。酒を飲むとがらりと性格が変わる人間もいるから、一概には言えないが。

これまで酒で他人とトラブルになったことがあるかという質問に対しても、高田は首を横に振った。

「事件のあった日の翌朝、体に痛むところはありましたか？」

記憶にないなら、彼も相手から暴力を振るわれたかもしれない。高田が一方的に相手に暴行をしたのだとしても、慣れない喧嘩なら普段使わない部分の筋を痛めたり、筋肉痛になるくらいはしていそうなものだ。

「いえ、特には……二日酔いで頭痛はしていましたけど」

「手は？」

「手？」

俺が手を見せてくださいと頼むと、高田は素直に両手を机の上に置いた。手のひらを上に向けていたので、ひっくり返してもらう。

普段から拳《こぶし》を使っている人間の手ではない。こういう手で人を殴れば、拳を痛めることが多いが、どこにも傷はなく、手のひらも甲もきれいなものだった。

警察で取調べを受けた際も、手や指に傷があったとは記録されていない。

これだけで判断はできないが、相手を拳で殴って転倒させた、ということはなさそうだ。とはいえ、拳に傷がないだけで暴行の事実がなかったとまではいえない。突き飛ばすとか、押し倒すくらいのことはしたかもしれない。

高田の取調べは一時間ほどで終わり、昼休憩を挟んで、午後一時半に被害者の真野雄二がやってきた。今度は柳と秋川が取調べブースに入る。検察官役は柳だった。

真野は、高田と同年代の中肉中背の男だった。事件から数日たっているとはいえ、顔を殴られていればあざが残るだろうが、見たところどこも怪我《けが》をしているようには見えない。頸椎捻挫の診断書が提出されていたが、その症状もさほど重くはないようだ。

柳は真野に当日の行動を話すよう促し、彼が行きつけの飲み屋で高田に会ったことを話したところで、高田との関係を確認した。聞く限り、高田の話と食い違う点はない。

「……それで、気がついたら地面に倒れていたんです。殴られたのか、突き倒されたのか、ちょっと覚えてないんですけど」

ショックで記憶が飛んでしまったか、倒れたときに頭を打ったのかもしれません、と真野は真剣な顔で言う。柳は真野の話を否定することなく、その可能性もありますね、と相槌《あいづち》を打った。落ち着いていて質問は澱《よど》みなく、決して高圧的でもないが、表情が変わらないから、柳が真野の供述を信じているのか疑っているのか、まったく読めない。

「体勢を崩して倒れるくらい強く殴られたなら、殴られた箇所があざになったり、赤くなったりするのが一般的だと思うんですが、そういうことはありましたか」

「体中痛くて、どこを殴られたとかはちょっとわからないんですけど……あざとか傷は、特には」

体が痛いのは地面に寝ていたからではないのかと思ったが、この場では言わずにおく。柳も何も指摘しなかった。ただフラットに相手の話を聞き、そこに自分の感想を挟むこともなく、淡々と質問を続ける。

「診断書を見るかぎり、頭部に外傷はなかったんですね？　たとえば、倒れたときにぶつけたらしいこぶができていたとか」

「はい、不幸中の幸いというか。押されて、こう、前に倒れたのかもしれません。目が覚めたとき、うつぶせでしたし」

通行人に発見されたとき、真野の体がうつぶせになっていたというのは、警察官の報告書にも記載があった。柳は、なるほど、とうなずいて、

「手を見せてもらえますか」

相変わらず淡々とした口調で言う。

秋川は、え、被害者にもそれ訊くの、という顔で柳を見たが、柳は視線を真野へ向けたままだ。

柳も午前中の取調べのときはパーティション一枚を隔てただけのところにいたのだから、俺が被疑者に手を見せるよう言ったことは聞いているはずだ。吉高が班全体に取調べの報告をして情報共有もしただろう。この事情聴取にあたって、それを参考にしたのかもしれないが、被疑者である高田が怪我をしたという情報はないのに、何のために被害者である真野の手を見たがっているのか、とっさに理由がわからなかった。

真野が高田を殴り返したかどうかを確認したいのだろうか。

真野は困惑した様子だったが、特に抵抗することもなく、両手を机の上に出した。

高田と同じで、手のひらには傷ひとつない。

それを見てやっと、俺も柳の意図を理解した。

柳は、「ありがとうございます」と言って質問を終わらせる。

俺もこれ以上真野に訊くことはない。調書を作るかどうかは迷ったが、結局、必要に応じてもう一度だけお呼びするかもしれません、とだけ伝えて帰ってもらった。

秋川が真野を部屋の外まで送り、戻ってくる。窓から、検察庁の駐車場を横切って

6月のトピックス

2023 JUN.

新潮文庫

ホームページ
https://www.shinchosha.co.jp/bunko/

稲垣吾郎、新垣結衣出演で映画化。読む前の自分には戻れない、気迫の長編小説待望の文庫化！

今月のイチオシ

朝井リョウ『正欲』

共感を呼ぶ傑作か？目を背けたくなる問題作か？第34回柴田錬三郎賞受賞、第19回本屋大賞ノミネートなど、多方面からの圧倒的支持を受け、この秋稲垣吾郎さん、新垣結衣さん出演で映画化もされる朝井リョウの最高傑作、待望の文庫化です。

映画化

2023年秋
全国ロードショー

稲垣吾郎　新垣結衣　監督:岸 善幸

村上さんがいつの間にか集めて

しまった偏愛コレクション！

不安…
僕は耳を…

〈お祈りメール〉が続く就活生をはじめ、悩む心に光が射しこむ傑作！
二〇二一年本屋大賞ノミネート、直木賞候補、山本周五郎賞候補。

やがて満ちてくる光の

梨木香歩

作家として、そして生活者として日々を送る中で感じ、考えてきたこと——。デビューから近年までの作品を集めた貴重なエッセイ集。

825円
125346-6

リーガルーキーズ！

——半熟法律家の事件簿——

走り出せ、法律家《リーガル・ルーキーズ》の卵たち！
司法修習生たちの成長を描く、爽快なリーガル青春ミステリ。

織守きょうや

※『朝焼けにファンファーレ』改題

825円
104581-8

室町妖異伝

——あやかしの絵師奇譚——

闇の奥に見えた〈もう一つの京〉。都を救うため、人は命をかけ妖物は霊力を振り絞る！

三好昌子

＊書下ろし

781円
103862-9

やがて訪れる春のために

はらだみずき

もう一度、祖母に美しい庭を見せたい——。庭と家族の再生を描いた、やさしさに包まれる物語。

737円
121382-8

愚者の街（上・下）

＊本邦初訳

海外名作 発掘 HIDDEN MASTERPIECES

（上）781円（下）825円
240311-2／12-9

歩いていく真野の姿が見えた。柳はその後ろ姿を眺めながら、「取調べ中は訊けなかったんですけど」と口を開く。

「嘘《うそ》ついてるのか勘違いなのかわからないですけど、言っていることの辻褄《つじつま》が合わない場合、その場で追及したほうがいいんですか？　あの人は被疑者じゃないし、とりあえず聞くだけにしたんですけど」

真野と話していたときと変わらず、ロートーンだ。ぼそぼそとまではいかないが、お世辞にもはきはきしているとは言えない話し方だった。気だるげというか、やる気がなさそうに見えてしまい、体育会系の多い検察庁では目立つ。しゃきっとしろよ、と思わなくもなかったが、それを指摘するより、話そのものに興味を引かれて、俺は柳に目を向けた。

「事実関係について聴取して、被害者の申告が事実と違うってわかった時点で被疑者を不起訴にしていいのか、それとも矛盾点について突っ込んで、双方にもう一度確かめたほうがいいのか……」

「真野雄二の申告が事実と違うと感じたんだな」

俺も信用できないと感じた。意図して嘘をついているわけではないかもしれないが、思い込みで話をしているという印象を受けたのだ。

柳はうなずき、自分の手のひらを見ながら言った。

「だって、突き飛ばされて転んだんだったら普通、地面に手をつきますよね」

言われてみれば当たり前のことだ。

実況見分時の再現写真で、真野はうつ伏せに倒れていた。

倒れた際に手をついたおかげで、顔や体に目に見える傷を負わずに済んだ、ということは考えられるが、押されるなり何なりして倒れ込み、その勢いのまま地面に手をついて、手のひらにかすり傷一つ負わないということは考えにくい。倒れた衝撃で頸椎を捻挫するほどの衝撃がかかったというなら、なおさらだった。

まだ事件から数日しかたっていないのに、真野の手のひらにはかさぶたもなかった。

秋川が、なるほどなあ、と声をあげる。

「外傷がないのは、自分で寝転がったからってことか。硬い地面で寝てれば、体も痛くなるよな。あ、頸椎捻挫って、要するに寝違えってこと?」

「嘘をついてるつもりはないのかもしれない。記憶がないだけで」

「起こされて気づけば喧嘩の相手はいなくなってて、体中痛いし自分は地面に伸びてるし、これは傷害事件だ、そういえば突き倒されたような気がしてきた! みたいな? うわ、ありそう」

絶対そうだって、と言って秋川が柳の肩を押す。柳は若干うっとうしそうにしながらも、されるがままになっていた。

俺も、真野の傷のないきれいな手のひらを見たときに、傷がないのはおかしいと気づいたが、柳は俺よりずっと早く、真野の話を聞いてすぐにその考えに行きついていた。目の付けどころがいいし、頭の回転が速い。

たまたま今回だけ、まぐれ、ということもあるかもしれないが――どうやら注目すべきは、顔や若さだけではなさそうだ。

検事正の言うとおり、彼は極めて優秀な検察官になりうる人材かもしれない。

「さっすが！　この名探偵！」

「別に……普通だし。ていうかうるさい」

――可愛げはないが。

＊＊＊

取調べ実習での一件を上司の三席検事に話したところ、それが次席検事、さらには検事正にまで伝わり、やはり柳は是非検察庁にほしい、ということになった、らしい。

週末に三班の修習生を集めて飲み会をしよう、柳は絶対に参加させるようにとのお達しがあった。

「いいですけど、本人に任官の意思があるかどうかはわかりませんよ。今のところ、そんなそぶりは全然ないですし」

俺がそう言うと、三席検事は、

「そんなのはこれから君塚さんの仕事ぶりを見せて、検事という仕事のすばらしさをわかってもらえばいいんだよ」

などと豪快に笑っていた。

冗談だと思いたい。検察官になりたいとも思っていない相手を勧誘しても仕方がないと感じていたが、なりたいと思っていない相手になりたいと思わせろというのはさらに無茶な話だった。そもそも人には適性というものがある。いかにも現代っ子らしく個人主義的に見える柳が、体育会系の検察庁の一員としてやっていけるとは思えない。

しかし、三席はともかく検事正から命じられれば、俺のような若手の検察官は従わざるをえない。

かくして飲み会は開催されたが、さすがに修習時間外の飲み会を強制参加にするわけにはいかない。かといって自由参加にすれば、柳など真っ先に不参加を表明しそうだったので、少しでも参加率をあげるため、あくまで修習の延長上の、「検事正から直接色々な話を聞ける機会として設けた場」という形で、検察庁の会議室を利用した懇親会となった。

検事正の若いころの武勇伝を、修習生たちは興味津々《しんしん》で聞いていたが、柳はあまり興味がなさそうだった。積極的に輪の中に入ろうとはせずに、ノンアルコールの炭酸飲料を飲み、ポテトや唐揚げをつまんでいた。検事正を始めとする検察庁の面々の前で目立とうとか、いいところを見せようという気概はまったく感じられず、少なくとも現時点では、彼に検察官になる気はなさそうだ。

懇親会を終えて解散し、検察庁を出ると、日が長い時期とはいえ、外はもうすっかり暗くなっていた。修習生の都合も考えて、懇親会は一次会のみ、三時間弱で終わったのだが、このあたりは午後八時を過ぎるともう、人通りがほとんどなくなってしまう。

検事正はタクシーで走り去り、修習生たちは駅方面へ向かうグループとバス停へ向かうグループに分かれた。俺もはじめは駅方面へ歩くグループと一緒だったが、最初の交差点で、俺と同じ方向へ行くのは柳だけになった。

俺は原付で通勤しているが、酒の入った状態で乗れば当然飲酒運転になる。タクシーを使おうかと一瞬迷ったのだが、それほど酔ってはいないし、明日の朝原付がないのも不便なので、押しながら歩いて帰ることにした。

原付を押す俺と同じペースで、柳はかったるそうに歩いている。彼は大体いつもこんな風だ。何事においてもテンションが低い。どんな話をしているときも、課題に取り組んでいるときも、熱意というものが感じられなかった。表情もほとんど変わらないので、何を考えているかがわからない。

やる気がなさそうに見えても、結果は出しているわけだから――課題はきちんとこなすし、質問をすれば答える――実際にはやる気がないわけではなく、そう見えるだけなのだろうか。

もしくは、やる気がなくても人並み以上にできてしまうほど、ずば抜けて優秀なのか。

「どうだ、検察修習は」

無表情のまま半歩後ろを歩く柳に声をかける。

「興味深い……です。毎日、色んな被疑者や被告人を見て」

「うんざりする？」

「うんざり、はしてないですけど」

柳は口ごもり、少し迷うようなそぶりをみせてから言った。

「皆、随分非合理的だなって、思います」

俺は首を少し動かして柳を見る。柳もさすがにそれだけでは伝わらないと思ったのか、抑揚のない声で続けた。

「犯罪って、リスクに比べて得るものがないでしょう。特に殺人とか暴行傷害とか、被害者がいるわけですから、絶対発覚するじゃないですか。なのになんでやるんだろうって……万引きとか詐欺《さぎ》とかも、バレない可能性はあるかもしれないけど、バレた場合のリスクのほうがずっと大きいわけで」

「確かに、犯罪ってのは、まあ、大体が割に合わないものではあるよな」

「それがわからない人がいるんだ、というか……それがわからないわけじゃないのに、それでもやる人がいるんだ、ってことには、驚いてます」

感情に任せて人を殺すとか、感情のために自分にとってマイナスになる行動をするとか、そういうことが柳には理解できないようだった。頭がよすぎるせいで、非合理的な行動をとる人間のことがわからない、ということだろうか。

「いっぱいいるよ。この仕事やってるとわかる。人間って、結構そういうもんだよ」

柳はまだ納得できない様子だったが、考えても答えが出そうにないと判断したのだろう。やがて口をつぐんだ。考えても仕方がないなら、考え続けるのは「非合理的」だということか。

信号が赤になったので、横断歩道の前で止まる。

「柳は、なんで司法試験を受けたんだ? 法律家になろうと思うきっかけみたいなものはあったのか」

話題を変えるために、修習生に対してはお決まりになっている質問をした。いえ、と柳は首を振り、

「金がほしくて」

あっさりと言った。勝手な印象で、柳は物欲がなさそうだと思っていたので意外だったが、あまりにさらりとストレートに言うせいで、かえっていやらしさは感じない。

俺は、そうか、とだけ答えた。

そういう動機ならなおさら、検察に勧誘しても無駄かもしれない。彼なら、初任給から一千万円を超えるような大手の弁護士事務所も選び放題だろう。

信号が青になり、並んで歩き出したタイミングで、

「俺の家、親いなくて」

なんでもないことのように柳が言う。

「なんか母親に捨てられたとかで、六個上の姉と施設で育って、姉は一足先に自立したんですけど、就職したら一緒に暮らそうって言ってて、本当に俺が中学卒業するのと同時に呼んでくれて、高校の学費とかも出してくれたんです。俺もバイトするって言ったし、実際ちょっとしてたんですけど、姉が勉強に集中しろって言うからやめて……せっかく勉強するんなら、将来、稼げる仕事につくための勉強をしようと思って」

「それで司法試験か」

柳はうなずいた。

「試験に受かればすぐ、修習中から毎月給付金がもらえるし、その後は稼げる仕事につけるんで。医者とかは、なるまでに費用と時間がかかりすぎるけど」

弁護士になるためにも法科大学院へ通う費用がかかるが、柳の場合はその過程をすっ飛ばして予備試験に合格している。確かに、金をかけずに高収入を得られる仕事につくための最短ルートを歩んでいることになる。

「一発合格だっけ」

「はい。司法試験に受かってから修習開始まではバイトしてました。受かった後なら、姉も、勉強に集中しろとか言わないと思ったから」

なんとなく、自分のことを語るのは苦手そうだと思っていたが、意外に色々と話してくれる。どこか面倒くさそうに平坦な声で話すのは、今に始まったことでもない。自分の話もそれ以外の話も、柳にとっては区別することではないのかもしれない。

「高校生の発想としては堅実だな。柳なら、モデルとかタレントとかもできそうだけどな」

「ああ、ちょっとやりましたそういうの、町で声かけられて。モデル?みたいなこと」

「まじか。すごいな」

「でも、拘束時間の割にそんなすげー儲《もう》かるわけでもないし、だったら普通にバイトしたほうが早いかなって。ゲーノージンとか普通に考えて無理だろって思ったし」

すぐやめました、とこともなげに言った。

「顔のよさなんて、年とともに目減りしていくわけだし、モデルとかそういうの、見た目だけでやっていけるほど甘くないでしょ。それより長く稼げる仕事って考えて」

それで法律家か。簡単に言うが、実現できているのがすごい。自分の容姿が優れていることを前提に、その財産的価値を冷静に評価しているあたり、やはり、むかつくことはむかつくが。

「今は修習生になって、毎月決まった額をもらえてすげー助かってます」

「そうか。若いのに、色々考えてんだな」

その年齢にしては珍しく思えるほど、現実的で計画性がある。そう在らなければならなかった事情が、彼にはあったのだろう。

おまえはえらいよ、なんて言ったら、子ども扱いしていると思われそうだったからやめた。

姉への恩を返したい、そのために金をかけずに高収入を得られる仕事につきたい。そんな理由で将来を決めていいのかとか、それが本当におまえのやりたいことなのかなんて、誰も言えない。何でもできるし何にでもなれるだろう彼が、姉のために稼げる仕事につくことを望んでいるなら、外野がどうこう言うことではなかった。選択肢を狭めてしまうなんてもったいない、と一瞬でも思ってしまった俺のほうが間違っている。柳にとっては余計なお世話以外の何ものでもないとわかっていた。単純に俺が、俺自身の感想として、こいつが検察官になったらおもしろいだろうなと思っただけだ。

俺に柳くらいの才能があって、柳くらいの年齢のときにそれに気づいていたら、俺は検察官になっただろうか。そんなことをふと考える。何にでもなれる子どもが、金の心配もせず、好きに将来を選ぶことができたとしたら。

架空の前提に基づいて考えても仕方がない。俺は浮かんだ想像を振り払った。どうあれ今の俺は検察官で、その仕事にやりがいを感じているが、俺の誇りは柳には関係がない。

横断歩道を渡ってしばらく歩くと、左手に俺の住むマンションが見えてきた。

「ああ、あれだよ俺の家。そこの白い壁の……暗いから白く見えねえけど」

柳は俺の指したほうへ目を向ける。

「検察官って、官舎とかに住んでるんじゃないんですね」

「官舎にも入れるし、住宅手当をもらって別に借りることもできるな。検察官は転勤が多いから官舎に入る派がほとんどだけど、俺は気がねなく煙草《たばこ》を吸いたかったから」

マンションの前までくると、柳は立ち止まり、「じゃあこれで」と会釈をした。

「柳の家はまだ遠いのか？」

「あと五分くらいの距離です。次の信号渡ってしばらく行ったこの道沿いです。お疲れ様でした」

ああ、お疲れ様、と挨拶を返した後で、

「あのさ」

気づいたら呼び止めていた。

さっさと歩き出していた柳が、足を止めて振り返る。しまった、言うことがまとまっていなかった。言いたいことはあるのだが、いざ言葉にしようとすると気恥ずかしかったし、どう言っても押しつけがましい気がする。それがわかっていて口に出すべきなのかどうかも決めかねていたのに、つい声をかけてしまった。

誰かが言ったほうがいいことだ。そして、おそらく、ほかには誰も言う人がいない。たまたま柳の背景を本人から聞いた——別に、信頼して打ち明けてくれたというわけではなく、たまたま流れで、もしくは本人の気まぐれで話してくれただけだとしても——俺くらいしか。

俺だって、今を逃すと言えなくなりそうだった。

覚悟を決めて口を開く。

「あー、その……おまえは自分で何でもできると思ってるんだろうし、実際何でもできて、これまでもそうしてきたんだろうけどさ。別に、できるからって何でも自分でやる必要はないと思うぞ」

柳は無言で俺を見ている。暗くて見えにくいせいもあるが、表情はほとんど変わらない。は？　という顔をされなかっただけでも、よかったと思うべきか。

俺はすでに恥ずかしくなっていたが、ここまで言ってしまったのだ。そのままの勢いで続けた。

「自分が大人になるまでは、まわりの大人に助けてもらえよ。たとえば、俺でも。わからないことは聞けばいいし、自分でできないことがあれば頼ればいい。それが当り前なんだから、遠慮とかすんな」

大げさにならないよう、できるだけさらっと言ったつもりだった。

相談に乗るぞ、と言われることが、かえって重荷になってはいけないと思ったから、大したことじゃないというように、視線もちょっと逸《そ》らして。

「まあ気が向いたら、って話だ」

俺がそう付け足すと、柳は少しだけ笑ったようだった。はい、と短く答えた後、

「かっこいいですね」と、珍しく笑みを含んだ声で言う。

皮肉とまではいわないが、本気で言っているとは到底思えなかった。やっぱり、可愛げがない。

文句の一つも言ってやろうと思ってそちらを見たら、柳はもう歩き出していて、こちらを見てもいない。

こうして見ると柳は少し猫背だった。

気をつけて帰れよと背中に声を投げると、ちょっと振り向いてもう一度会釈をした。

＊＊＊

今日は検察庁から徒歩数分の場所にある裁判所で、殺人事件の裁判員裁判の公判前整理手続があった。

この手続の中で争点を整理し、検察側と弁護側双方が証拠を開示して、証人として誰を呼びどんな質問をしてどれくらい時間をかけるのかなどを決め、審理の計画を立てるのだ。

この事件の公判前整理手続は今日で三回目。これが最後の整理手続となる予定だった。非公開の手続きだが、今回は三班の修習生たちが、壁際《かべぎわ》の椅子に座って傍聴している。

深町映美《ふかまちえみ》という四十代の女が、出産直後の嬰児《えいじ》を殺害したという事件だった。被告人は全面的に犯行を認めているし、共犯もいない。しかし、被害者が複数いる。

ショッキングな事件なので、ニュースにもなった。深町は三十年にわたり、生まれた子どもを殺しては布やビニール袋に包んで遺棄していた。彼女は十代のころから何度か、おそらくは十回近く妊娠しており、流産や中絶の経験もあるとのことだったが、それらすべてについて正確な回数はわからない。何度だったか覚えていない、と本人が供述しているからだ。

遺体は三体、三人分見つかった。深町の住んでいたアパートの押し入れの中から一体。深町が知人の家に何年も預けたままだったボストンバッグの中から一体、彼女が昔住んでいた家の物置から一体。すっかり白骨化しているものもあった。

本人の申告によれば、そのうち一人は死産だったとのことだが、二人については本人が殺したと認めた。死産だったという一人目は、三十年前、彼女が中学生のころに産んだ子どもだったそうだ。その子が本当に死産だったのかはわからない。今となっては確認のしようがないだろう。二〇一〇年に殺人事件の公訴時効は撤廃されたが、その時点ですでに時効が成立していたため、この一人目の被害者については、たとえ殺人だったとしても罪に問えなかった。まずは死体遺棄の容疑で逮捕された深町映美は、結局、二人の子どもの殺人罪で起訴された。起訴したのは俺だ。

俺は何度も深町と話をしたが、彼女が取調べの中で泣いたり、取り乱したりするようなことは一度もなかった。捜査には協力的で、訊かれたことには答え、保身のための嘘をつくようなこともない。彼女の供述に基づいて捜索をしたり関係者に聞き込みをしたりすれば、すぐに裏付けとなる証拠を見つけることができた。逮捕された時点では発覚していなかった過去の犯行についても、彼女は問われるままに自白した。

「性行為は楽しいですか？」

起訴前の取調べの際、妊娠した子どものほとんどについて父親がわからないと言った彼女に、俺がそう尋ねると、彼女は遠慮のない質問に腹を立てる風もなく、

「楽しくない……です」

確か、そう答えた。

「最初は、すごく嫌だった気がする。でも慣れました。今も別に楽しくないけど、平気です。あと、優しくしてもらえたりとか……お金ももらえるから、それは嬉《うれ》しかったです」

「お金をもらえるから、楽しくないけど、我慢して性行為をしていたんですか？」

「我慢っていうか、そのうち終わるので……待っていただけです。嫌とか言うと殴られたり嫌な顔されたりするから、ハイハイって、終わるのを待つ感じです」

彼女にとって性行為は「やりすごすもの」だったわけだ。それで十回近く妊娠しているという事実の意味を、想像するだけで気が滅入《めい》る。

中学生のとき、家に出入りしていた男たちの一人に性行為を求められ、断りきれずに応じて以降、深町は複数の男たちと性的な関係を持つようになったという。遺棄された一人目の子どもの父親はおそらく、初めて性行為を強要された男で、二人目の子どもの父親が誰かはわからないが、自宅に出入りしていた誰かだろうとのことだった。

彼女はそれを、おかしなことだと思っている様子さえなかった。

「四年前、最後に妊娠したときは、おなかの中で動く感じがして、あ、やばいって気づいたけど、お金もないから、産んでから捨てればいいかって思いました」

子どもたちに対して、命を奪って申し訳ないと思う気持ちはないのかと俺が尋ねたら、深町は、あります、と答えた。それが嘘だとは思わない。しかしそれは、たとえばゴミをポイ捨てしたときに感じる、悪いことをしたな、程度の感情で、わが子の命を奪ったという事実に対して抱くにはあまりに軽いというのが、俺の印象だった。

深町映美には、決定的に何かが欠けていた。

裁判官が、俺と弁護人を交互に見て、「それでは」と口を開く。

「審理は三日間、評議に一日、翌週月曜に判決言い渡し、ということでよろしいですね」

事実関係に争いはなく、弁護側は検察官が請求予定の証拠についてもすべて同意予定と聞いている。弁護人が精神科医による情状鑑定を申請したが、検察側も異論は述べなかった。

争点と証拠の整理結果を確認し、最後に審理予定を決めて、公判前整理手続は滞りなく終了した。


裁判所一階の喫煙スペースで一服し、修習生たちより十分ほど遅れて俺が検察庁へ戻ると、公判前整理手続を傍聴した修習生たちは、事件の話で盛り上がっていた。

俺は執務室に入る前に修習生室に顔を出し、深町事件の記録を近くにいた秋川に渡す。

「この事件については、全員に論告求刑を書いてもらうからな。今のうちに記録を読んでおくこと。帰る前に返却してくれ」

普通、修習生が課題として起案するのは、各自が取調べを担当した案件についての起訴状や論告が主だが、今回はせっかく裁判員裁判を傍聴する機会ができたので、課題として取り入れることにした。

修習生たちも、ニュースになっているような事件はやりがいがあると思っているのか、はい、と威勢のいい返事が返ってくる。

俺が執務室に戻ってからも、開け放したままのドアの向こうからは、深町事件について議論する修習生たちの会話が聞こえていた。

修習生たちそれぞれに意見があるようだ。

被告人の深町が罪を認め、取調べに素直に応じたことについて、反省していると評価すべきだとする意見と、言い訳すらしないのは、自分のしたことの重大さを理解していないからではないかとする意見。量刑を判断するにあたっては被告人の不幸な境遇について斟酌《しんしゃく》すべきだという意見と、結果の重大性に鑑《かんが》みて、必要以上に被告人の背景に注目して刑を減軽すべきではない、という意見。なかなか白熱している。

俺はいつのまにか手を止めて議論に聞き入っていたが、ふと、柳の声がしないことに気づいた。部屋にはいたはずだが、柳だけがさっきから何も発言していない。

「柳は？　深町事件、どう思う？」

柳が無言でいるのに気づいたらしい秋川が、そう声をかけるのが聞こえる。

少しの沈黙の後、わからない、と短く答える声が、かろうじて届いた。

＊＊＊

翌朝、修習生室に現れた柳の左頬には、くっきりと手形がついていた。誰がどう見ても平手打ちされた跡だ。

思わず、何だそれ、と指摘すると、本人ではなく秋川が嬉々《きき》として説明してくれた。

「こいつ、ガールズバーの店員の女の子を振ったんですよ。そしたらばちーんって」

「振ったつもりはないんだけど」

「いや、あれは仕方ないね。殴られるね。罪な男だよおまえは」

三班のほかの修習生たちは、すでに事情を知っているらしい。秋川が話したのだろう。女子二人は呆《あき》れている様子だったが、男子たちの反応はおもしろがるからうらやましがるかに分かれるようだ。

「俺、女の子を振ったことなんてないよ。そんな理由ならむしろ殴られてみてえよ」

「弁護士になったらモテるって。やっぱり修習生じゃダメなんだよ」

「まだ修習生の柳はモテまくってたけどな」

話が盛り上がりかけるのを、加賀が二回手を叩《たた》いて止める。いつのまにか、始業時間の九時になっていた。

「午前中には共犯事件の弁解録取《ろくしゅ》があります。午後にも取調べが一件。どちらも傍聴可ですが、検察官執務室でやるので、一件につき三人までにしましょう。傍聴希望者が四人以上いたときは、話し合って決めておいてください。それ以外の時間は、各自配塡《はいてん》された事件の記録検討と起案をしてください」

「あ、深町事件の記録は今日はそっちで使ってていいから、見たい人は見て、最後の人が返しに来て」

それだけ言うと後は加賀に任せて、俺は部屋に引っ込んだ。

午前中の弁解録取は三人の修習生が傍聴した。弁解録取は、逮捕された被疑者から被疑事実について弁解を聞くだけの手続きだが、共犯事件だったため通常より長引き、一時間を過ぎたころから眠そうにしている修習生もいた。まあそうだろうなとは思うが、建前というものがあるので、被疑者を帰した後で一応注意をしておく。

午後の取調べの傍聴を希望したのは、柳だけだった。

昼食の後、自販機にコーヒーを買いに行くと、柳に会った。一人のようだ。

どうぞ、と手で促され、先に買わせてもらう。いつも同じコーヒーなので選ぶまでもない。小銭を入れてボタンを押し、缶を取り上げて柳に場所を譲った。

「午後の取調べ、傍聴希望出してたな。窃盗の初犯だけど、何か気になったか？」

「そういうわけじゃないですけど、弁解録取より取調べのほうがおもしろいから」

柳はまた炭酸飲料を選んでいる。ゴトン、と取り出し口に落ちて来た缶を、窮屈そうに長身を折りたたんで拾い上げた。

「おまえちゃんと冷やしとけよそれ、法廷で目立つだろ」

俺が自分の頰を指で示して言うと、

「めんどくさくて」

柳は形ばかりといった様子で冷たい缶を左頰にあてた。何もしないよりはましかもしれないが、少し冷やしたくらいでは大した効果はないだろう。顔に残った手形は、今日中は消えそうにない。

「ガールズバーの店員に殴られたんだって？　遊び人って噂《うわさ》になってるぞ」

「誠実であろうとしたらひっぱたかれたんですよ」

柳はほんの十秒ほど頰を冷やしていたが、すぐに缶を開けて口をつけた。

「部屋に誘われたから、やるのはいいけどつきあわないよって言ったら、最低！　って」

「あーあーあー」

正直に言えばいいというものではない。やり逃げよりはまあ誠実か、と俺が呟《つぶや》くと、柳は「秋川にも同じこと言われました」と言って缶の水滴を袖《そで》で拭《ふ》く。

「秋川と、四班の藤掛がフォローしてくれて。俺は先に帰ったんですけど、藤掛がうまいこと話してくれて、店出るころにはその女の子、笑顔になってたって。秋川が後で教えてくれました」

「へえ。確かに藤掛はそういうの得意そうだな」

四班が検察修習だったときに藤掛を指導したが、確かにコミュニケーション能力は抜群だった。柳はうなずく。

「秋川も藤掛もいいやつだし、すごいですね。相手が何を言ってほしがってるかわかったり、相手の顔色を読んで動いたり……俺にはできない」

みっともないからしたくない、という皮肉ではなく、純粋に、能力的にできないという意味なのは、表情を見ればわかった。柳は突出した能力の持ち主だと思うが、自分にないものを持っている他者を認めるというのはいい傾向だ。グループでの修習は、人生経験の不足している柳にいい影響を与えているようだった。

「今はできなくても、そこは経験だろ。いいと思うところはどんどん真似《まね》していけばいい」

「でもあれは才能だと思います」

「まあ、藤掛はちょっと特別かもしれないけどな」

「俺はよくわかりません、そういうの」

人の気持ちとか。

そう呟いた柳が何を考えているのかわからなくて、俺は言葉に詰まる。

柳は、炭酸飲料を飲みながら床を見ていて、それ以上何か話すつもりはなさそうだった。

深い意味はないのかもしれない。あるとしても、こんな場所で踏み込める話でもない。

俺もここで飲むことにして、缶コーヒーを開けた。

「深町事件の論告と求刑、考えてるか？　もう公判始まるけど」

「殺した人数とか考えれば、量刑の相場はなんとなくわかりますけど……」

話題を変えるために軽い気持ちで訊いただけだったが、柳は缶で口元を隠すようにして視線をさまよわせる。

「自首したら減軽とか、そういう基準があるものはいいんですけど、情状酌量で減軽って、どういう基準で決めたらいいのかわかりません。事情があるから、ちょっと軽くしてやろう、とかそういうの……検察官が、印象で決めていいんですか？」

「印象っていうと、いい加減に聞こえるな。けどまあ、感覚だ。検察官として、ふさわしいと思う求刑をする」

似たようなケースでどれくらいの判決が出ているかはもちろん考えるし、そこから大きくは外れないようにという意識も働くが、最終的には一人の検察官の判断だ。上席の検事たちの決裁を受ける必要があるので、厳密には一人で判断しているとは言えないかもしれないが、担当の検察官が個人の責任で決めるということは間違いない。

俺がそう返すと、柳は缶を手の中でもてあそぶようにしながら、

「判決って、大体求刑よりは低くなりますよね。で、判決で科された懲役期間が求刑の半分以下だったら控訴《こうそ》するとか、検察内部での基準みたいなのもあるでしょう。裁判所が三割減くらいはするだろうなって意識して、ちょっと想定より高めを求刑するものなのかなと思ってました」

表情も変えずに言った。人によっては口にしにくいだろうことを、はっきり言う。それは彼の性格上のことで、他意がないのはわかっていたから、気には障《さわ》らなかった。

柳の言うとおり、求刑を上回る判決が出ることは稀《まれ》だし、求刑通りの判決が出ることも、決して多くはない。だから、柳がそう考えるのも無理はない。事実、そういう考えで求刑している検察官がいないとは言えない。過去の量刑はデータベースになっていて、検察官は簡単に参照できるから、求刑を決める際には多くの検察官が参考に

しているだろう。

しかし、事件の背景や被告人の境遇や性格、事情は一件ごとに違う。ただ機械的に基準を当てはめて、減軽を前提に計算すればいいというものではない。

「被害者の代弁者になれるのは自分だけだって意識もあって、どうしても、法曹三者の中では検察官が一番、被告人に対して厳しくなる。その検察官が、ふさわしいと思う刑を求刑して、弁護側はそこから減軽できる理由を探して主張するわけだから、その結果、裁判所の下した判決が、求刑より低い刑になることが多いだけだ。検察官は検察官で、ふさわしいと思う求刑をすればいい」

落としどころとしてはこのあたりだろうから、これくらいの求刑にしておけば半分以下の判決にはならないだろう、などということは考えない。少なくとも、俺は。

「どんな刑がその被告人に科されるべきか、その判断はそれぞれの検察官が自分でするんだ。誰に何を言われても」

本心だったが、こうして言葉にすると、なんだか妙に恰好《かっこう》をつけたように聞こえる気がする。訊かれたことに誠実に答えた結果とはいえ、口に出したことを後悔しかけたとき、

「かっこいいですね」

床に目を向けたまま、炭酸飲料の缶を傾けながら柳が言った。

こう言われるのは二度目だ。本人に皮肉のつもりはないにしても、到底心がこもっているとは思えない。俺の言葉は表面的な部分だけを滑って、彼の中に響いていないということだ。そんなところまで前と一緒だった。

弁護修習も裁判所修習も終えた修習生の目から見れば、検察官が理想という名の建前を語っているだけにしか見えないだろう。弁護側と検察側、それぞれに正義があること、しかし、そのそれぞれの正義すらも、現実では理想通りに貫けないことが多いのを、彼らはもう知ってしまっているはずだ。

柳は炭酸飲料を飲み干し、自販機の横のゴミ箱に缶を投げ入れると、「失礼します」とどこかぎこちない会釈《えしゃく》をして修習生室に戻って行った。

その横顔、頬の線の柔らかさに、彼がまだ十九歳だということを思い出す。

検察官として十代の少年の取調べをすることもあり、そういう少年たちと比べれば、柳は大分大人びていると思うが、それでもやっぱり、子どもだ。

あれくらいの年齢のころは、もっと、色々なものを信じていてもいいのではないか。たとえば未来や、自分の可能性や、人の善意や、世界の正しさや、そういうものを。

最後の一口は冷めて苦みが増していた。空き缶をゴミ箱に投げ入れ、俺は執務室へ向かった。

＊＊＊

駅構内の待合スペースでデジタルカメラを置き引きした男の取調べを、柳はおとなしく傍聴し、取調べが終わると修習生室へ戻っていった。終業時間まであと少し。加賀が席を外したので、俺は検察官執務室で一人になった。

デスクの上には、さっき加賀が集めてきてくれた起案の束がある。修習生たちが起案した、深町事件の論告求刑だ。

まだ公判期日前で、証拠調べや被告人質問を傍聴しないで書いたものだが、本番の論告求刑も、当日被告人質問の後すぐに行われるので、前日にはもう作っておくのが通常だ。当日の被告人質問の結果を受けて、その場で多少変更することはあるが、検察側の主張は、この段階でほぼ固まっている。

深町事件の公判は三班の検察修習の最終週にあり、公判を終えてから起案したのでは検討に十分な時間をとれないという配慮もあって、修習生たちにも先に起案してもらうことにした。答え合わせは数日後、公判の場でになる。被告人質問を終えた時点で求刑の内容を変更したいという修習生がいたら、その理由を聞いてみるのも面白いかもしれない。まあ、公判当日にわかるのは、あくまで「俺の」求刑であって、判決がその通りになるとは限らないし、正解があるものでもないので、答え合わせというのは語弊があるかもしれないが。

起案をざっと見た限り、修習生たちの求刑は、どれも似たり寄ったりで、それほど幅はない。過去の量刑のデータに基づいて、そこに三割程度上乗せした年数が多いようだ。柳の起案は提出された中にはなかった。今日中の提出と言ってあるから、まだ締め切りを過ぎたわけではない。しかし、これまで課題を出したときは、柳はたいてい一番に書き終わっていたから、少し意外だった。

そういえば、深町事件の記録自体も修習生室から戻ってきていない。柳が持っていて、起案のために参照しているのだろう。彼にしては珍しく苦戦しているようだ。

深町映美は二人の殺害と三人の死体遺棄を自白しているが、起訴されているのは二件の殺人についてのみだから、彼女は被害者二人の殺人事件の被告人として処断されることになる。二つの罪は併合されて一つの裁判の中で裁かれるが、当然、被害者が一人の場合より重い判決が下されるだろう。被害者が二人の場合、有期懲役の期間の上限は三十年だ。被害者が一人の場合の、一・五倍になる。

被害者が二人という時点で、有期懲役の上限が上がるのは法律に基づいて決まったことだが、その一方で、減軽理由についても検討しなければならない。被告人の心神耗弱《こうじゃく》や、自首があったような場合は、法律上の減軽理由になるし、法律上の減軽理由はなくても情状酌量すべき事情があれば、そのぶん刑を軽くすることができる。深町映美には情状酌量の余地があると弁護人は主張し、裁判所はそれを認めるだろう。

二人の殺人は、前例から言えば、二十年、三十年——無期懲役や死刑もあり得る罪だ。しかし今回は、出産直後の母親による嬰児殺《えいじさつ》という犯罪の性質や被告人の背景といった事情に鑑みて、おそらく、そこまで重い判決は下されない。

修習生たちの起案も、被害者が二人いるからというだけで、死刑や無期懲役、有期の上限の三十年を求刑しているようなものはなかった。十年から十五年程度の求刑が多い。一番軽い求刑は、八年だった。嬰児殺は、通常の殺人と比べて軽い刑が科される傾向にあると、過去の事例を調べて判断した結果だろう。

開けたままになっていた、執務室と修習生室との間のドアがノックされた。顔を上げると、厚みのあるファイルを持った柳が立っている。

「深町事件の記録の返却に来ました。加賀さんは……」

「ああ、今いないけど、いいよ。俺がもらっておく」

立ち上がり、ファイルを受け取る。

「それからこれ、遅くなりました」

柳は、左側をホチキス留めしたＡ４の紙を差し出した。

深町事件の論告求刑の起案だ。その場でめくり、二ページ目に記された求刑を確認する。懲役八年。軽めではあるが、他の修習生たちと大きくは変わらない求刑だ。

「今回は珍しく時間がかかったな」

柳は曖昧《あいまい》にうなずいた。すぐには立ち去ろうとせず、俺のデスクの前で、迷うように口を開く。

「被害者たちは生まれたばかりで、無抵抗で、何の罪もないわけで……八年は軽すぎるかもしれないって思ったけど……でもやっぱり、この人、かわいそうだなって思いました。こんな育ち方をしたら、こんなふうになるしかなかったんじゃないかなって。だからって、この人に責任がないなんて言えないですけど」

柳は、深町映美に対して同情的らしい。少し意外だった。

俺がそう感じたのは、以前聞いた彼の境遇が頭にあったからかもしれない。しかし、それを抜きにしても、人の気持ちがわからないと言っていた柳が、被告人を「かわいそうだ」と感じたというのは——そしてそれを口に出したのは、彼自身が思っている以上に、彼にとって意味のあることのような気がした。

俺は、柳の起案に目を落とす。改めて、八年、という数字の意味を考える。

「殺すくらいなら養子に出すとか、もっとほかに方法があっただろうとか、後からはいくらでも言えるけど、この人はそんなことも考えつかないような状態だったんだろうなって、それまでの人生について話してる調書を読んで思いました。もちろん、殺された側から見たらめちゃくちゃ理不尽だし、俺が親に捨てられたのは五歳のときだけど、殺されるより捨てられたほうがずっとよかったと思ってるから、やっぱり深町映美のしたことは間違いだし、許されないことをしたんだから罰を受けるべきだと思います。その一方で、こういう人のために情状で減軽できるようになっているんだと思うから……難しかったです。でも私情は入れないで、ちゃんと考えて求刑を決めました」

そこまで一気に話した後で、柳は、

「私情も何もないですけど。今さらだし、ほとんど覚えてないんで」

そんな言葉を付け足した。デリケートな話題を自分から持ち出したことで、俺が気を遣うのではないかと思ったのかもしれない。過去は吹っ切っており、気にしていないということを示したかったのか。

「そういうのは私情とは言わないだろう。法律の範囲内で、おまえ自身の考えで決めればいいんだ」

柳自身が親に捨てられた経験は、法律家になるうえで、決して邪魔になるものではない。その経験も含めて柳祥真という人間なのだ。捨てられた子どもの気持ちがわかる法律家には、被害者の気持ちを想像するしかない法律家とは違うことができるかもしれない。法律は同じでも、それを使う法律家には多様性があっていい。

普段あまり感情を表に出さず、行動も起案もとにかく合理的な柳が、この痛ましい事件に対して初めて感情を動かされている。そこに、彼の過去は無関係ではないだろう。

深町映美に自分の親を重ねている、というのは言いすぎにしても、詳細な事件記録を読み、自分を捨てた親にも事情があったかもしれない、と想像するに至ったのだろうか。

「それ、調書、さっきの人のですか。置き引きの」

話題を変えるつもりなのか、たまたま目についたのかわからないが、柳がデスクの上の調書に目をとめて訊《き》く。午後一番に取調べをし、柳も傍聴した事件の調書だ。

「ああ。窃盗の故意は認定できないだろう。あれは占有離脱物横領だな」

どうということもないような取調べだった。事件としては単純、被害も軽微で、被疑者は素直に取調べに応じて犯行を認めていた。

「さっきの人、すごい汗かいてましたね。君塚検事が凄《すご》むから、めちゃくちゃびびってました」

「凄んでないだろ。もともとこういう顔と声なんだよ」

威迫するような言葉を使ったり机を叩いたりは、当然ながらしていない。

しかし、俺が黙ってじっと見るだけで、取調べの相手が勝手に縮みあがることはある。もともと目つきのいいほうではないし、声も低いので、ドスを利《き》かせているように思われるらしい。被疑者の取調べでは、相手が緊張していて不都合なこともないので、こちらもわざわざ意識してにこやかにしたりはしない。

「なんであんなにびびるのかなって不思議でした。君塚検事は検察官なんだから、殴ったりとかするわけないのに」

「重い処分にされるんじゃないかと思って不安になったんじゃないか」

そうか、と柳は素直にうなずく。

「でも、怯《おび》えてみせたって、それが処分に影響するわけじゃないから、無駄ですよ発想が微妙にずれている。あの被疑者は、計算して怯えた顔をして見せたわけではないだろう。誰もが合理的に損得だけを考えて行動するわけではない。」

柳は俺に答えを求めたわけではなかったらしく、

「検察官が怖い顔で取調べをするのは、被疑者に自白させるためですか」

続けて訊いた。怖い顔、という部分がひっかからないこともなかったが、本人に悪気がないらしいのはわかっているのでスルーする。

「それも、ないことはないけどな。今回もそうだが、こりゃ不起訴かなっていうような案件の場合、検事調べの段階でお灸《きゅう》を据えとかないと、もう反省を促す機会がないからな」

占有離脱物横領は窃盗と比べて軽い罪だし、初犯で、本人も反省しているようだったから、「起訴猶予《ゆうよ》だな」と取調べの初期段階で思った。しかし俺がそれを態度に出したら、被疑者は安心してしまい、他人の忘れ物を横領したことを「大したことではなかった」と認識してしまうかもしれない。

「何の処分もなく済んだ、って軽く考えて、再犯されたら困るだろ。今回のことで懲《こ》りてくれるように、びびらせとくんだ。起訴されるのかな、前科がつくのかな、と不安にさせて、犯行を後悔させる。今回は不起訴で済んでも、同じことを繰り返さないための抑止力になるだろ」

「なるほど」

よくわかった、というように柳はうなずいた。

「じゃあ、被疑者が検事に怯えた様子を見せるのも、意味がないことはないですね」

「まあ、相手が十分びびってたら、それ以上圧をかけることはないか、って思うかもな」

「どうせ起訴する予定の被疑者なら、これから罰を受けるわけで、取調べ段階から圧をかけておく必要もないし、起訴確実の被疑者に対してよりむしろ不起訴予定の被疑者に対してのほうが、取調べ段階では厳しくするってことですよね。合理的ですね」

柳は、物事を「合理的」と判断すると納得できるようだ。

深町の求刑を決めるにあたっては、自分でも何が正しいのか確信を持てていないようだったから、理ではなく感情で判断することに抵抗があるのだろう。おそらく、自分や他人の感情に沿ってする判断が正しいかどうか、自信がないのだ。

しかしそれは、彼自身が言うように、彼が人の気持ちがわからない人間だからではない。ただ、経験が足りないだけだ。

自分に足りないものがあると理解していて、だからこそ失敗しないよう、何事においても合理的に判断し、行動しようと心がけるのは、彼の冷徹さではなく誠実さだと感じた。しかし俺がそう言っても、柳に伝わるという自信はなかった。言葉だけでは表面で止まってしまい、彼の中には届かないだろう。

俺が、柳にかけるべき言葉を探して見つけられずにいるうちに、

「藤掛！」

そう呼びかける秋川の声が、修習生室から聞こえてきた。

柳が、修習生室のほうを振り返る。

「秋川くんじゃん、はろー」

「何、検察庁に用事？……あ、澤田先生、お疲れ様です！」

あのよく通る声は、四班の藤掛だ。一緒にいるのは弁護士の澤田花だろう。指導担当の弁護士について、何かの用事で検察庁へ来たところを、秋川が見つけて呼びとめたようだ。

「もう五時過ぎたし、今日はここで解散でいいよ。お疲れ様」

「はいっ、お疲れ様でした」

修習生室のドアは開け放してある。

彼らのやりとりも、澤田が藤掛を置いて帰っていくらしい靴音まではっきりと聞こえた。

柳は、「失礼します」と俺に会釈して、修習生室に戻っていく。

「あっ柳くんもいる。二人だけ残ってたの？」

「柳が起案終わってなかったからさ。深町事件のやつ。今提出したとこ」

「ああ、鳥山先生が弁護人の」

「おっと俺たちは何も言えないぜ、弁護側に情報を漏らすわけにはいかないからな！」

訊かれてもいないのに秋川が言い、「わかってるよ」と藤掛が笑っている。

「俺も、傍聴に行く予定なんだ。悲しい事件だよね」

「そーだよなあ、俺も、子ども殺すとか許せねー！　って最初は思ってたけど、被告人の過去の経験とか読んでたら何か……罰を与えるだけでいいのかなって思えてきてさ」

「あーうん、わかる。罰はもちろん受けなきゃいけないけど、それだけじゃなくて、今後彼女が更生するにはどうすればいいのかとかね」

「そうなんだよな。反省してないやつにはさ、長い懲役を科すとか、法廷で説教するとか、想像つくだろ。内省を促す？　みたいなことすればいいんだなってさ。でも深町事件の被告人の場合は、そういうんじゃない気がしてさ……ただ重い刑にすれば懲りるとか、そういう単純な話じゃないよなって。だったらどうしたらいいんだろうって……こんなこと、検察の立場で考えることじゃないかもしれないけど」

「そんなことないよ」

柔らかいがはっきりした声で、藤掛が言うのが聞こえた。

「助けたいと思った誰かのために、法律の範囲内で何ができるか考えるのが法律家だと思う」

俺は調書から顔をあげ、修習生室のほうを見た。

「俺は弁護士志望だから、発想がそっち寄りってところもあるかもしれないけど……でも、結局そこのところは、検察官も裁判官も同じなんじゃん？　その誰かが、被害者だったり被告人だったりするんだろうけど」

検察官だって弁護士だって、同じ法律家なんだからさ。そう続けた藤掛に、秋川が賛同する。そうだよな、別に弁護士と検察官が敵同士ってわけでもないし！　よし飲みに行こうぜ、と元気とやる気に満ち溢《あふ》れた声が聞こえてきた。柳の反応はわからない。俺の席からでは、声は聞こえても彼らの姿は見えない。

やがて、「お疲れ様でした、失礼します！」と、おそらく俺に向かって挨拶《あいさつ》をする秋川と藤掛の声が聞こえ、遅れて、聞こえるか聞こえないかくらいの、柳のやる気のない声もした。三人が修習生室を出ていく気配がして、足音が遠ざかる。

俺は座ったまま伸びをして、椅子《いす》にだらりとあおむけになり天井を見上げた。誰にも聞こえないと承知のうえで、小さく呟く。

——俺も、そう思うよ。

＊＊＊

裁判の一日目に冒頭陳述と、書証の取調べが行われ、二日目には弁護側の申請した情状証人——被告人の交際相手の男と、専門家証人として精神科医の尋問が行われた。

そして三日目である今日は、深町映美の被告人質問が行われる。まずは弁護人、その後で検察官から、深町映美本人に質問をすることになっていた。

弁護人の鳥山は穏やかな声音で質問を重ね、深町に自分の過去を語らせる。

生まれたときから父親がおらず、母親の恋人や男友達が出入りする家で育ったこと。十四歳で初めて妊娠したこと、相手は母親の友人で、自宅に出入りしていた、母親とも肉体関係のある男だったこと。母親には、男に借金があったこと。初めてのセックスの後泣いていたらお金をくれたので、「まあいいか」と思ったこと。それから、ときどきセックスをするようになったこと。

深町は、鳥山に促されるまま、訥々《とつとつ》と話した。

「私が中学にあがってからは、母親は、家にいないことのほうが多くて、一か月くらい帰ってこないこともありました。帰ってきても、すぐ寝てしまって、私と顔を合わせないまま、また出て行く感じでした。母親がいないときでも、母親の友達とかが家に来て、私とセックスしたり、ごはんを食べさせてくれたりしていました」

年齢の割に、話し方はたどたどしく、どこか幼い印象を受ける。それは彼女の育ってきた環境が大きく影響しているだろう。深町が物心ついたころから、彼女を守り導く大人はいなかったし、手本になる存在もなかった。彼女の最終学歴は中学校だが、その中学校にも、行ったり行かなかったりだったという。

妊娠したことを誰かに相談したか、という鳥山の質問に、深町は、「母親に」と答えた。子どもの父親である男には、母親から話したと思うが、よく知らない。学校の友人や先生には言わなかったのか、という質問に対しては、思いつきもしなかった、仲のいい教師も友人もいなかった、と答えた。

彼女の妊娠に、中学校の教師やクラスメイトたちは気づかなかったということだ。そんなわけがあるかと最初は思ったが、その後調べてみたら、十代の少女たちが誰にも気づかれずに妊娠、出産して嬰児を遺棄する事件はそれほど珍しくないことがわかった。事件として記録に残っているものは、遺棄された嬰児が発見され、保護された例のほうが多かったが、それは単に、嬰児が発見されたケースだけが記録されているからだ。

人知れず出産し、誰の目も届かないところで嬰児を殺して捨てた場合は、遺体が見つからなければ、事件として発覚することすらない。

「母親に五万円渡されて、処理するようにと言われました。でも、どうしたらいいかわからず、放っていました。母親が家に帰ってきたら相談しよう、と思っているうちに、時間がたってしまって。家にいる日でも、寝てるのを起こしたら悪いと思って、なかなか機会がなくて、ちゃんと話ができなくて。一度、病院を調べたことがあったけど、五万円じゃ足りないとわかったから、お金は食べ物とかに使ってしまいました」

何もせずにいれば子どもは生まれてくるということは、誰にでもわかることだ。

しかし深町は、手に負えない現実からは目を背けて問題を放置する傾向にあった。

それは彼女が生きていくうえで自然と身についたもので、意識してのことではなかっただろう。

自分を傷つけるものに直面すると早々に抵抗をあきらめ、思考することをやめて、ただ受け容《い》れる。そして、いつしか通り過ぎるのを待つ。そうやって生きてきたのだ。

昨日の期日で弁護側が申請した証人の精神科医は、深町映美は母親に怒鳴られているときも、意に沿わない性行為を強いられているときも、頭を真っ白にして何も考えずに時間が過ぎるのを待てば終わっていたという経験から、現実を直視したくないときは思考を停止させて逃避するようになったと思われる、と話していた。それは無意識的な心理的メカニズム、防衛機制の一種だったのだろうと。だとしたら、子どもの命を奪わなくてもいいように、そもそもそんな状況に陥らないために、深町が「できることをしなかった」のは、彼女だけのせいとは言えないかもしれない。深町が、誰だって考えつくはずのことを考えつかない、できるはずのことをしない人間になったのは、彼女にはどうしようもなかったのだともいえる。

精神科医の証言を聞いた裁判員たちの何人かは、彼女の境遇に同情したようだった。

それでも、罪は罪だ。

深町が悲劇を回避するための行動をとれなかったことが彼女だけのせいではなかっ

たとしても、この世で最も罪のない存在を手にかけたことは、許されない。

「それで、部屋で、一人で産みました。赤ちゃんは泣き声をあげなかったので、死んでいると思いました。処理するように言われていたのにそのとおりにしなかったことが母親にばれたら怒られると思ったので、急いでタオルに包んでビニールのゴミ袋に入れて、プラスチックの衣装ケースに隠しました。押し入れの中の。その後は、生理用のナプキンをして、子どもを産んだことは秘密にしました」

一人目の子どもについては、生まれた時点で生きていたか死んでいたかも確定できず、何より時効にかかっていたため、今回の起訴事実には含まれていない。とはいえ起訴された二件のほかにも遺棄された子どもがいたことは、深町が無計画で、妊娠・出産という行為や嬰児の命を軽視していたということを裏付ける事実だ。鳥山が、被告人に不利な情報だとわかっていてあえて語らせたのは、裁判員に深町映美という人間を知ってもらうためだろう。すべてを明かし、そのうえで判断してほしいと――彼女に必要なのはただ罰を与えることではないと、裁判員たちが理解してくれると信じているのだ。

弁護方針としてはリスキーな気もするが、都合の悪い事実には触れず、ただひたすらに反省していますとだけ述べるよりは、誠意があると言えるかもしれない。

「二回目に妊娠したときは、子どもの父親と一緒に病院に行って、おろしました。お金もその人が出してくれました。中学は出た後だったと思います」

一人目の子どもの遺体を隠した家からは、その後数年して出ていくことになった。荷物の大部分はそのまま置いていったため、遺体が入った衣装ケースがどうなったか、映美自身も把握していなかった。

その後何度か妊娠したが、生まれる前にトイレで流産したり、病院でおろしたりした。五回くらいは流産したと思う。どうせ流産するならセックスをしても大丈夫だろうと思った。流産しなければ病院へ行けばいいと思った。

深町の話を聞いて、右端に座った裁判員の男性が顔をしかめるのが見えたが、彼女はそれに気づいているのかいないのか、恥じ入ったり悪びれたりする様子もなく続ける。

「引っ越した後、私が二十二か、三歳のとき、また妊娠しました。そのときはちょっと久しぶりだったからかな、すぐには気づかなくて、おなかが大きくなってきてから、気がつきました。父親はわかりませんでした。この人かな、という人は三人くらいいました。お金がないから病院には行けないと思いました。保険にも入っていなかったから、お金がすごくかかるって知ってました。それで、一人目のとき、血が出て大変だったから、汚れてもいいようにお風呂《ふろ》で産みました」

　一人目は、すぐにタオルでくるんでしまって確かめなかったが、二人目と三人目は女の子だった。うつぶせに浮かんできたのを、そのままお湯に沈めた。けっこう長い間そうしていた。

　それから、またタオルにくるんでビニール袋に詰めた。捨てるつもりはなくて、「埋めたりしなきゃいけないんだろうなと思った」が、どこに埋めればいいのかもわからないので、とりあえずボストンバッグに入れて押し入れに隠した。

　深町は、二人目の子を産んだ後でまた引っ越しているが、遺体の入ったバッグは他の荷物とともに箱詰めされ、一時的にという約束で知人宅に預けられた。

　遺体を隠した衣装ケースを置いたまま引っ越したり、遺体の入ったバッグを他人に預けたりといった彼女の行動は、俺から見れば信じがたい。そんなことをしていればいつかは自分のしたことが発覚すると、少し考えればわかるだろうに、あまりにもずさんだった。犯行が発覚しないように隠そうという意識自体がなかったとしか思えない。

　母親や交際相手など、身近な人たちには一応気づかれないようにしていたようだが、それも、何故《なぜ》気づかれずに済んだのか理解に苦しむほどいい加減で、その場しのぎのごまかしだった。

　普通の精神状態ではない。

　それが、彼女にとって何年もの間、あたりまえになっていたということだ。

「風呂場で産んだときのほうが、一人目のときよりも後始末が楽だったので、次に妊娠したときも同じようにしました。一緒に住んでいた男の人の家で一人で産んで、前と同じようにタオルで巻いてビニール袋を二重にして、押し入れの衣装ケースに隠しました」

　彼女は他人事《ひとごと》のように話した。そこに彼女自身の感情などないかのようだった。

　三人目の被害者となった子どもを妊娠、出産、殺害したとき、映美は総菜屋でアルバイトをしていた。出産の二日後には出勤している。制服がゆったりした割烹着《かっぽうぎ》タイプのものだったので気づかれなかったんだと思う、と彼女は言った。職場での人間関係は希薄だったそうだ。周囲はあまり彼女の様子に注意を払っていなかった――興味を持っていなかったのかもしれない。

　複数回の妊娠・出産を誰にも気づかれずに済ませて、その後も何もなかったかのように過ごすなどということができてしまったこと自体が、異常な事態だった。

　世の中はそんなものだろうか。他人のことなど気にしないのだろうか。大部分はそんなものなのかもしれない。そうだとしても、一人か二人でも映美を気にかける人間がいて、病院や支援団体を紹介していれば、悲劇は防げたのではないか。あるいは、映美自身が、誰かに助けを求めていれば。

こうしていれば、と考えても、嬰児たちの命は戻らない。しかし、考えずにはいられなかったし、映美のこれからの人生のために、そして二度とこんな事件を起こさないためには、考えなければならなかった。

これからのことについて、俺や裁判所のできることは限られているが、まずはこの裁判にどういう結末がふさわしいのか、それを示すことだ。

弁護人の質問を聞きながら、傍聴席に目をやる。検察官の席の後ろに置ける修習生用の椅子は三つが限度で、他の修習生たちは傍聴席に座っていた。

左側の席で、真剣な表情で傍聴している秋川と柳が目に入った。

「お母さんとは、連絡をとっていますか？」

「とってません。ずっと前から連絡がつきません。母親が借りていた家は、家賃を払っていなかったから追い出されて、その後は、男友達の家に住ませてもらったりしていました」

深町が働き始めてから、母親はひと月かふた月に一度現れては、彼女から生活費を徴収していたという。それもあって深町の暮らしは裕福ではなかった。深町は複数の男たちと関係を持ち、その何人かから金をもらって生活費の足しにしていた。食べるに困るようなことはなかったが、中絶費用を出すだけの余裕はとてもなかった、と彼女は言った。

彼女が三度目の出産をして、最後の殺人を犯したのは、その男友達の家でのことだ。数人の家を渡り歩いて、最終的に、「交際している」と言っていい関係になった相手だった。山ノ井《やまのい》という名前で、彼は深町に好意を持っていた。彼自身が、調書の中でも法廷でも、そう供述している。

さすがに山ノ井は、深町の体形の変化に気づいたはずだ。公判二日目に証人として法廷に立った彼は、一度体形について指摘したが、深町に「太ってしまった」と言われて、そういうものかと思ったと話していた。完全に納得したわけではなかったが、あまりしつこく尋ねたら怒らせると思ったそうだ。反対尋問ではわざわざ追及はしなかったが、俺が事情を訊いたときは、「あまり色々言って空気が悪くなってセックスできなくなったら困ると思った」と言っていた。

深町は山ノ井の留守中に出産し、生まれた子どもを殺して隠した。彼が帰宅すると、深町は体調が悪いと言って寝ていたそうだ。彼女の腹部が急にへこんだことについても、体調不良のせいで痩《や》せたのだと言われ、それ以上は尋ねなかった。出産したことに気づいたのではないのかと尋問された彼は、「もしかしたらと思ったが、はっきり否定されたし、追及されたくなさそうだったから、それ以上訊くのをやめた」と言っていた。

深町が身ごもっていたのは自分の子どもかもしれないのに、相手の機嫌を損ねたくなくて追及しないというのはどういう神経なのか、山ノ井の行動は深町と同じくらい理解しがたい。彼女のまわりにはまともな人間が一人もいなかったのかと舌打ちをしたくなる。

それでも山ノ井は、深町が罪を償って出てきたらまた一緒に住みたい、と言っていた。面倒ごとに巻き込まれまいと逃げることをせず、法廷に出てきて証言もした。その点は評価できる。

鳥山が尋問の中でしっかりそういう証言を引き出していたが、出所後の身元引受人を用意して、「待っている」と言わせるのは情状弁護の基本だ。親兄弟ならともかく、交際相手の気持ちなどいつ変わってもおかしくない。それに、仮に山ノ井にその気があっても、深町はそこまでの気持ちを彼に対して抱いてはいないように見えた。

「山ノ井と交際していたのなら、子どもは彼との子だと思わなかったのか」と弁護人に尋ねられ、深町は、山ノ井と住み始める直前まで他の男ともセックスをしていたし、どちらにしても妊娠が知られたら追い出されると思っていた、これまで妊娠がわかったときはいつも怒られたから、知られてはダメだと思った、と答えた。

傍聴席の山ノ井は、深町が話すのを聞きながらうつむいていた。

俺は山ノ井から視線をずらして、同じ列の左側にいる柳と秋川を見た。

柳は白い顔で、食い入るように証言台の深町を見ている。秋川はそんな柳を気にするようにちらちらと目を向けている。

深町映美はおまえの母親じゃない。彼女が話しているのは、おまえを捨てたときのことじゃない。そう声をかけてやるまでもなく、聡明《そうめい》な柳がそこを混同することはないだろう。それでも、心穏やかではいられないはずだ。

子どもを捨てた女が裁かれているのを目《ま》の当たりにするのは、そして、彼女が淡々と子どもを殺した経緯について語る様子を見るのは、どんな気持ちなのか。

「無抵抗な赤ちゃんを殺してしまうことに、躊躇《ちゅうちょ》はなかったのですか」

鳥山の静かな、しかし厳しい内容の問いかけに、俺は視線を深町へと戻す。

「かわいそうだなとは思いました。でも、私はちゃんと育てられないから、生まれてきてもいいことは何もないし……それなら、早く死んでしまったほうが、いっぱい苦しんでから死ぬよりましだと思いました」

深町は、表情を変えずに答えた。

「手術でおろすのは無理だったけど、産んですぐ殺すのもあまり変わらないと思ってました」

母親の胎外に出ても生きていけるくらいに成長した嬰児は、もはや母親の一部ではないこと、自分が殺したのは独立した人生を歩むはずだったひとつの命だということ――それを奪うことの罪を、彼女はわかっていない。「悪いことだ」「かわいそう」とわかっていたとは言うが、その本当の意味、その重大さを理解していないのだ。

傍聴席の柳が気になったが、そちらばかり見ているわけにはいかない。ちらりと裁判員席に目を向けると、何人かの裁判員は深町の発言に眉《まゆ》をひそめていた。ベテランの鳥山がそれを予想していないはずはないが、彼は慌《あわ》てた様子はなく、質問を重ねる。

「今もそう思っていますか？」

「今は……」

彼女は、わずかに迷うように一度口をつぐみ、それから答えた。

「今は、悪いことをしたと思っています。私が育てたら、不幸になっていたと思うけど、病院とか、施設とかに、預けたらよかった。殺すくらいだったら、誰か育ててくれる人に……そのほうが、よかったと思います。勝手に私が決めて殺してしまったのは、間違いだったし、悪かったです」

子どもが生きる道について十分に考えることもなく、簡単にあきらめてしまった。それは間違いだった、と認める。暗い表情と声はそれまでと変わらず、涙もなかった。それでも彼女は自分の行動が間違いであったことを認め、悔いる言葉を発した。そこに意味はあるはずだ。言葉そのものは薄っぺらに聞こえても、十分でなくとも、彼女が過《あやま》ちに気づけたということに意味がある。取り返しのつかない悲劇の後だが、少なくともこれから彼女が変わるための第一歩になる。

深町が話し終えるのを待って、鳥山が尋ねた。

「亡《な》くなった子どもたちに、名前はありましたか」

「ありませんでした。名前をつける間もなく、殺してしまいました」

深町は正直に答える。

「後で……逮捕されてから、つけました。弁護士さんに、子どもたちのことを覚えておけるように、そうしたほうがいいって言われたから。今は、朝と夜、ごめんなさいと、ひとりひとりの名前を呼びながら、祈っています」

彼女は、生まれてすぐに死んでしまった三人の子どもたちの名前を挙げた。可愛《かわい》らしい名前をつけ冥福《めいふく》を祈ることが、彼女にできるせめてもの供養《くよう》なのだろう。

深町の行動は、弁護人に言われた通りの形をなぞっているだけで、彼女が本当の意味で自分の犯した罪の重さに気づくのは、まだ先のことかもしれない。俺も、裁判官も、裁判員も、彼女にそうするよう指導しただろう鳥山自身さえ、わかっているはずだった。しかしそうして長い時間をかけて、少しずつ変えていくしかないのだ。深町映美の人格の歪《ゆが》みも、長い時間を――四十数年の時間をかけて形成されたのだから。

弁護人からの質問は終わった。

鳥山が着席し、裁判官に促されて俺は立ち上がる。立ちながら、スーツのジャケットのボタンを留めた。

証言台の深町は膝《ひざ》の上に手を置いて、俺のことは見ずにうつむいていた。

深町の計画性や規範意識の欠如は、彼女の人生に起因するもので、本人にはどうしようもない部分があった。それでも、嬰児たちの殺害は、彼女が償わなければいけない、彼女の罪だ。

母親であり、加害者である彼女は、嬰児たちの死についてすべての責任を負う。俺はそう思っている。

「一人目の子どもが泣かず、死んでいると思ったのでタオルにくるんでビニール袋に入れたということでしたが、その子が息をしていなかったのは確かですか」

深町は俺のほうを見て、答えた。

「していなかったと思います」

「確認しましたか」

「確認……覚えていません」

「した」と言っても、確かめようがない以上、俺には彼女の言葉を否定できないのに、彼女はそう答えた。

俺は質問を続ける。

「息をしていなかったとして、息を吹き返すように、たとえば人工呼吸とか、のどに詰まっているものがないか見るとか、命を助けるための行動をとりましたか」

「……とっていません。していません」

「すぐに救急車を呼んだり、対応すれば、息を吹き返したかもしれない。でも、あなたは何もしなかったということですか」

「そうかもしれません。死んでると思ったけど、ちゃんと確かめなかったから」

本当は、こんな風に仮定に基づいた質問をすることは好ましくない。まして、起訴事実とは直接関係のない過去の事件についての話だ。鳥山が異議を出して止めるかと思ったが、彼は何も言わなかった。

そして深町も、自分を追い込むような質問にも、ちゃんと答えている。彼女なりに現実と向き合おうとしているのがわかった。だからこそ俺は容赦なく続けた。

「生まれてきてもいいことはないから、たくさん苦しむことになるから、今のうちになるべく早く殺してあげるのが子どものためだと思ったとのことでしたが、警察官や検察官の取調べを受けた際にも、そう言いましたか」

「……覚えていません」

「育てられないと思った、母親に怒られると思った、子どもがいたら働けないと思った。警察や私の前で当時あなたが言ったことが、調書になっています。子どものためだという言葉は出てきていません」

記録のファイルを手にとり、付箋《ふせん》を貼《は》ったページを確認しながら尋ねる。

「本当に、殺すのが子どものためになると思ったのですか？」

映美は黙った。

責めるような質問に怯《ひる》んで、というわけではなく、考えている、あるいは思い出そうとしているようだ。

「……思ったけど、言い訳みたいな感じでした。この子のためにもそのほうがいいんだ、って自分で思いたかったっていうか」

　短い沈黙の後、彼女は確かめるように一言一言を区切りながら答えた。

「一番頭にあったのは、やっぱり、自分が困るってことでした。育てられないし、怒られるし、隠さなきゃって。そのついでみたいに、この子だって、生まれてもいいことないんだしって、付け足したみたいな感じでした」

　わずかな罪悪感を打ち消して自分の気持ちを楽にするため、子どもを手にかける瞬間に彼女がそう考えたのは、事実なのだろう。彼女はそれが自分にとって有利でも不利でも関係なく、訊かれるままに事実を答えている。

　それを、単純に誠意ととらえて評価することはできなかった。彼女はただ、考えることを放棄しているだけだ。だとしたら、どんな罰を与えても意味がない。

　罪の大きさを理解しなければ、本当の意味で償うことはできない。

　思考の停止は、悲劇を招いた大きな一因であり、彼女が更生するうえで最大の障害となるものだ。

　考えないことで自分を守ってきた深町に、考えさせることは簡単ではない。問題は根深い。

　取調べのときから、それは感じていた。

彼女からにじみ出ていたのは、圧倒的な無力感だった。

俺は一度言葉を切り、ひと呼吸おいてから最後の質問をする。

「山ノ井さんは、あなたが罪を償って出てくるのを待ちたいと言っていましたが、あなたはそれについて、どう思いますか」

深町は、少し考えるそぶりをみせてから答えた。

「山ノ井さんに対しては……申し訳ないなと思います」

「何について、申し訳ないと思うのですか」

「山ノ井さんの子どもだったかもしれないのに、殺してしまったこととか、他の男の人とセックスをしていたこととか、警察が来て迷惑をかけたこととか……証言をしてもらったこととか、いろいろです」

「待っていると言われて、嬉《うれ》しい気持ちはありますか」

「わかりません」

「それは、罪を償った後、山ノ井さんと一緒に暮らすつもりはないということですか」

「……わかりません」

深町が罪を償って出てくるのを待ちたいと言った山ノ井の言葉を、俺は信じていない。この瞬間はそう思っていたとしても、ずっとその気持ちが続くとは思えない。深町も、信じていない――真に受けていない、というべきか。裁判所も同じだろう。

俺の質問に対する深町の答えは誠実だった。差し伸べられた手を躊躇なくつかむとすら、今の彼女にはできないのだ。最初から期待しないことに、希望を持たないことに慣れている。そう簡単に彼女は変わらないだろう。

それでも、もしも本当に山ノ井が彼女を待って、戻ってくるのを迎えることができたら、彼は深町の家族になれるかもしれない。深町は今度こそ、健全な、人間同士の関係を築けるかもしれない。

そう思ったが、そんなことは夢物語のようなものだとわかっていた。

そして、それが可能だとしても、その前に彼女は罪を償わなければならない。

俺の質問が終わると、裁判官や裁判員からも何点か質問があり、被告人質問は終了した。深町は裁判官の指示を受け、証言台から元の席――弁護人側へと戻り、着席する。

「検察官、論告をお願いします」

裁判官に言われ、俺は再び立ち上がった。

論告求刑は、この裁判における俺の最後の仕事だ。検察官として、本件についてどのような刑を被告人に科すべきか、意見を述べる。

俺の論告の後で弁論――弁護側の意見の陳述――をする予定の鳥山も、緊張した様子でいる。検察官と弁護人は、証言台を挟んで向かい合う形で座っているから、その表情までよく見えた。

鳥山の隣に座った深町本人はうつむいたままだ。

「本件公訴事実は、当公判廷において取調べ済みの関係各証拠により、十分に証明されています」

お決まりの一言から始める。

話すことは決まっていたから、一瞬、傍聴席に目をやる余裕があった。

修習生たちは、真剣な表情で聴いている。

「被告人は、すでに複数回の妊娠、出産や中絶を経験していたにもかかわらず、性行為の際に避妊措置を講じるなど行動を改めることもなく無計画な性行為を繰り返し、妊娠してからは産科医にかかることもせず、いたずらに時間が過ぎるに任せていました。その結果出産するに至った嬰児《えいじ》を、その場で殺害して遺体を隠し、妊娠・出産の事実自体もなかったことにするなど、被告人の行動は場当たり的で無責任です。自身の生活の安寧のため、何の罪もない嬰児を殺害し、遺体を隠すという犯行は短絡的で、身勝手だとは言ったが、自分本位と言っていいのかどうかはわからない。彼女は、彼女自身の命や人生も、嬰児たちの命と同様に軽視していたからだ。

「被告人は、比較的後処理が簡単な風呂場での出産を選択したと供述しています。産む前から、生まれてきた子を殺すことを前提としていたと考えられ、その犯行には一定の計画性があったと言えます。無抵抗な嬰児を迷うことなく湯に沈め、絶命させていることから、強固な殺意が認められます。はなはだしく人命を軽視しており、大胆かつ悪質な犯行です」

あくまで検察官としての意見を述べる場だから、内容は厳しくても口調は強くなりすぎないよう、淡々と話す。裁判員裁判なので、そうでない裁判の場合よりもわかりやすい言葉を選ぶよう心掛けた。

「少女時代はともかく、成人してからの被告人は他人に性行為を強要されていたという事実もなく、妊娠は被告人自身の行為の結果でした。しかし被告人は母親としての責任を放棄し、犯行に及んだのです。客観的に見て、被告人が、我が子を殺害するほかないと追いつめられるような状況にあったとは考えられません。それにもかかわらず、被告人は二度にわたって嬰児を手にかけるという非道な行為に及び……」

俺は裁判員席を見上げ、ときに裁判員たちと目を合わせてその反応を確かめながら話す。殺害後に遺体を隠していること、行動に我が子を弔う気持ちが感じられないことを指摘し、事後の情状の悪さについても述べた。

「被害者である嬰児らは、誕生直後に、本来であれば最も、そして唯一《ゆいいつ》の頼れる存在であったはずの母親の手によって、無限に広がっていたはずの未来を奪われたのであって、それ自体が重大な損害であることはもちろん、その苦痛ははかりしれません。その一方で、これだけの重大な結果をもたらしているにもかかわらず、被告人の規範意識は著しく低く、自身の行為の非道さを十分に理解し、反省しているとは言えません」

　裁判員は、厳しい表情の者と、どこか心配そうな表情の者とが半々だ。後者は、そこまで言わなくてもいいのでは、と思っている様子なのがうかがえた。深町に同情的な裁判員もいるだろうということはわかっていたから、意外でもない。

　気にせず続ける。

「被告人がこのように規範意識に乏しく、無計画な行動をとる人格傾向を有するに至った背景には、母親から適切な養育を受けられず、複数の男性から継続的に性行為を強要されるといった虐待《ぎゃくたい》を含む特異な成育歴があり、本件の経緯にも酌量の余地があるとはいえ、被告人のもたらした被害はあまりに甚大《じんだい》です。被害者である嬰児たちにはまったく落ち度はありません。被告人の遵法《じゅんぽう》精神や規範意識の欠如のしわ寄せが嬰児たちに行くというのは理不尽です。被告人の成育環境等に関する事情を考慮しても、被告人の行動は強い非難に値します」

こわばった表情の鳥山が目に入る。

深町はうつむき、表情一つ変えずに聞いている。

俺は続いて、被告人と山ノ井は短期間交際しただけで、何の責任も伴わない関係にあることから、出所後の同居が実現するかは不確かであると指摘し、量刑を考えるにあたり、身元引受人の存在を過大に評価すべきではないと述べた。

「結果の重大性に鑑《かんが》みれば、被告人には厳罰が必要であり、内省を深め、真の意味で更生するためにも、相当期間の懲役をもって処断すべきです」

いよいよ求刑だ、という気配を察したのか、鳥山が深町を気遣うように見やる。

深町は鳥山から、量刑の相場について聞かされているだろうか。鳥山自身はどれくらいを予想しているだろう。十年くらいか。俺の論告の厳しさを聞いて、それ以上を覚悟したかもしれない。いたずらに不安をあおったり、反対に期待させたりすることになりかねないから、被告人本人に対しては相場までは伝えていなくても、下限と上限についてくらいは話しているはずだ。自首などの法定減軽理由がない以上、無期懲役がありえることとも。

殺人事件において、被害者の代弁者となれるのは検察官だけだ。

どんな事情があったとしても、深町映美は罰を受けなければならない。

そしてその後も、生きていかなければならない。罪と向き合い、償いながら。

この裁判は、そのための第一歩だ。彼女の一生をかけた贖罪《しょくざい》のはじまりに、ふさわしい罰を求刑する。それが俺の役目だ。

「以上、諸般の事情を考慮し、相当法条適用のうえ、被告人を」

息を吸い、心を落ち着けてから宣告した。

「――懲役五年に処するのを相当と思料致します」

深町が顔をあげた。

鳥山が驚いているのが見える。本当に？　というように、セカンドチェアの弁護士と顔を見合わせ、続いて深町にも小声で何か話しかけている。

ごねん？　と、口が動いているのがわかった。

裁判官も、意外そうな表情をしていた。ほっとしたように表情を緩ませた裁判員も、困惑した様子の裁判員もいる。

俺は息を吐いて着席し、傍聴席に目をやった。

柳が目を見開いて俺を見ている。

胸に広がる感情があったが、ここで表情に出すのは大人げない。俺はそのまま視線を前へ戻し、何ごともなかったかのように弁護人の最終弁論を待った。

鳥山の最終弁論の声は、最初と最後がほんの少し震えていた。背景や諸事情を斟《しん》酌《しゃく》し被告人の更生のためにも寛大な判決を、と量刑に関する意見を述べて、論告よりも短い最終弁論は終わる。

最後に深町のたどたどしい最終陳述を経て、裁判長が判決の言い渡し期日を決め閉廷を告げると、傍聴人たちは席を立ち、深町は職員に連れられて法廷を出て行った。

俺が記録を風呂敷にまとめて立ち上がると、弁護人席の鳥山がこちらに向かって、顔が見えないほど深く、頭を下げていた。

＊＊＊

翌週の月曜日に判決言い渡しがあった。三班が検察修習を終えた三日後だ。

深町映美は、懲役五年の刑に処された。求刑通りというのは珍しい。ふさわしいと思った通りの年数の懲役刑が科され、内心胸をなでおろしていたのだが、加賀には「君塚検事、めちゃくちゃドヤ顔でしたね」と言われた。

修習生たちは選択型修習に入っていたが、検察庁での修習を選択していない修習生たちも何人か、判決を聞きに来ていた。柳が傍聴席にいたのにも気づいていたが、さっさと帰ってしまうものと思っていたら閉廷後も廊下に残っていて、俺が法廷から出るとお疲れ様でした、と声をかけてくれた。

どうやら俺を待っていたらしい。選択型修習のうち最初の一週間はホームグラウンドの法律事務所にいることにしたので、比較的自由がきくという。

「判決、求刑通りでしたね」

「そうだな」

選択型修習の後で全体の打ち上げがあるから、また会う機会はあるとわかっていたが、検察修習を終えてこうもすぐ、柳のほうから声をかけてくるとは思っていなかった。

「こうなると思ってましたか」

「いや、……でも、こうなるべきだと思ってたよ」

本当のことだったが、それだけではあまりに恰好《かっこう》をつけているように聞こえると気づいて、付け加える。

「実は、次席検事ともかなり話し合ったんだ。五年求刑して、判決が四年になったら、それは短すぎなんじゃないか、六年の求刑にしたほうがいいんじゃないかとも言われた。そもそも五年だって、相場よりはかなり短いからな。でも、五年がふさわしいと思ってるんだから、五年を求刑したいって話して、わかってもらえた」

これから先も深町映美の人生は続く。彼女が自分のしたことの意味を理解するには、長い時間がかかるはずだ。そして、本当の償いはそこから始まる。

懲役を終えても罪が消えるわけではないが、すべてに失望したままでは、正しい方向へ歩き出すこともできないだろう。

検察官は法律家で、正義の番人で、そして、一人の人間だ。検察官として、法律家としての俺が、罪を償いながら生きなければならない彼女に、ふさわしいと思う罰を求刑しただけだ。裁判所がそれを認めてくれたことには安堵《あんど》しているし、感謝している。

「かっこよかったですよ」

柳が言った。

シンプルな賛辞に、一瞬反応を返せない。

茶化すような口調ならどうとでも返せたが、柳はあくまで真面目《まじめ》な顔で話している。

「ああいう裁判もあるんだなっていうか、ああいうこともできるんだなって……裁判とか、弁護士とか検察官とか裁判官とか、あんまり型どおりに考えなくていいってわかりました。秋川とか藤掛が、弁護士と検察官は本来同じ目的のために動いていて、敵対関係ってわけじゃないはずだって話してたけど、本当にそうなんだなって。何か、いいなって思えました。実務修習の最後に、深町事件の公判を傍聴できてよかったと思います」

「……そうか。そう言ってもらえると俺も嬉しいよ」

努力の甲斐《かい》あって、声は上ずっていなかった。しかし、顔に出ていないかどうか自信はない。

柳はお世辞を言わない。顔色を読むとか空気を読むというのは、彼がもっとも無駄だと考えているところだろう。だからこそ、まっすぐに胸に来る。

天才少年に認められたくて恰好をつけていたわけではないが、嬉しかった。

そう思ってもらえたことも、それを彼がこうして伝えてくれたことも。

「どうでもいい話なんですけど」

待合の椅子のほうへ目を向けて、何かのついでのように柳が口を開く。

「俺の名前、祥真って、母親がつけたそうです。姉が言ってました」

俺は、はっとして柳を見た。柳は俺から目を逸《そ》らしたままだ。

「顔とか声とか何してもらったとか、何も覚えてないけど、産んでもらったのは間違いないしなって思ってました。でも、もう一個もらってたんだなって、今回の裁判見てて気づきました」

それだけなんですけど、と素っ気なく話を終わらせる。

そう思い至ったのなら、それだけで、柳があの公判を傍聴した意味はあると思った。

柳が、長々とこの話をしたいわけではないとわかっていたから、一言だけを返す。

「ああ。いい名前だよな」

親がくれたものは、命と、名前だけ。けれどその二つは、間違いなく、かけがえのないものだった。

そうして今柳はここに存在している。

自分を捨てた親を許す必要も愛する必要もない。それだけ理解していればいい。

「検察修習、楽しかったか」

「はい」

俺が尋ねると、柳はこちらを向き素直にうなずく。

「君塚検事が指導担当でよかった。被告人質問や論告を見られてよかったです。目標とかそういうんじゃないけど、目印があるのもいいかなって思うから」

ぺこりと頭を下げて、「じゃあ」とあっさり背を向ける。いつも通りのつまらなそうな表情で、ぽそぽそと話すので、危うく聞き逃すところだった。

「……それってさあ」

思わず口からこぼれる。

柳はもう歩き出していたから、俺の呟《つぶや》きには気づかなかったようだ。

それはつまり、迷いそうなときや間違いそうなとき、あんたを目印にすると、そういう意味ではないのか。

理解した瞬間に顔が火照《ほて》った。

そして情けないことに、目頭まで熱くなる。

さすがに言葉には出せなかったが、さっさと離れていく柳の背中を見ていたら、こみあげるものがあった。

なあ、俺にもし、おまえくらいの才能があったら、何でも選べて何にでもなれて、好きなことをやれるとしたら――それでもやっぱり、検察官になったよ。

おまえみたいな天才少年に、そんなこと言ってもらえる俺は、結構かっこいいんじゃないかと思えたから。

「——柳！」

まだ、ぎりぎり声が届く距離だった。柳が足を止める。

振り向いた彼に、ありがとな、と言おうとしてやめた。突然礼を言われても、柳は何のことかわからないだろう。それに、誉《ほ》めてくれてありがとう、という意味にとられたら恥ずかしすぎる。

「俺、検察官になってよかったよ」——これも青臭すぎだ。言葉で説明しなくても、検察官としての俺を見て、ああ言ってくれた相手に、わざわざ言う必要もない。

結局俺は、「あー」と頭を掻《か》き、しばらく柳を待たせてから口を開いた。

「……検察官は国家公務員だから福利厚生もちゃんとしていて社会保険も完備だし、年二回ボーナスもあるし昇給もあるし、待遇面もそんなに悪くないぞ。大手事務所の弁護士ほどは儲《もう》からんだろうが」

この期《ご》に及んで、検察庁に来いよ、とストレートには誘えなくて、そんな言い方になる。

そんな俺がおかしかったのか、柳は、ふっと笑った。

目を細めた珍しい笑顔で、ポケットに両手を突っ込んだ姿勢のまま少し首を傾ける。

うなずいたのか、会釈《えしゃく》したのかはわからない。
そして、考えてみます、と言った。

第四章　朝焼けにファンファーレ

司法研修所のいずみ寮B棟の自室のドアを開けた瞬間、目に飛び込んできたのは、荒らされた室内だった。

「は!?」

思わず声が出る。廊下の角を曲がる手前で、修習仲間の藤掛が立ち止まったのが目の端で見えた。

引き出しが引き出されている。椅子《いす》や食器の位置が違う。衣類や本が散乱している。朝部屋を出たときとは、明らかに様子が違っていた。

関係者以外立入禁止の寮内で、鍵《かぎ》をかけて出たはずの自分の部屋で、一体何が起きたのかわからず、俺は呆然《ぼうぜん》と立ち尽くす。

よりにもよって、法曹資格のかかった大事な試験を控えたこの時期に。

俺の様子がおかしいと気づいたのか、藤掛が戻ってきて部屋の中を覗《のぞ》きこみ、「ありゃ」と言った。

＊＊＊

『こんな記事あがってた。研修所、知ってんのかな』

起案で疲れ切って、研修所の敷地内にある寮の部屋へと帰る途中、スマートフォンにそんなメッセージが届いた。メッセージアプリの、修習生仲間のグループチャットだ。

リンクが貼《は》られていたのでタップしてみると、インターネットの個人ブログが開く。法曹界のスキャンダルや、有名事件の判決についての解説と意見を載せているブログらしいが、リンク先の最新記事のタイトルは、『現在、司法研修所で学ぶ修習生たちの中には、脛《すね》に傷持つ者がいる』となっていた。

歩きながら流し読みしたところによると、前科だか前歴だかわからないが、何らかの後ろ暗い過去を負った修習生が、今まさに法曹となるための修習中であることを摘示し、研修所はその事実を把握しているのか、そのような人間が司法の番人たる法曹になることに問題はないのか、と問題提起する内容だった。

特定の修習生を名指ししたり、その「脛の傷」について詳細を述べたりはしていないから、名誉を毀損《きそん》しているとまでは言えないが、不穏な記事ではある。しかし俺は一読してすぐに画面を閉じ、スマートフォンをしまった。

へえそうなんだ、とは思ったが、それだけだ。それは他の修習生たちも同じだったようで、既読のサインはついていたが、大した反応はなかった。

何せ、一か月後――十一月半ばに二回試験を控えた大事な時期だ。

各地での実務修習と、和光市の司法研修所での集合修習を終えた修習生たちは、一年間に及ぶ司法修習の仕上げとして、実務家としてやっていけるかどうかの試験を受けることとなる。それが司法修習生考試――司法試験につづく二回目の試験、通称二回試験だ。司法試験に比べると格段に合格率の高い試験だが、難易度が低いわけではなく、「司法試験に合格し、修習で実務を学んだ修習生ならば当然受かるべき」という趣旨なので、プレッシャーはむしろ大きい。追試はないから、これに落ちると、次に二回試験が開催されるまで待って、一つ下の期の修習生たちと一緒に再度受験することになるので、皆真剣だ。

もちろん俺も同様で、正直、個人ブログの問題提起にかまっている暇なんてない。

「あ」

「あ、ごめん」

二階と三階の間の踊り場で、下りてきた瀬田とぶつかりそうになった。

瀬田とは実務修習の修習地も班も同じで、和光市の司法研修所に移った今も、同じ教室で集合修習を受けている。寮では彼の部屋は別の階だが、俺の隣の部屋の秋川と仲がいいらしく、廊下でもときどき顔を合わせることがあった。

ぶつかる前に避《よ》けたのだが、その拍子に重ねて抱えていた白表紙――研修所で使うテキストの束からクリアファイルが滑り落ちて、ばさばさと踊り場に散らばる。拾おうとして、別のファイルに挟んでいた答案まで落としてしまった。俺は慌《あわ》てて荷物を胸に押しつけて腕で挟み、しゃがみこんで手を伸ばした。

瀬田も腰をかがめて、拾うのを手伝ってくれる。

彼は、拾った答案用紙を渡してくれながら、別の書類を拾いあげる俺の手もとを見て、動きを止めた。

俺がそちらを見ると、ぱっと目を逸《そ》らされる。

「悪い。模擬裁、長野《ながの》は弁護人チームだったな。俺、何も見てないから」

「ああ……」

来週、修習の一環として刑事の模擬裁判をすることになっていて、その資料も落とした中に含まれていた。そういえば、瀬田は検察官チームだったか。弁護人チームとは一応敵対する関係で、それぞれのチームに配布された資料はチーム外秘ということになっているが、落とした中には特に見られて困るようなものはなかった。そもそも各チームでの本格的な打ち合わせは明日からで、まだ大した作戦も立てていない。

別にそこまで気にしなくても、と苦笑しながら言いかけたとき、

「瀬田」

二階から上がってきた男子修習生が、俺より先に瀬田に声をかける。

振り向いてみれば、三班の柳だ。顔のよさと群を抜く若さで、今期の修習生の中で知らない者はいない有名人だった。

瀬田とは班を越えてつきあいがあるようで、藤掛や秋川など、派手目な男子たちのグループでつるんでいるのを、修習地でも見かけたことがある。俺は離れたところから、ああいう人間もいるんだな、と思って眺めていた。

「秋川、部屋にいる？」

「いるんじゃね。さっきまではいたから」

二人に聞こえているのかいないのかわからないが、「じゃ」と小さく一声かけ、俺は階段を上がる。

毎日のことだが、丸一日かけた起案で疲れていた。明日は模擬裁判の打ち合わせだ。一時的に起案から解放されるのはいいが、限られた日数で、模擬とはいえ裁判の準備をしなければならないのだ。終業後もチームで集まって打ち合わせをしたり尋問メモを作ったり、ここからまた忙しくなるだろう。

夕食は売店で買ったインスタントで済ませて、もう一度模擬裁判の記録に目を通したら、今日はできるだけ早く寝てしまおう。

＊＊＊

集合修習は、連日の起案、その解説と演習、そして模擬裁判で成り立っている。起案日はずっと頭をフル回転させて手も動かしていなければいけないので、それと比べれば、模擬裁判の打ち合わせはいくらか気が楽だった。

「それじゃ、各チーム、担当ごとに分かれて準備を始めてください。弁護人チームはここで、検察官チームはラウンジ、裁判官チームは――」

刑事弁護教官の一声で、修習生たちがばらばらと立ち上がる。

模擬裁判において、修習生たちは、それぞれ弁護人、検察官、裁判官のチームに分かれる。それとは別に、被告人、被害者、証人の役を割り当てられた修習生がいて、被告人役は弁護人チームと、被害者役は検察官チームと行動する。証人はどちらの味方というわけでもなく中立だが、今回は検察側が申請した証人であり事件の目撃者という設定なので、どちらかといえば検察寄りだ。

誰がどのチームに入るかについては、基本的には本人の希望が通る。あまりどこかのチームに人数が偏《かたよ》るようなら調整されることもあるが、俺たちのクラスは、割とバランスよく各チームに均等に配属されていた。

俺は弁護人チームの所属で、被告人質問の担当だ。修習生は大勢いるので、一つのチームの中でも冒頭陳述担当、証人尋問担当、と細かく役割分担をするのだが、その細かく分担された各パートの担当も一人ではない。一班の俺と、二班の松枝、四班の藤掛の三人が、弁護人チーム・被告人質問の担当だった。

実務修習中は、四つの班に分かれて裁判所や検察庁に順番に配属されたが、集合修習では、皆同じ教室で修習を受けている。模擬裁判では、これまであまり一緒に行動したことのなかった他班の彼らと、そして被告人役とチームを組んで行動することになる。

俺は荷物を持って、藤掛と松枝のいる後ろのほうへと移動した。

「あれ、柳くんは？　あ、いた。柳くーん。こっちこっち」

藤掛が教室を見回し、一番後ろの席にいた柳を見つけて呼ぶ。被告人役の柳は配布された模擬裁判用記録だけを片手に持って近づいてきた。ほかにはペンの一本も持っていない身軽さだ。

「被告人質問担当？」

「そうそう。被告人は基本的に俺たちと一緒。よろしくね」

なんだか眠そうな表情で、柳がうなずく。

昨日階段で見たときも思ったが、改めて見ても芸能人のようだ。

本人が立候補した配役だが、柳が被告人役というのは、不思議な感じがした。

「えーと、じゃあまず、事案の確認ね」

藤掛が記録をめくり、その最初のページに綴《と》じられた起訴状を読み上げる。

柳が演じる模擬裁判の被告人は、二十五歳の竹中大翔《たけなかひろと》。罪名は強盗だ。

某年九月十日午前十時ころ、東京都内の民家に強盗が入った。その家には三人家族が住んでいたが、夫と大学生の息子はそれぞれ仕事と学校に行っていて、犯行当時は五十代の女性が一人で家にいた。庭から侵入した犯人は、居間にいた被害者女性に刃物を突きつけ、「こちらを見るな」と脅したうえで、彼女の財布の中の現金四万数千円を奪って逃走した。

女性は犯人の声を聞いているが、後ろを向いた状態で刃物を突きつけられて脅されたので、犯人の顔を見ていない。怖くて顔もあげられなかったそうだ。しかし、犯人が黒いズボンを穿《は》き、メーカーのロゴの入った白いスニーカーを履いていたことは、はっきりと覚えていた。

そして、「こちらを見るな」と言った犯人の声は、どこかで聞いたことがある声だったように思う、と、警察に話を聞かれたとき、彼女は話している。

被害者から得られた、犯人の情報は多くない。しかし、被害者宅の近所に住む男性が、被害者宅から逃走する犯人と思《おぼ》しき男を目撃していた。その男はサングラスとマスクをして、黒いシャツとズボンを身につけていた。人相はわからなかった。男は西の方向に逃走した。被害者を脅すのに使用した凶器と思われるナイフは、逃走経路の途中、被害者宅から数百メートルの地点に捨てられていたが、指紋は検出されていない。

その数日後、被害者宅から二駅の距離に住む被告人・竹中大翔が警察に逮捕された。彼には前科があり、被害者宅のドアや室内から検出された指紋が、被告人のそれと一致したのだ。彼はインテリアショップで配送の仕事をしていたが、事件当日は休日であり、出勤していなかった。

警察が任意同行を求めて被告人宅を訪れた際、被告人が逃走しようとしたため、警察は彼を逮捕したが、本人は「何も知らない」と一貫して無実を主張している――というのが、事案の概要だ。

起訴状にはシンプルに、犯行当日被告人が被害者宅に侵入し、被害者に刃物を向け脅して現金を奪い逃走した、とだけ書いてある。これに対する被告人と弁護人の意見は「否認」だ。今回の模擬裁判で、検察側は起訴状に書いてあることを事実であると立証し、弁護側はそれは事実ではないと主張して、検察側の立証を失敗させることを目標に活動することになる。

「弁護側としては、検察側の主張の根拠を、ひとつひとつ潰《つぶ》していかなきゃいけないわけだけど。被害者や目撃者の証言の信用性を争うのは、証人尋問担当の人たちに任せるとして……俺たちの役割はやっぱり、裁判官に、竹中さんは犯人じゃないっぽいな、って印象づけることだと思うんだよね」

藤掛が言い、俺と松枝はうなずく。被告人役の柳は他人事《ひとごと》のような顔で聞いていた。

被害者や検察側証人は、検察チームが囲い込んでいて接触できないので、弁護人チームの証人尋問担当者たちは、記録として提出されている供述書から、証人尋問での彼らの応答を予想して尋問内容を組み立てることになる。重要な情報はだいたい調書の段階で出てきているはずだが、当日になって供述調書には出ていないことを言われる可能性もゼロではないから、それを見越して尋問内容を考えなければならない。

その点俺たち被告人質問担当者は、質問をする相手である被告人役の柳と、事前に念入りな打ち合わせができるので、準備万端整えて本番に臨めるのだが——問題は、この事件において、被告人は犯行を全面的に否認しているので、実際の事件の内容については何も知らないということだ。事件の詳細については、検察側が提出する証拠類から推しはかるしかない。そのうえで、被告人は犯人ではない、と裁判官を説得しなければならないのだ。

「そのためには、検察側が出してくる、被告人が犯人だって印象を与えるようなマイナスの情報について、うまく言い訳できるようにしとかないとね。結構いろいろあるけど、まずは……えーと、竹中大翔さん」

はい、と柳が、「竹中」として藤掛に応《こた》える。

「逮捕されたときのことだけど、警察に声をかけられて逃走してますよね。どうして逃げたんですか?」

これについては俺も引っ掛かっていた。下手を打ったな、とも思っていた。逃げれば追われるのは、当たり前のことだ。裁判官も、やましいことがなければ逃げるはずがないから、やはり犯人だったのだ、という心証を抱くだろう。

柳は、今ここで演技をするつもりはないらしく、いつも通りの表情と口調で答える。

「借金取りだと思って」

「なるほど……借金って、どれくらい？」

「百万くらい。もう五年くらい返してない。逃げ切ったかなと思ってたときに強面《こわもて》の男が二人訪ねてきたから、勘違いして」

藤掛と松枝がメモをとる。俺も慌ててノートを開いた。

「それ、警察に言った？　調書には書いてないみたいだけど」

「最初の取調べのとき、何もしてないなら何で逃げたんだって警察に言われて答えたけど、調書には書かれなかった」

被告人役の柳は、被告人に関する設定を渡されていて、そこには、ほかの修習生たちに配布された記録には書かれていない情報も含まれている。

被告人が逃走した理由について、検察官が把握しているかはわからなかった。

「逃げたのには理由があった、って説明はできそうかな」

松枝が、ルーズリーフにシャープペンシルを走らせながら呟《つぶや》き、藤掛もうなずく。

「そうだね。でもその一方で、借金があるってことは、お金に困って強盗する動機があったってことになる。検察側はそこを強調してくるだろうね」

盗まれた現金は、被告人宅からは見つかっていない。しかし、逮捕される前に使ってしまったのだろうと言われればそれまでだ。検察側の主張も弁護側の主張も、どうとでも解釈できそうな証拠に基づいていて、決定打に欠ける印象だった。

「現場に被告人の指紋が残っていたことが検察の主張の核になっている印象だから、そこを崩したいところだよね」

松枝が言った。

被害者女性は、被告人の勤務先であるインテリアショップで複数回商品を購入しており、配送員であった被告人は、事件発生の半年ほど前に、被害者宅に食器棚を運び入れたことがあった。それ自体は、弁護側と検察側で共有された情報だ。被告人が被害者宅に商品を配送したことがわかる、当時の勤務先の日報とシフト表も、弁護側の証拠として提出予定となっている。被害者宅に残っていた指紋はそのときについたものだ、と弁護側は主張することになるだろうが、それを証明することは難しい。

「……俺なら、凶器の指紋を拭《ふ》いて、現場には指紋を残すなんて詰めの甘いことはしないけど」

弁護人チーム三人のやりとりを聞いていた柳が、ぼそりと呟く。俺は思わず苦笑した。

「そりゃ、柳ならそうだろうけどさ」

柳が優秀なのは、班の違う俺でも知っている。同じ大学出身で、法科大学院でも同期だった吉高が、柳と同じ三班の所属だから、飲み会の席などで何度か話題に出たことがあったし、集合修習に入ってからも何度か、検察起案と刑事裁判起案で彼の答案が模範答案に選ばれていた。柳から見ればありえないことかもしれないが、普通の人間はそういうヘマをする。誰もがいつも完璧《かんぺき》に、合理的に動けるわけではないのだ。

そして、模擬裁判で裁かれるのは柳ではなく「竹中大翔」だ。うっかり現場に指紋を残してしまったが、凶器だけは捨てる前に指紋を拭きとったのだろう、と検察側は主張するだろうし、それは十分ありえる話だった。

「でも、強盗に入るのに、わざわざ仕事で行った、面識のある相手の家を選ぶのは不自然だ、ってことは言えるかもね。検察は検察で、入ったことのある家だからこそ、裕福なのがわかっていて狙《ねら》ったんだろう、って主張しそうだけど」

藤掛の言葉に、俺は相槌《あいづち》を打ってぱらぱらと記録をめくった。

「服とか目撃証言についてはそれほど心配しなくていいとして……指紋の次に問題なのは、靴跡かな」

スニーカーについては、犯人の履いていたものと被告人が持っていたものの色が同じだとか形が似ているというだけでなく、ほぼ間違いなく同一メーカーの同一タイプの靴だったということが、現場に残った靴跡からわかっていた。犯人は土足で家にあがっていて、室内には靴跡が残っていたのだ。

サイズも一致していたが、靴跡が不明瞭《ふめいりょう》だったこともあって、被告人の自宅から押収《おうしゅう》された靴と同一かどうかまではわからない、というのが鑑定結果だった。

被告人の持っていた靴は全国展開しているチェーンの量販店で扱っているもので、犯人がたまたま被告人と同じものを履いていたとしてもおかしくない。しかし、靴型が一致したことで、被告人イコール犯人であるという心証はかなり強くなっている。

この事件では、決定的な有罪の証拠も、決定的な無罪の証拠もない。公判期日で裁判官に与える印象次第で、どちらに転んでもおかしくないということだ。それぞれのチームの腕の見せどころと言えるが、正直、やる気よりプレッシャーが勝っている。

争点に対応する検察側証拠を書き出しているだけで時間がたち、まだ戦略らしい戦略も立てられないうちに、あっというまに三限が終了してしまった。

しばらく教室に残って打ち合わせを続けたが、遅くなってしまったので、同じ敷地内にあるいずみ寮の談話室に移動する。修習生の中には、外に部屋を借りていたり、実家から研修所に通ったりしている者もいるが、被告人質問担当は、柳を含め四人とも寮生だ。

とはいえ、検察官チームや裁判官チームの修習生も出入りする場所で、あまり突っ込んだ話はできない。大して進まないまま、今日はここまでかな、という雰囲気になった。

「皆でごはん食べに行かない？　ちょっと歩くけど、運動不足解消にもなるしさ」

「賛成。インスタント以外のもの食べたい」

藤掛の提案に、俺は飛びつく。

和光に来てから、昼はそこそこボリュームのある弁当を食べているが、夕食は売店で売っているパンやインスタント食品ばかりになっていた。味が悪いわけではないのだが、狭い部屋で、デスクで食べるのがどうにも味気ない。それに、いいかげん飽きてきた。

そう思っているのは皆同じだったようで、全員で行こうということになった。

これから食事だと思ったら、急に空腹を自覚した。いそいそと立ち上がったとき、横に置いていた自分の鞄《かばん》に体が触れて、布製の鞄が椅子の上で倒れる。口を開けたままにしていたせいで、ざらっと中身が椅子の上にこぼれ、その一部はそのまま滑って床へと落ちた。

「うわ」

「大丈夫？」

松枝が拾うのを手伝ってくれようとしたが、女の子を床にしゃがみこませるのも悪い気がする。俺は礼を言って断り、手早く自分で荷物をかき集めた。

部屋に荷物を置いてこようか迷ったが、食事をしながら確認したいことが出てくるかもしれないし、ファイルを持っていたほうがいいだろうと思いなおす。

俺が鞄に荷物を詰めなおしているとき、廊下から足音と話し声が聞こえた。何人かの気配が近づいてくる。

「あ、先客がいる」

声に振り向くと、模擬裁判では検察官チームに属している数人が談話室に入ってくるところだった。先頭にいるのは瀬田だ。

「俺たちは今出ていくところ。ごゆっくりどーぞ」

藤掛が瀬田に言って、俺たちはテーブルから離れる。

彼らも打ち合わせ目的だろう。夕食を食べながら記録を検討するつもりらしく、宅配ピザの箱を持っていた。なるほどそれもいいな、と横目で見ながら部屋を出る。

鉄板焼きハンバーグを一口食べると、肉汁が体に沁《し》みわたるような気がした。

実務修習中は、修習生仲間で飲みに行くことも頻繁だったし、修習地で先輩の弁護士たちからごちそうになる機会も多く、充実した食生活を送っていたが、和光に来てからの外食は久しぶりだ。研修所内には食堂もあるが、味の評判はいまいちで、俺も含め、ほとんどの修習生が利用していない。

料理が運ばれてきてしばらくは、皆ほぼ夢中で食べていた。

「食事って大事だよなあ。寮の周りには何もないって聞いてたけど、ここまで何もないとは思わなかった。ファミレスの存在が本当にありがたいよ。近くってほどじゃないけど、駅まで行かなくてもあったかいものが食べられるってだけで」

半分くらい食べ進んでようやく、会話をする余裕が出てくる。俺が言うと、藤掛も松枝もうんうんとうなずいた。柳だけは、もくもくとピリ辛カツ煮込みを食べている。

「でも、柳くんが被告人役ってちょっと意外だったな。松枝さんが弁護人チームを希望したのも。俺はもともと弁護士志望だけど――長野くんもそうだよね？」

「あ、うん。弁護士志望」

「松枝さんは、裁判官になるのかなって思ってた。勝手な印象だけど」

藤掛に話を振られた松枝は魚介のクリームグラタンをすくう手を止めて顔をあげ、

「藤掛くん、すごい。言ってなかったのに」

どうしてわかったの、というように藤掛を見た。

「刑裁修習中に、向いてるんじゃないかって、部長に言ってもらったの。別に秘密にしていたわけじゃないけど、実務修習中はまだ考え中というか、迷っていたから……あんまり人には話してないんだ。でも今は、任官できたらいいなと思ってる。希望も教官に伝えた。まだどうなるかわからないけど」

そういえば彼女は、民事裁判や刑事裁判の起案で何度も模範答案に選ばれていた。優秀なんだな、とは思っていたが、任官の声がかかっていたのか。

「そっか。選択型修習でも家事部と少年部にいたし、そういうのに興味あるのかなって思ってたから。俺も、松枝さんは裁判官に向いてると思うな。でも、それなら裁判官チームに入らなくてよかったの？」

「うん、せっかくだから、裁判官以外の役をやってみたい気持ちもあって……どのチームに入るかは迷ったんだけど、私、刑事弁護の起案はちょっと苦手かもって思っただから、自分は弁護士志望だから、勉強のつもりで」

あえて苦手な分野に挑戦したということか。志が高い。俺は、自分は弁護士志望だから弁護人チームに入ろう、と何も考えずに選んでしまったが、人それぞれだ。

せっかく藤掛が話題を振ってくれたので、ちょっと話しかけにくい、と思っていた柳に声をかけてみることにした。

「柳は？　なんで被告人役やろうと思ったの？」

こちらに見向きもせずに食事をしていた柳は、カツの最後の一切れを口に放り込み、咀嚼《そしゃく》して飲み込んでから答える。

「秋川は、当事者とか証人の役なら、論告とか弁論とかの起案をしなくていいから楽でいいって言ってたけど……」

「そういえば秋川は、証人役だっけ」

柳は秋川と同じ班で、仲がいいようだった。寮でも部屋を行き来しているのを見かける。確かに、模擬裁判の準備に時間をとられるより二回試験に向けて勉強したい、というのは一つの考え方だろう。

「俺は、一番レアだと思ったから」

そう言って、柳はドリンクバーの炭酸飲料がなみなみと注がれたグラスに手を伸ばす。

「レア？」

「検察官とか裁判官になった後でも、辞めて弁護士になることはよくあるって聞いたし、弁護士から検察官とか裁判官になる制度もあるから――」

「ああ、弁護士任官とか」

柳はうなずくと、ごくごくと喉《のど》を鳴らして炭酸飲料を飲んだ。

カツ煮込みに炭酸飲料って合うんだろうか、若いと味覚も違うんだろうか、などと思いながら、マイペースな彼の言葉の続きを待つ。

柳は、にきびの心配なんて全く必要なさそうなつるつるの頬で、ぷは、と息を吐いてから言った。

「……弁護士にも検察官にも裁判官にも、なろうと思ったらどれにでもなるチャンスはあるけど、被告人になる機会はなさそうだから、経験しておこうと思って」

「はー、なるほど……」

何にでもなれるだろう彼ならではの動機だ。

俺が感心していると、向かいに座った藤掛が白身魚のあんかけ定食を食べ終わり、「ごちそうさま」と手を合わせた。

「デザートも食べよっかな。皆どうする？」

「私はおなかいっぱい」

「俺も、コーヒーだけでいいや」

「食べる」

藤掛が柳にメニューを渡し、二人でデザートのページを眺め始める。

藤掛と柳が並ぶと、なんというか、視界が派手だ。

柳とは年齢からして離れているし、藤掛も、修習仲間でもなければ、俺のような地味系男子は知り合う機会もなかっただろうタイプだった。そういう人間たちが一か所に集まって同じ目的のために勉強するのだから、司法修習はおもしろい。修習の同期は何年たっても同期というだけで仲間意識があると、弁護修習先の弁護士たちが話していたが、これから先もずっと彼らとつきあいが続くと思うと、なんだか嬉《うれ》しかった。

藤掛と柳はデザートを注文し、俺と松枝はドリンクバーにコーヒーを取りに行く。

湯気の立つカップを持って席に戻ってくるのと同時に、ポケットでスマートフォンが震えた。

取り出して見ると、メッセージアプリのグループ画面に、ブログのスクリーンショットが貼り付けてある。また更新されたらしい。それほど長い記事でもなさそうだったのでその場で画像を表示させて読んでみると、昨日の補足のような内容だった。

『前回の記事では触れなかったが、なんと件《くだん》の修習生は任官志望という噂《うわさ》がある。百歩譲って、彼／彼女が弁護士志望だったのなら、自身が過《あやま》ちを犯した経験があるからこそ、被疑者の気持ちがわかる弁護士になれるかもしれない——という見方もできただろう。しかし、一線を越えてしまった経験のある人間が検察官や裁判官になることに、抵抗を感じるのは私だけだろうか。過去の過ちを今さら指摘しても仕方ない、過去は過去だ、という意見もあるだろう。しかし、そのような過ちを犯す人間が、法の番人にふさわしいと言えるだろうか？』

前の記事と同じで、ことさらに攻撃的な言葉は使っていないし、修習生を名指ししているわけでもない。これでは研修所としても静観するしかないだろう。

しかし、ブログの管理人は、記事は確かな情報に基づいていると強調し、「脛の傷」に関する証拠だか証人だかの存在を匂《にお》わせていた。このまま放っておいたら、記事の内容がエスカレートして、「脛に傷」があるという修習生が特定されてしまうのではないか。

俺はスマートフォンの画面を三人のほうへ向ける。

「このブログ、見た？　あの、修習生の過去がどうのってやつ」

レアチーズケーキを食べていた藤掛が顔をあげ、うなずいた。

「今朝だか昨日の夜だかに、更新されたみたいだね」

松枝と柳はブログ自体は見ていないと言ったが、大体の内容は知っているようだ。全体向けのグループチャットに見出しが載っていたし、多少は噂になったから、記事を読んでいなくても耳に入ったのだろう。

更新されたばかりの新しい記事については知らない様子だったので、俺が簡単に内容を説明した。柳はさほど興味を持たなかったようだが、松枝は眉《まゆ》をひそめている。

「脛に傷って何のことだろう」

俺が呟くと、藤掛はフォークを置いて顎《あご》に手を当て、考えるそぶりを見せた。

「脛に傷、っていう言い方からのなんとなくの印象だけど、現在何かトラブルを抱えてるって意味よりは、過去に何かあった、って感じだよね」

「前科があるとか？」

「前歴とか、非行歴かも」

「だとしたら」

それまで黙っていた松枝が、珍しく自分から、会話に割って入る。

「過去に何があったとしても、すでに償っているはずでしょう。今は修習生として頑張っている人を、過去のことを蒸し返して責めるようなやり方はおかしいと思う」

そのとおりだと思ったから、俺はうなずいた。

起きてしまったことは変えられない。その修習生だって、過去の過ちを償うために法律家を目指していたのかもしれないのに、今さら変えようのない過去のせいでその道が閉ざされるようなことは、正しいとは思えない。

「ブログ主が言う脛の傷っていうのが、前科とか前歴とかだったとして……それが事実でも、名誉毀損にはなるよな。ブログ主もそのへんはわかっていて、個人が特定できるようなことは書いてないんだろうけど……」

「これだけ修習生がいれば、その中に前科とか前歴がある人がいたっておかしくないでしょ。今のその人の評価には関係ないし、教官だって他の修習生だってそう思ってるって。周りが変に騒がないでスルーするのが一番だよ」

藤掛は冷静だった。

確かに、ブログに書かれた修習生本人も、研修所や、関係のない俺たちがブログ主に抗議することなんて望んでいないはずだ。あんな記事は気にしていないと示すためにも、俺たちは、詮索《せんさく》せず、話題にもしないでおくのが一番だろう。

「でも……ブログに情報提供した人がいるってことは、ちょっと気になるな」

スルーするのが一番、と言っておいて藤掛がそんなことを言い出したので、俺は「えっ」とそちらを見た。

「だって、前科とか前歴なんて、かなりプライベートな情報だよ。修習仲間だって普通は知らないような。ブログ主は、どこで知ったのかな」

言われてみればそうだ。

ブログ主は、記事は確かな情報に基づいている、と書いていた。身元のはっきりした情報提供者がいる、ということだろう。

そして、個人のセンシティブな情報を知っている人間は限られているはずだ。

「本人とかなり近しい人間が、ブログ主に情報を流したか……本人が、そうと知らずにブログ主に教えたって可能性もあるのか。ブログ主はハンドルネームを使ってるし、ブログをやってることを、オフラインの友達には言ってないかもしれない」

それなら、いずれにしても、当の修習生は信頼していた相手に裏切られたということになる。そして、おそらく本人も、その事実に気づいている――それはなんだか、すごく嫌だ。

よりにもよって二回試験を控えたこの時期にあんな記事が書かれたことには、誰かの悪意を感じた。

松枝も、さっきよりもさらに表情を曇らせている。誰だって、同じ目標に向かって勉強しているはずの仲間の中に、そんなことをする人間がいるかもしれないなんて考えたくないだろう。前科前歴があることよりも、そちらのほうがショックだ。

誰が何のために、そんなことをしたのだろう。

「まあ、どっちにしたって、犯人捜しをしようなんて思ってるわけじゃないんだけどね。言い出しておいてなんだけど、それも含めて、スルーが一番だと思う。ブログに書かれた側の修習生の精神状態は心配だし、情報提供した人も修習生なら、そっちのことも気になるけど……部外者があれこれ考えても仕方ないし、むしろ、事態を悪化させかねないし」

当事者に相談でもされたなら別だけどね、と言い添えて、藤掛が、暗い顔になってしまった松枝や俺を見回す。

「今は二回試験の準備と模擬裁判で手一杯だしな。ブログの記事があがったのもこの時期で、むしろよかったのかも。誰も、気にしてる暇もないから」

俺が言うと、松枝もうなずいた。本気でそう思っているというよりは、気にしないようにしなければ、と自分に言い聞かせているようだった。

先に席で精算して、レジでは一人がまとめて支払いをすることになり、各々《おのおの》が財布を取り出す。

俺も脇《わき》に置いていた鞄を開け、財布を取り出し——そこで、あれ、と手を止めた。

財布の下にあると思っていた部屋の鍵が見当たらない。

ノートやテキスト類の下敷きになっているのかな、と手で探ってみたが、金属の感触が指先に触れることはなかった。まさか。

「どうしたの？」

俺の様子に気づいたらしい松枝が、心配そうに訊《き》いてくる。

俺はそれに生返事をしながら、鞄の中身を膝《ひざ》の上に出していく。

やっぱり、ない。

中身を全部取り出して鞄の底をさらっても、鍵は見つからなかった。

席のまわりに落ちていないか、藤掛たちも一緒に捜してくれたが、鍵は見つからなかった。

寮へ帰る途中も、来た道と同じルートで注意しながら歩いたが、見当たらない。

店に入ってからも、途中でも、鞄に入れていた鍵が落ちるようなことはしていないから、研修所か寮内で落としたのかもしれない。それなら落とし物として届けられているかもしれないよと藤掛に慰められても、俺の気分は重かった。確か、紛失すると鍵交換のため、一万円の弁償金を払わなければならなかったはずだ。寮なので、業者を呼ばなくても部屋に入れるだろうことは救いだったが、一万円は痛い。

肩を落としていずみ寮に帰りついた。

土足厳禁のいずみ寮では、玄関で靴箱に靴を入れ、スリッパに履き替えることになっている。俺がため息をつきながら靴箱を開けると、スリッパの上に、見覚えのあるキーホルダーのついた鍵がのっていた。

「あった！」

「えっ、鍵？　どこに？」

早くもスリッパに履き替えた藤掛と、松枝が近づいてくる。

柳も、ちらっとこちらを見た。

「靴箱の中……」

取り出してみても、間違いなく俺の鍵だ。

誰かが拾って、届けてくれたらしい。やはり寮内で落としていたようだ。

拾い主はキーホルダーを見て、鍵が俺のものだと気づき、この靴箱が俺の靴箱だということも知っていて、ここに入れてくれた……ということになる。直接渡してくれれば、もしくはメモでも残してくれれば、お礼に昼飯くらい奢《おご》るのに。

誰だろう、とは思ったが、とにかくほっとした。これで弁償金も払わないで済む。

俺は誰かに感謝して、鍵をとり、スリッパに履き替えた。

別棟に住んでいる松枝とはロビーで別れ、二階へ上がったところで柳と別れて、三階へ上がる。

藤掛の部屋は角を曲がった向こうだ。じゃあまた明日、と廊下で挨拶《あいさつ》を交わし、俺は自分の部屋のドアに鍵を差し込む。

靴箱の中に届けられていた鍵はいつも通り、かちゃりと音を立てて回り——しかし、ドアを開けたときの光景は、いつも通りではなかった。

「は!?」

思わず、声が出る。

朝、部屋を出たときとは明らかに違う。部屋の中の物の位置が、ほとんどすべて変わっていた。

たたんだ衣類を重ねてしまってあった扉のない棚からは服がはみ出して、一部は床に落ちている。マグカップなどの食器の位置も変わっている。一脚だけある椅子《いす》は乱暴にはねのけられたかのように斜めになって、デスクから離れたところにあった。デスクの引き出しは中途半端《はんぱ》に引き出され、机上に立ててあった本やファイルが、床やベッドの上に落ちている。

俺は特に几帳面《きちょうめん》というわけでもないが、いくらなんでも部屋をこんな状態にして出かけたりはしない。

俺が部屋を出た後で、誰かがこの部屋に入り、荒らしたのだ。

「うっそだろぉ……」

鍵が見つかったと思ったら、今度は部屋がこのありさまだ。

俺が呆然《ぼうぜん》と呟いていると、角を曲がりかけていた藤掛が戻ってきて部屋を覗《のぞ》き込んだ。

ありゃ、と緊張感のない声を漏らし、そのまま俺を見て、「念のために聞くけど」と口を開く。

「長野くんが散らかしたまま出かけた、ってわけじゃないよね？」

「……ない」

「ちょっと待って」

中へ入ろうとする俺を止めて、藤掛がスマートフォンを取り出した。「いい？」と俺に一言確認してから、入り口から部屋の中の写真を撮る。

「これも、念のためにね」

そう言われて初めて、これは空き巣被害というやつなんじゃないかと思い当たった。関係者以外立入禁止の、司法研修所の寮内で？

「なくなってるものとかない？」

「わからないけど……金は財布の中だけだし」

他の修習生たちの部屋と同じく、バス・トイレのほかにはベッドとデスクがあるだけの狭いワンルームだ。たいしたものは置いていない。

貴重品といえば財布とスマートフォンくらいだが、どちらも持って歩いていた。服も食器も、寮へ持ち込んだのは最低限のものだけで、そもそも盗《と》って意味のあるようなものはないと思うが、盗られていればすぐわかる。場所が変わっているだけで、何もなくなってはいないようだった。

物盗り目的でないのなら、嫌がらせだろうか。心当たりはまったくない。修習仲間とトラブルになった覚えなんてない。

誰かが酔っ払って部屋を間違えて、我に返って逃げ出した――ということも考えたが、部屋には鍵がかかっていたのだ。間違えて入る、ということはないだろう。靴箱に置かれていた鍵は、部屋を荒らした誰かが返したものだったのだろうか。だとしたら、犯人は俺の鍵を使って部屋に入り荒らした後で、ドアの鍵を閉め、俺の靴箱に鍵を返した？

混乱して、考えがまとまらない。

「どうかしたか？　あれ、藤掛」

俺たちが入り口であれこれ話しているのが聞こえたのか、隣の部屋の秋川が顔を出した。

室内を覗き込み、「え、何だこれ」と声をあげる。

帰ってきたらこうだったんだ、と俺が言うと、まじかよ、と顔をしかめた。

「何か盗られた？」

「それはなさそうなんだけど……」

藤掛が、床に落ちている衣類や、ベッドの上に広げられたノートなどをスマートフォンで撮影している。机まわりが一番雑然としているように見えるのは、単にそこに一番物が置いてあったからだろう。勉強するためと寝るためだけの部屋だから、当然といえば当然だ。高校生のころからファンで追いかけているアイドル声優のＣＤが、ノートやファイルに紛れて落ちていたので、慌てて拾いあげた。ケースにも中身にも、ひびなどは入っていないようで安心する。

藤掛はスマートフォンを片手に俺と秋川を振り返った。

「秋川くん、部屋に帰ってきたのって何時ごろ？　ずっといた？」

「いや、飯食って、戻ってきたのは三十分くらい前かな」

「この部屋から、物音がするのとか聞いてない？」

「ないな。ドアが開いた音とかもしてない。誰かが荒らして逃げたとしたら、俺が帰ってくる前だと思う」

俺は朝部屋を出てから今まで、ずっと部屋には戻っていないから、いつ部屋が荒らされたのかはまったくわからない。犯人が修習生なら修習時間中は動けなかったはずだが、だとしても午後五時ごろから今まで、犯行が可能だった時間は四時間ほどもある。犯行時刻を絞り込むのも、そこから犯人を絞り込むのも難しいだろう。

「警察……の前に、事務局に届けるか？」

「いや、そこまでは……何も盗られてないわけだし」

正直言って、面倒はごめんだった。明日は起案日だし、シャワーを浴びてさっさと寝たい。警察や事務局に届け出たところで、何かしてもらえるわけでもないだろう。

二回試験を控えた大事な時期に、時間をとられるだけだ。

藤掛や秋川にも、大ごとにしないように頼まなければと思ったとき、ぺたぺたとスリッパの足音が近づいてくるのが聞こえた。また誰かに見られて騒ぎになってしまったら、と焦《あせ》って振り返ると、部屋の入り口に立ったのは、さっき別れたばかりの柳だった。

「……何してんの」

「あれ、柳くんどうしたの」

「秋川にこれ返しに来たんだけど」

柳は、手に持った漫画雑誌を掲げてみせた。秋川だけでなく藤掛まで俺の部屋に集まっているのを見て、怪訝《けげん》な顔をしている。

「名探偵柳！ いいところに。見てくれよ、長野の部屋が誰かに荒らされたんだってさ」

入り口の近くにいた秋川が声をあげ、柳の腕をとって室内へ誘導した。名探偵？ と俺が柳を見ると、柳は面倒くさそうに、「勝手に言ってるだけ」と答える。

柳は荒れた部屋を見回して、「自分で散らかしたんじゃなくて？」と、藤掛と同じことを訊いた。

俺は、あらためて事情を三人に説明する。柳はあまり興味がなさそうだったが、一応はうなずきながら聞いてくれた。

「長野は、届けは出さないって言ってるけどさ、誰が何の目的で入ったかもわからないのに、このままにしとくのは気持ち悪くないか？ 何も盗られてなくても、たとえば……そうだ、盗聴器とか隠しカメラとか！ 仕掛けられてるかもしれないだろ」

男の部屋に誰がそんなもの、と言おうとした俺より早く、「それはない」と柳が秋川の言葉を否定する。

「そんなもの仕掛けるなら、部屋を荒らしたりしない。部屋に入った痕跡《こんせき》を残さずに出る」

それもそうか。

念のため、三人にも手伝ってもらって、ベッドや椅子に変な仕掛けがないか——壊れやすいように切り込みが入っているとか、画鋲《がびょう》が仕込まれているとか——チェックしてみたが、特におかしなことはなかった。

「柳、何かわかんねえ？」

「何かって言われても」

秋川が期待に満ちた声で訊くのに対し、柳はいつも通りのローテンションだ。名探偵扱いは迷惑そうだったが、仲のいいらしい秋川や藤掛の手前か、出ていくことはしない。

彼は畳んだシャツを重ねてしまっていた棚のほうをちらっと見て言った。

「このへんの服とか見た感じ、荒らすこと自体が目的だったんじゃなくて、何かを探したんだろうなとは思うけど」

言われてみれば、形の崩れたシャツが斜めに突っ込まれていたり、中途半端に棚からはみ出していたりしている。確かに、服を引っ張り出して床に落としっぱなしにするのではなく、一度出したものをまた戻した――少なくとも、戻そうとした痕跡があった。

「じゃあ、やっぱり物盗り目的ってことか」

「最初はこっそり探して、入ったこともバレないようにするつもりだったのかも。でも焦って、途中からそんなことも気にしていられなくなった……って感じかな」

藤掛が補足する。柳も小さくうなずいて同意を示した。

「でも、何もなくなってないんだろ？」

秋川が口を挟む。

「ってことは……」

「探していたものが見つからなかったってこと。長野はそんなもの持っていないのに、持っているはずだと犯人が勘違いしていたか、もしくは――長野が部屋に置いておかず、持ち歩いていたものの中に、犯人の目的のものがあるか」

柳が言い、その場にいた全員の目が、俺が肩からかけたままの鞄に集まった。

俺は慌てて鞄を下ろしたが、中に入っているのは、ごく当たり前のものばかりだ。モバイルPC、ノートやファイルやテキスト類、筆記用具、スマホに財布に、ティッシュとハンドタオル。ほかには、スケジュール帳、修習先で撮ったポラロイド写真、ドラッグストアのクーポン券……ガールズバーで女の子にもらった連絡先のメモ。模擬裁判の記録……まさか。本物の裁判ならいざ知らず、たかが模擬裁判の資料だ。勝ち負けが成績に影響するわけでもない。やっぱり、不法侵入してまで他人が欲しがりそうなものなんて何もない。

門番が立っているわけでもないし、外から空き巣に入ることは不可能ではない。とはいえ、関係者以外立入禁止の建物で、誰に見られるかわからないロビーを突っ切り、階段を上がって修習生の個室に盗みに入るなんて、おかしいことは俺にもわかる。修習生が勉強するために短期間寝泊りするだけの寮に、金目のものがあることは見込めないと、誰だってわかるはずだ。

何かを盗みに入ったのだとしたら、それはおそらく修習生の誰かだ。そして、修習生ならなおさら、個人の部屋に金目のものはまずないと知っているから、目当てのものは一般に価値のあるものではないはずだった。修習生にとってだけ、あるいは犯人個人にとってだけ、意味があるもの？

やっぱり、心当たりはない。考えても答えは出なかった。

部屋をそのままにはしておけないので、一通り証拠写真を撮った後で片づける。藤掛たちも手伝ってくれ、片づけは十五分ほどで済んだ。

気持ち悪いとは思ったが、実害はほぼないということで、やはり届け出はしないことにした。

「手伝ってくれてありがとな」

「いいって。お疲れさん」

「また明日ね」

柳から漫画雑誌を受け取って秋川が隣の部屋に入り、ドアが閉まる。藤掛と柳もそれぞれ自分たちの部屋へ帰って行く——と思いきや、藤掛の後ろを歩いていた柳が立ち止まり、

「名探偵とかいうのは、秋川の冗談だから真に受けないほうがいいけど」

ちょっと首を動かして俺のほうを振り向き、言った。

俺は、ドアを閉めかけていた手を止めて柳を見る。

「たまたま長野が落とした鍵を、たまたま犯人が拾って、たまたま犯人が、それが長野の鍵だと知ってて、長野の部屋がどこかも知ってた、っていうのは、絶対ないとは言い切れないけど、可能性は低いと思う」

柳が自分から俺に何か言うのは初めてかもしれない。それも、事件について意見を言うなんて意外だった。まずそれに驚いて、言葉の意味は遅れて頭に入ってきた。偶然の可能性は低い。ということはつまり。

「鍵、落としたんじゃなくて、盗まれたってことは？　いつ盗まれたのかがわかれば、犯人もわかるかも」

言うだけ言って、柳は行ってしまった。

俺はその背中が角を曲がるまで見送って、ゆっくりドアを閉める。

そして、すっかり元通りに片付いた部屋を見回し、なんとなくベッドに腰を下ろした。

鍵は落としたのではなく、盗まれたのかもしれない。そう指摘されても、やはり心当たりはまったくなかった。

鍵を盗むチャンスがあった人間にも——何より、鍵を盗んでまで俺の部屋を探す必要がある人間にも。

＊＊＊

翌朝、研修所へ行くと、俺の部屋が荒らされた話は、もうクラスに広まっていた。予想はしていたので、まあそうだよな、と思う。壁もドアも薄い寮のこと、廊下で話している声は部屋の中に筒抜けなのだ。

何人かから、災難だったなと同情されたり、警察に届けたのか？　と声をかけられたりしたが、起案日だったこともあって、根掘り葉掘り聞かれることはなかった。

起案に模擬裁判にと忙しくて皆それどころではないから、大して騒ぎにはならないだろうとは思っていた。例のブログのときと同じだ。

「空き巣が入ったって話、長野くんの部屋だったんだ」

ラウンジで移動販売の弁当を買っていたら、隣の列に並んでいた松枝が声をかけてくる。俺が鍵を落としたと騒いだときにその場にいたというのもあってか、他の修習生たちよりは親身な様子で、心配そうにしてくれていた。

俺は「いたずらだと思うけどね」と軽く答えたが、松枝は納得していない様子だ。

「ちゃんと届け出したほうがいいんじゃない？」

「うーん、でもなるべく大ごとにしたくなくてさ。何か盗られたわけでもないし」

部屋の片づけが必要だった以外、実害もなかったのだから、もう忘れて修習や試験に集中したい。

犯人の目的はわからないが、柳や藤掛の言うように何かを探していたのだとしたら、俺の部屋に何もないとわかった以上、合鍵でまた入り込む、なんてことも考えなくていいだろう。つまり、何であれ、もう終わったことだ。

俺がそう説明すると、松枝は「でも」と表情を曇らせる。

「忙しいっていうなら犯人だって同じ立場のはずなのに、この時期に長野くんの部屋を荒らすなんて」

どきっとした。

確かに、この時期に他の修習生の部屋を荒らすなんて、よほどのことがなければしないはずだ、という思いは俺の頭にもあった。

「二回試験前でストレスが溜《た》まって、わーってなっちゃったのかもしれないしさ」

たとえば俺の部屋の前に鍵が落ちていて、つい魔が差して——なんて本気で思っているわけではない。でも、その可能性もゼロとまでは言えない。俺としてはそういうことにしておきたかった。

自分が誰かに恨まれているかもしれないなんて考えたくないし、これからも害があるなら別だが、もう終わったことならなるべく早く忘れたい。

しかし松枝は、そうかもね、と流すことはしなかった。「そうかな……」と呟《つぶや》いて、少しの間考えるそぶりを見せた後、

「もちろん、どんな理由でも人の部屋を荒らすなんてダメだけど、これから法の番人になろうっていう人がそこまでするには理由があるはず。ましてこの時期に……酔った勢いとか、遊び半分でそんなことするわけないと思う」

真剣な表情で言う。

おとなしそうだと思っていた松枝がこんなにはっきりと意見を言うのは意外だった。

そしてそれ以上に、その内容があまりに正しくて、俺は言葉を返せなかった。

「その人がどうしてこんなことをしたのか気になるし、それに……やっぱり悪いことは悪いんだし、その人はちゃんと長野くんに謝罪すべきだって、私は思う。そのうえで、許すか許さないかは長野くんが決めることで……面倒くさいからもういいやとかじゃなくて」

そこまで言って松枝は、何も言えずにいる俺に気づいたようだ。「あ」というように俺を見て、それから申し訳なさそうに目を逸《そ》らした。

「被害者の長野くんがいいなら、私が口を出すことじゃないのかもしれないけど……というか、他人事《ひとごと》だから言えることなのかもしれないけど」

視線を泳がせながら、「ごめんなさい」と付け足す。俺は慌《あわ》てて首を横に振った。謝る必要なんてない。

とりあえず今は目の前の試験のほうが大事だ、騒ぎになってもいいことはない、と考えている自分と比べると、彼女はいかにも理想を持った法律家だった。被害者である俺のため、犯人の今後のため、正義のために、事件をうやむやにすべきではないと言っている。

昨夜、松枝は裁判官志望だと言っていたが、それが俺との違いだろうか。

はっきりと正しいことをすべきだと言える、彼女のことが眩《まぶ》しかったが、彼女の意見を聞いてもやっぱり俺は、そうだね、犯人を捜そう、とは言えなかった。勝手に部屋に入られて気持ちは悪いし腹が立たないわけではないが、それよりも、面倒だという思いのほうが強い。誰かもわからない犯人の心情まで慮《おもんぱか》る余裕なんてないし、正義のためだけに真実を追う、なんて気概もない。

とはいえ松枝に、はっきりと「そんなことに時間を割く余裕はないから」と言うこともできず、ちょっと考えてみるよ、と笑ってごまかした。

俺に本気で考えるつもりがないのは、松枝にもわかっただろう。それでも彼女はうなずいて引きさがる。

がっかりされたかな、と思うと少し心が痛んだ。

その後もまた、何人かに「空き巣被害にあったって？」と声をかけられたが、被害はないと伝えて適当にあしらい、その日と翌日は、望んだとおり平穏に過ぎた。

しかし、平和だったのは二日だけだった。

例のブログが更新され、いずみ寮で修習生の部屋が荒らされる事件が起きたという記事が掲載されたのだ。記事は、部屋を荒らした犯人が、ブログでとりあげた「脛《すね》に傷持つ」修習生である可能性を示唆《しさ》し、その人物がブログへの情報提供者を探しているのだとしても、このブログは屈しない、という宣言でしめくくられていた。

記事が載った翌日、俺は研修所の教官に呼び出しを受けるはめになった。

＊＊＊

ブログの記事に俺の名前は載っていなかったが、部屋を荒らされた被害者が俺だということはすでに修習生たちの間で広まっていたから、教官たちも誰かから聞いたのだろう。

部屋を荒らされたのが俺一人だったことから、俺個人に狙《ねら》われる理由があるのではないかと教官たちが考えるのは当たり前のことだ。はっきりとは言わなかったが、教官たちは、ブログに情報を流したのが俺ではないかと疑っているようだった。

運の悪いことに、ブログ主は俺と同じ大学の出身らしいことが、過去の記事からわかっていた。まったくの偶然だが、それが、俺がブログ主とつながっている可能性を示す一つの要素になったようだ。

被害を受けた事実を届け出なかったことも、印象としてはマイナスに働いたらしい。頭ごなしに決めつけられたりはしなかったが、やましいことがあるのではないかと疑われているのは感じたから、俺は必死に弁明した。

ブログに情報を流したのは俺ではなく、ブログ主のことは知らない、部屋を荒らされる心当たりもないと説明し、三十分ほどで解放されたが、寮に帰ったときには精神的に疲れきっていた。こうなるのが嫌だったから被害を隠していたのに、裏目に出てしまった。そう思うと余計に徒労感が増した。

呼び出しの翌日が起案日ではなく、まる一日模擬裁判の打ち合わせだったのは不幸中の幸いだったかもしれない。教官から取調べのような事情聴取を受けた翌日では、起案に集中できなかっただろう。

疲れを引きずったままの俺を、藤掛たち被告人質問担当班のメンバーは気遣ってくれた。

模擬裁判で無罪判決を勝ち取れるような作戦はまだ思いつかなかったが、思いつくまで何もしないというわけにもいかないので、まずは枠組みから作り始めることにする。

被告人の過去や現在の生活状況についての質問と、当日の行動についての質問をおおまかにリストアップしたところで、午前の修習時間は終わってしまった。昼食後もそのまま打ち合わせなので、班のメンバーで弁当を買って食堂に行くことにする。

松枝は、仲のいい水木に呼び出されて行ってしまい、男三人で食堂のテーブルについた。

他のチームのメンバーもいるので、被告人質問の内容について話はできないが、なんとなく打ち合わせの延長のような雰囲気で、あまり休み時間という感じがしない。

「長野、呼び出しくらったんだって。大変だったな」

隣のテーブルに秋川が来て、俺たちと同じ弁当のふたを開ける。

「さっきも何人かがその話してたよ。修習仲間に前科があろうと、そんなの昔のことだけど、今回のはごく最近、寮で起きた事件なわけだからさ。そういう人がいるなんて何か怖いね、物騒だね、みたいな感じで。ブログに書かれてた修習生が長野の部屋を荒らした犯人だっていうのは、飛躍しすぎだと思うけど」

「教官たちは、犯人のことは何も言ってなかったけど、俺がブログに情報を流した修習生なんじゃないかっていうのは、疑ってた感じだったな。違うって説明して、わかってもらえたと思うけど」

俺が言うと、弁当を食べていた藤掛がこちらを見る。

「犯人に心当たりはないかとか、訊かれなかったの？」

「え？　うん。どうして俺の部屋が狙われたか心当たりはあるか、とは訊かれたけど」

「じゃあ、教官達には、犯人に心当たりがあったのかもね」

「えっ、だったら教えてくれても……」

何故《なぜ》被害者にまで伏せるんだ、と声を上げた後で気づいた。

「あ、そうか。前科がある修習生がいるなら、教官たちは知ってるはずだよな。他の修習生に公表はしてなくても、研修所には申告しててもおかしくない。心当たりってそういうこと？」

藤掛がうなずく。

「俺の想像だけど。もちろん、ブログに書かれた修習生と部屋を荒らした犯人が同一人物とは限らない。でも、教官たちはその可能性を考えていて、だから犯人のことは長野くんに訊かず、本人に直接確認すればいいと思ったのかも」

もしもそうなら、俺たちがあれこれ考えなくても教官たちが動いてくれ、そのうち事件は解決するかもしれない。これといった被害はないから解決も何もないが、犯人やその動機がはっきりして、もう二度と事件が起きないならそれでいい。

そう思うと、少し気が楽になった。昼休みが残り少しになっているのに気づき、俺は急いで弁当をかきこむ。

隣のテーブルの秋川は、一番後に食べ始めたのに、あっというまに食べ終わり、弁当の容器にふたをした。容器を回収箱へ置いて戻ってくると、自販機で買った缶コーヒーを開けて口をつける。

「まあ、確かに、前科があるのをばらされたくないっていう気持ちは動機になるよな。ブログは、証拠があるみたいなことも匂わせてたから、その証拠を探してるとか

「……」

「ブログに情報を流したのは俺じゃないよ。もし秋川の言うとおりだとしたら、犯人の見当違いもいいところだ。俺はブログ主とつながってなんかないし、記事の裏付けになる証拠も持ってない」

俺もようやく食べ終えて、箸《はし》を置いた。

「実際には持ってなくても、犯人は、長野くんが持ってると思い込んでるのかも。長野くんが情報提供者だって誤解するきっかけがあったとかさ。何か思い当たらない？」

そう言われても、何も思いつかない。

俺が首をひねっていると、藤掛はちょっと考え質問を変える。

「鞄《かばん》の中の持ち物、事件のあった日から変わってない？」

「うん、ほとんど」

「もう一度、ちゃんと見ていい？　私物に触られるのに抵抗あるなら、長野くんが取り出して見せてくれるとかでもいいから」

「いいけど……」

見られて困るようなものは何も入っていなかったが、弁当容器を片づけたテーブルの上に鞄の中身を出していった。モバイルPCのほかは、ほとんどがテキストやノートなどの紙類だ。藤掛は一言俺に断って、ノートやファイルの間までいちいち確認した。

ファイルに挟んであった薄いグレーの封筒に目をとめ、「これは？」と尋ねる。

「あ、これ。『くらら』で撮った記念写真だよ。もらったんだ」

ガールズバーで、指導担当の弁護士たちと撮ったポラロイド写真だ。俺はあまり酒を飲まないが、弁護修習先の事務所がその店の顧問をしていたから、連れて行ってもらったことがあり、そのときに撮ったものだった。店の女の子たちが撮り、バーのオリジナルの封筒に入れて渡してくれた。そのとき鞄に入っていたファイルに挟んで、そのままになっていた。

「あー、『くらら』。懐《なつ》かしいなあ。懐かしいってほど前でもないか」

秋川が横から覗き込む。男子修習生たちの一部は「くらら」の常連だったと聞いている。秋川や、秋川が「な」と同意を求めた藤掛も、その一人だったのだろう。女の子のいる店だと緊張してしまう俺とは違い、彼らなら楽しく飲めそうだ。

「写真って言ったら、事件の証拠の定番だけど、これはただの記念写真だよな。後ろに、誰かの犯行の瞬間なんかが写ってるとかだったらわかりやすかったんだけど……

これが誰かの何かのアリバイ証明になってるとか、ないよな？」

秋川は藤掛の手元の写真から、俺へと視線を移して言う。

「ないだろ。第一、日付とか時間も書いてないし」

そんなものが写っていたら、俺だって真っ先に思いつく。

写っているのは、俺と修習先の弁護士二人と、店の女の子だけだ。

藤掛はしばらく写真を眺めていたが、それを封筒に戻した。

「長野くんの弁護修習先って、確か、榎並《えなみ》法律事務所だっけ」

「そうだけど」

じっと封筒を見つめている藤掛に、秋川が身を乗り出す。

「何、榎並法律事務所が何かあるのか？」

「そういうわけじゃないよ、ちょっと思い出しただけ」

藤掛はそれ以上答えない。意味のない質問だったのか、本当は何か思いついたことがあったのかはわからないが、少なくとも今彼に答えるつもりがないのなら訊いても無駄だ。秋川もそう思ったのだろう、今度はくるっと柳のほうを向いた。

「柳はどう思う？　長野の部屋を荒らした犯人。目的とか、正体とか」

柳は、「わからない」と首を横に振った。

「けど、皆が言ってるとおり、犯人の行動が金とか嫌がらせのためっていうのは考えにくいと思う。誰かに見られたら身の破滅で、リスクが高すぎる。合理的な行動じゃない」

そのうえで、冷静に、淡々と意見を述べる。

「この時期に、リスクを冒してでもやるしかない理由があったか、もしくは、合理的に考えられない状態だったかだと思う。あるいは、その両方か。でも、そこまでしかわからない。犯人像も浮かばない」

人は、いつも合理的に行動するわけじゃないから――と、柳は小さく付け足した。

天才少年だの名探偵だのと言われている割には、謙虚な言葉だ。

藤掛がちらっと腕時計を見たので、俺もつられて時計を見た。もう昼休憩は終わる。

「そろそろ戻ろうか。修習時間中は修習に集中しないとね」

藤掛が言い、皆で席を立った。秋川は弁護人チームではないので別行動だ。どのチームにも属さない証人役の彼は、「じゃあ頑張ってな」と言い残して去っていく。

証人役は、検察側に呼ばれて話を聞かれるとき以外、模擬裁判当日まで出番はないのだ。空いた時間を試験の勉強に充《あ》てられるというのは、ちょっとうらやましい。

教室へと向かう途中、藤掛は同じ弁護人チームの証人尋問担当班の女子修習生に話しかけられていた。「調子はどう?」「ある程度固まったら連携したほうがいいよね」などと話しているのが聞こえてくる。

俺は、横を歩いている柳にそっと声をかけた。

「さっきのさ、藤掛、何かわかったのかな」

柳は、そうかもしれない、とあっさりうなずく。

「藤掛は頭がいいから」

そう言って、彼は少し前を歩いている藤掛を見た。

少し意外だった。俺も、藤掛は頭の回転が速いと思っていたが、それを言うなら柳は研修所始まって以来の天才だと、皆に一目置かれている存在だ。藤掛は、その柳に、「頭がいい」と評されるほどだろうか。

柳は、俺がそう思っているのを読んだかのように付け足した。

「あいつは、人の気持ちがわかる」


教室に戻ると、松枝は俺たちより先に戻ってきていた。なんとなく元気がない――表情が暗いような気がする。しかし、気軽に「元気ないね」と言えるほど、普段から親しくしているわけでもない。

彼女は普段からどちらかというと静かだし、気のせいかな、と思いながらぐずぐずしていたら、

「大丈夫？　お昼食べた？」

藤掛が、荷物を置いて腰を下ろしながらごく自然に声をかけた。

松枝は、はっとしたように顔をあげたが、

「うん。大丈夫」

そう答えた次の瞬間にはもう、背すじを伸ばしていた。

藤掛は、何事もなかったかのように模擬裁判の記録を机に並べ始める。

さりげなく気遣って、でも、本人に求められなければそれ以上は踏み込まない。人の気持ちがわかる、というのはこういう意味だろうか。

「さてと、じゃあ改めて——被告人質問を、どう犯人性の否定に活《い》かすかだけど。被告人が毅然《きぜん》として筋の通った話をして裁判官にいい心証を持ってもらうことはもちろん、合理的に検察側の立証に疑問を抱かせるような内容の被告人質問にしたいところだよね」

「それが理想だけどな……いまいち、これという武器っていうか、反撃の手がかりがないんだよな」

被告人質問担当班としては何をするのが勝利のためになるのか――弁護人チーム全体としても、どう争えば勝てるのか、勝利への道筋が見えなかった。

ぱらぱらと記録をめくる。特に調書類は何度も繰り返し読み込んだが、そこから突破口は見つからない。

これが模擬ではなく実際の事件だったら、ほかに目撃者がいないか近所に聞き込みに行ったり、被告人のアリバイを立証するために近所の防犯カメラを当たったりすべきところなのかもしれないが、今回は与えられた記録の外には情報がないわけだから、この記録の中からヒントを得るしかない。

それに、俺たちはあくまで被告人質問の担当だ。被告人本人の口から、できるだけこちらに有利な情報を、説得力のある形で語らせるのが役目で、そのための質問は手持ちの記録に基づいていなければならない。

ヒントを探して記録をめくっていくと、最後のほうに綴《と》じられた前科調書が目にとまった。五年前の日付が書かれている。窃盗罪。

このとき登録された指紋から、被告人は今回の事件の捜査線上に浮上したのだ。

「償い終わったはずの過去の罪のせいで疑われるって……悔しいし、心細いだろうな」

気がついたら、頭に浮かんだことが口をついていた。

前科がなければ、そもそも指紋は登録されていなかったわけだが、前科の意味はそれだけではない。警察の心証にも確実に影響したはずだ。

ブログに情報を流したのは俺ではないかと疑われたときの、もやもやとした気持ちを思い出した。

ブログに書かれた修習生のことも、頭に浮かぶ。俺自身も部屋を荒らされたとき、動機がある、というだけで前科があるというその誰かを疑ってしまった。

「冤罪《えんざい》はもちろんダメだけど、事実前科があるんだから、疑われること自体は仕方ないって……俺も、思ってたかも」

松枝が小さくうなずき、「長野くんだけじゃないよ」と言ってくれる。

「一度罪を犯した人に対する先入観って、どうしてもあると思う。だからこそ最後の砦《とりで》として、司法の場では、前科の存在を不当に、過大に評価されないように、弁護人が目を光らせていないといけないってことだよね」

彼女が神妙な顔で言うのに、藤掛も同意した。

「当たり前すぎて、これまで触れられてなかったけど……偏見が冤罪を生むことはあってはならないって、裁判官に念を押す意味でも、そこはちゃんと主張しないとね。

被告人質問でも、罪を償って立ち直って頑張っていたのに、理由なく疑われた辛《つら》い心情を被告人に語ってもらおう」

結果的にではあるが、被告人質問の組み立て方について少し方向性を示すことができたようだ。ほっとしたところで、一人無言でいる柳に気がつく。

無罪の推定を忘れないだの、被告人の気持ちに寄り添うだの、研修所だけでなく法科大学院でも教わるようなことを今さら言い出したことに、彼は呆《あき》れているのかもしれない。急に恥ずかしくなった。

「何かごめん、被告人の気持ちがどうとか、偏見はダメだとか、ほんと、今さらだよな」

「……いや」

ゆるりと首を振り、柳はぽつりと言う。

「そういうこと、考えたことなかったなと思ってた。俺も、ちゃんと考える。これから」

馬鹿《ばか》にしている感じはなく、本心からそう思っているのがわかった。

意外だった。

俺自身も無意識に、こいつはこういうやつだ、と周囲の人間を印象で決めつけていたところがあったのかもしれない。

「俺もね、今さらなんだけど、改めて思い出した。疑われて辛いって思ってる、この人は、無実なんだよなって。俺たちは、無実の人を弁護する弁護人なんだなって」

藤掛が、机の上の記録を見ながら言う。

「これは模擬裁判だけど、本当の裁判だったら、俺たちの活動次第で被告人の人生が変わっちゃうんだ。弁護士って……いや、検察官だって裁判官だってそうだよね。法律家って、そういう仕事なんだ。俺たち、そういうものになるんだね」

一瞬、場がしんとした。皆がそれぞれに、言葉の意味をかみしめているようだった。

「……もう一度検討しよう」

顔を上げて松枝が言い、皆がうなずいて、それぞれ手元に記録を引き寄せる。

なんだか、気持ちも頭もすっきりしていた。自分だけでなく、全員がぱっと頭を切り替え、集中したのがわかった。

「被害者も証人も、まともに犯人を見ていない。目撃証言は決定的とは言えない。現場にあった靴跡だって、誰でも買える量産品の靴だから、これだけだと弱い。検察側にとって一番大きい証拠はやっぱり指紋だと思う。犯行時じゃなく、別の機会についたものだっていう可能性を強調するのが、被告人質問のメインの部分になる」

普段はあまり場を仕切るタイプではない松枝が、珍しく口火を切る。

「それに加えて、前科はあっても立ち直っていたのに、先入観による不当な捜査だ、って主張する……って構成になるか」

「そうだね、『背恰好《せかっこう》や声が似ている』っていう証言を崩す、信用度を下げる……っていうのは、証人尋問担当班に任せるしかないかもしれないけど、被告人質問でも、ある程度サポートできたらいいかな」

「やっぱり、指紋は家具を運び入れたときについたもので、犯行を裏付けるものではないってことを被告人質問で印象付けるしかないか。勤務表を見るかぎり、配送のために被告人が被害者宅に入ったことがあるのは一度だけだから……このときについたものだと証明できればいいけど」

被告人だけでなく、被害者だって、配送員がどこを触ったかなんてわからないだろう。まして、被害者は被告人の勤務先のインテリアショップのお得意様で、配送を頼んだのは一度きりではなかった。毎回同じ配送員だったら顔を覚えていたかもしれないが、どの配送員がいつ何を運んできて室内のどこに触ったかなど、いちいち覚えているはずがない。被害者は警察での面通しで、被告人の顔写真を選ぶこともできなかったのだ。

「——あ、そういえばさ、被害者は、警察で被告人の顔を見ても、うちに来たことのある配送員だ！　とはならなかったわけだろ。まあ、それについては、そんなもんなのかな、と思うけど……だったらさ、声だけ覚えてるってのもおかしいんじゃないかな」

思いついて言った。

「顔もろくに覚えていない、写真を見せられてもわからないような相手の声だけが記憶に残っていた、って、あんまり考えられないよな。それなら、犯人の顔は見ていないけど、声はどこかで聞いたような気がした、って被害者の証言は、被告人が犯人だってことの裏付けにはならない……って主張できるんじゃないか」

話しているうちに高揚してくる。画期的な発見というわけではない、むしろ、何故これまで思いつかなかったのかわからないような着眼点かもしれないが、じっと考えこんでいるとかえって単純なことに気づかないということはある。

新発見というには地味だが、被害者の証言の「証拠としての価値」を下げるという意味では、有効な主張に思えた。

藤掛が、「確かにそうだね」と肯定してくれる。松枝は手早く記録をめくり、何かを確認してから深くうなずいた。

「検察側提出の記録を見る限り、被害者にさせたのは写真と実物を使っての面通しだけで、声の聴き分けのチェックは行われていないみたい。取調べ中の被告人の声を聞いて、どう思うかって訊《き》かれてる調書はあるけど、被害者ははっきりとは答えていないし……第一、この人が被告人だってわかった後で声を聞かされて、犯人の声と似ているかどうか訊かれたって、先入観のせいで正確な判断なんてできないよね」

「そう考えると、被告人の声を聞いて犯人の声だって断定していないのは、被害者が誠実に供述してるってことになるよな」

「うん。被害者には意外と偏見はないのかも。もともと被告人とはほとんど接点がなくて、特に被告人個人を疑う理由はないわけだし」

検察側の証人だからといって、あながち、「敵」であるとは限らないのかもしれない。だとしたら、場合によっては、検察側の証人たちすら、無罪を勝ち取るための、弁護側の証拠となりえるのかも。

「こちらの質問の仕方によっては、被害者の証言は、むしろ被告人に有利なものになるかも……もしかしてこれが、弁護側に用意された突破口なのかもしれない。被害者は、記憶に残るほど被告人の声をちゃんと聞いたことはなかったんじゃないかっていう……長野くんが気づいてくれてよかった」

決定的とは言えないが、検察側の立証を弱めることは間違いない。ここにもうあと一押しで、勝ち目も見えてくるのではないか。

テンションが上がってきたところで、それまで黙っていた柳が口を開いた。

「でも、それは被害者の尋問で訊くことだ。被告人質問じゃなくて」

「あ、そうか。……そうだ」

基本的なことを指摘され、浮かれていた俺は我に返る。

被告人の声にしろ顔についてにしろ、被害者の認識に関する質問は、被害者尋問でするしかない。

俺たちが今考えなければならないのは、被告人質問でいかに検察側の弱点を突き、弁護側のストーリーに説得力を持たせるか、ということだった。

「それでも、被告人質問でも、配送先のお客さんとはどれくらい言葉を交わすんですか、とか質問して、通常声を覚えられるほど会話はしない、ってことを強調するとか……被害者尋問担当班と連携してさ、被害者は被告人の声なんか覚えてなかったはずだ、って印象付けることはできるんじゃない？　それなら、被告人が犯人だと示す検察側の根拠を一つ潰《つぶ》せる。声がどうのっていうのは弱い根拠だけど」

藤掛がすかさずフォローしてくれた。

メインの根拠ではなくとも、一つでも潰すことには大きな意味がある。しかし、これだけで勝てるというほどではない。被害者尋問で被害者の証言を、証人尋問で目撃者の証言を潰すとしたら……被告人質問でできることは。

「強い根拠っていうのが、また戻るけどつまり、指紋だよな……」

犯行現場に残された被告人の指紋は、事件とは無関係なものだと裁判官を説得する。そのためには何を話せばいいか。配送員として被害者宅に入ったことがあるということを被告人の口から話させて、それから……。

「家の中まで家具を運び込むのは普通のことだ、くらいのことは言ってもいいんじゃないかな。このエリアで被告人が配送に行ったことのある家は何軒あって、そのすべての家に被告人の指紋は残っているはずだ、被告人の指紋のあるたくさんの家の中の一軒が、今回たまたま被害にあったに過ぎない……って主張につなげるとか」

松枝が言い、俺は急いでメモをとった。書き終わらないうちに、今度は藤掛が話し出す。

「凶器から指紋が検出されなかったことにも触れなきゃだよね。凶器を被告人質問で提示して、これを見たことがありますか、いいえ、ってやりとりから入って……被告人が犯人だとしたら、計画的に被害者宅を選んで凶器の指紋も拭《ふ》いたのに、無頓着《むとんちゃく》に室内を触るのはおかしい、って方向に持って行くのはどうかな」

少しずつまとまってきた。いい流れだ。

この勢いで、ほかにも何か——そう思って俺も記録をめくり、まだ十分に検討していない証拠を探す。見落としているものがあるはずだ。

たとえば指紋の状態から、それがいつついたものかはわからないものだろうか？ 指紋からわかる指の角度が、犯行時についたにしては不自然だとは言えないか？

指紋の鑑定書を読みこんだが、特にこちらに有利な発見はない。

そう簡単には見つからないか。俺は一つ息を吐き、頭を切り替える。鑑定書に手がかりがないなら、次だ。

何気なく記録をめくって、鑑定書より前のページへ戻った。現場の写真が貼《は》り付けられた現場状況報告書が、数ページにわたって続いている。原本ではなく写しだが、写真はカラーコピーされていて鮮明だ。

その一枚には、被告人の指紋が残っていたというドア付近が写っている。そのドアの横にかかったカレンダーに、気になるところがあった。

犯行のあった月、九月のカレンダーだ。その十一日、二週目の水曜日に、赤い○がついている。

った。


「なんだろこれ」

　各々《おのおの》記録を検討していた三人が顔をあげ、俺の手元を覗《のぞ》き込んだ。

　写真は現場の状況や指紋が発見された状況などを撮影したもので、カレンダーはただ写りこんだだけだ。カレンダーには、これまで注目していなかったから気づかなかった。

「いや、ちょっと気になっただけで、全然意味ないかもしれないけど……」

「十一日ってことは、事件のあった翌日だよね」

　藤掛がすぐに指摘する。そうだ、事件が起きたのは九月十日と書いてあった。

「調書に、翌日病院に行く予定でその準備をしてたって書いてあったから、病院に行く日を忘れないように○をつけてたんじゃ――」

　柳がそう言いかけて口をつぐむ。

　彼は無言で記録をめくり、被害者の調書を確認した。それから、またページをめくって今度は別の証拠を参照している。

「何か気づいた？」

「……これ、この日」

　柳は藤掛に、開いたページの一か所を示す。

それを見た藤掛が、「あ」と声をあげた。

柳が気づいた何かに藤掛も気がついたらしい。

何を見ているんだろうと覗き込むと、被告人の勤務先の業務日報だ。被告人が以前被害者宅に商品を配送したことや、被告人が事件当日は休みだったことを立証する趣旨で取調べ請求がされている証拠だった。

俺と松枝は、顔を見合わせた。

＊＊＊

模擬裁判の公判は、本物そっくりの法廷教室で行われ、冒頭手続きから判決までが一日で終わる。

被告人質問は午後からで、被害者の証人尋問のすぐ後だ。

書証の取調べはつつがなく終わり、目撃者の証人尋問が始まった。

証人役の秋川に、証人尋問担当の検察官役である風間が落ち着いた様子で質問し、秋川が予定通り、といった調子でそれに答えていく。

事件当日の午前十時過ぎ、被害者宅の斜め向かいに住んでいる証人が家から出ると、ちょうど男が出てくるのが見えたこと。中肉中背の短髪で、黒いシャツにズボンを身につけていたこと。サングラスとマスクのせいで顔は見ていないこと。

ほぼ、事前に提出されている調書に沿った内容だった。質問の順番も教科書どおりというか、基本に忠実で乱れがない。風間はきっちりしていて、小学生のころからずっと学級委員長をしていそうなタイプだ。彼らしい尋問だった。

一通りの質問を終え、風間が視線を手元の尋問メモへと落とした。そのとき、

「そうだ、それから」

思い出した、というように証人が口を開く。

「俺が見た男……被害にあった家から出てきた男は、手袋をしていました」

締めの質問に移ろうとしていただろう風間が固まった。尋問メモをめくりかけていた手をとめ、証人を見る。

証人は風間を見つめ返した。

風間は証人に視線を固定して、彼の言葉を繰り返した。

「手袋？」

「はい。黒い手袋です。天気のいい日で、昼間は汗ばむくらいだったのに、手袋なんかつけていたから変だなと思ったんでした」

修習生で占められた傍聴席がざわつく。俺は隣に座っていた藤掛や松枝と、思わず視線を交わした。

「事件のあった日にあなたの見た男は、手袋をしていたんですか?」

「はい」

「間違いないですか?」

「はい、間違いありません。日光アレルギーか何かなのかな、と思ったのを覚えていますから」

検察側にとっても、想定外の発言であることは明らかだった。

風間は、無言で手元の尋問メモのファイルを閉じる。無理もない。こうなってしまっては、予定していた尋問事項に意味はない。すぐさま頭を切り替えたのはさすがだ。

風間は表情から動揺を消し、さきほどまでと変わらない落ち着いた口調で、何故警察や検察の取調べの際にそのことを言わなかったのか、記憶が混同しているということはないか、などと証人に質問をした。しかし証人は、手袋のことは言い忘れていた、服や靴はどんなだったかと訊かれて答えたが、手袋については質問されなかったし言う機会もなかった、記憶は確かだ——と答え、「犯人は手袋をしていた」という証言を覆《くつがえ》すことはなかった。

不本意だっただろうが、これ以上証人を追及しても検察側として得るものはないとわかったのか、風間は、「以上です」と告げて尋問を打ち切る。

弁護人からの尋問に移る前、一瞬証人が――いや、証人役の秋川が、どこか得意げな、悪戯《いたずら》に成功した子どものような表情を浮かべ、被告人席の柳に目を向けたのが見えた。

証人の目撃した犯人は、手袋をしていた。

これは弁護側に有利な事情だ。犯人が手袋をしていたのなら、犯行現場に指紋は残らない。つまり、現場で発見された被告人の指紋は、事件とは無関係ということになる。

被告人が犯人であることを示す一番強い証拠だった指紋について、犯行時についたものではないと否定された――とまでは言えないにしても、かなり高い確率で、犯行とは無関係と言える――のは大きい。犯行に使われた凶器から犯人の指紋が見つかっていないことも、犯人が手袋をしていたという証人の発言と一致する。

証人が公判当日になって証言を変えるというのは、もちろん教官たちの仕込みだろう。どちらかに勝ち目がないような事案は模擬裁判に選ばれないはずだとは思っていたが、こういう仕掛けがあったとは。証人はいつ言うことを変えるかわからない、ということを修習生たちに学ばせる意図かもしれないし、検察側が臨機応変に対応できるか、弁護側が新情報を活かせるか見ようとしているのかもしれない。いずれにしろ、模擬裁判は一転、弁護側に有利な展開になったといえる。

弁護人チームの証人尋問担当班は、証人に、目撃した男の顔を見ていないこと、今法廷で被告人を見ても男と同一人物かどうかは断言できないということを確認した後、犯人らしき男が手袋をしていたという新証言が間違いないかについても念を押す質問をし、裁判官にその事実を印象づけた。

水を得た魚のように質問をする弁護人チームとは対照的に、検察官チームは慌てた様子で、数人は文字通り頭を抱えている。

証人尋問が終わり休廷した後、法廷を出て来た秋川は、

「教官に、検察側にも弁護側にも、手袋のこととか証言を変えるつもりだってことは絶対ばらすなよ、って釘《くぎ》刺されてたんだ。ぼろ出さないように結構緊張してたんだからな」

肩の荷が下りたというようにそう言った。

午後からは、被害者に対する証人尋問が始まった。

検察側と弁護側それぞれが被害者に対する尋問を行い、それが終わるといよいよ、俺たちが担当する被告人質問だ。被害者に対する証人尋問が行われる間は、俺たちは傍聴席から見守るだけだが、被告人質問で被害者尋問の結果を受けた質問をすることも予定しているから、午前中とは緊張感が違う。

午前中の証人尋問で不意打ちをくらった検察側は、被害者も突然予定外のことを言い出しはしないかと警戒しているようだったが、証言は調書通りだった。

尋問担当者の緊張が和らいできたのか、最初の二、三分が何事もなく過ぎると、ようやく質問をする声の硬さがとれてくる。

「犯人が家に入ってきたとき、あなたは何をしていましたか」

「翌日が病院に行く日だったので、忘れないうちに用意しておこうと思って、前の月にもらった薬の袋を探していました。痛みが出たときに飲む薬がどれだけ残っているか確認しようと思って……薬は居間の、テレビ台の下の引き出しに入れてあるんです。床に膝《ひざ》をついて、引き出しの中を見ている姿勢でした」

「犯人が入ってきたことに、気づきましたか」

「いいえ。動くなと声をかけられて、初めて異変に気づきました」

「そのとき、犯人とあなたの距離はどれくらい離れていましたか」

「すぐ近くです。振り向きかけたときに後ろから刃物を見せられて、慌てて前を向きました」

検察官は一呼吸置き、

「刃物を持った犯人の手は見えましたか」

と尋ねた。これは、午前中の証人尋問の結果を受けて追加した質問だろう。

被害者は見ていないと答えた。犯人が手袋をしていたかについては、わからないと。

午前中の証人尋問の内容を裏付けることはないが、否定してもいない回答だった。

弁護側にとってマイナスになる答えではなかったのでほっとする。

犯人が手袋をしていたことは、事実として認定されるだろう。隣を見ると、松枝もほっとした様子だった。

被害者は続いて、背を向けた自分の後ろで、犯人がソファのそばに置いてあったバッグを漁《あさ》り、その後テレビの横に置いてあった金庫を開けろと要求したこと、中身が書類ばかりだとわかってあきらめたのか、財布の中の金だけとって去っていったこと、うつむいていた自分からは犯人の足元だけが見えたことを話した。

検察官が当事者席の上部や証言台に設置されたモニターに、被告人宅から押収《おうしゅう》した衣類の写真を映し出し、犯人のはいていた黒いズボンや靴と似ていることを彼女に確認させる。

「服装のほかに、何か気づいたことはありますか」

「最初に動くな、と言われたとき、聞いたことがあるような声だと思いました」

「事件以前にも、どこかで犯人の声を聞いたことがあった、ということですか」

「断言はできません。あれ、どこかで聞いた声だな、と思いましたが、どこで、と言われても思い出せませんし……そのときそう感じただけなので」

「どこかで聞いた気がするけれども、思い出せなかった……ということは、家族や友人ではなく、もっと遠い関係の誰かの声ということでしょうか？ たとえば、店の店員や……」

「異議！ 誘導です」

弁護人席に座っていた修習生が裁判官に異議を申し立てる。裁判官がそれに応《こた》える前に検察官役の修習生が、「では質問を変えます」と、すぐに撤回した。

「あなたは犯人の声を、事件の前に、どこで聞いたのだと思いますか？」

被害者は、検察官が何を言わせたいのか、すぐわかったのだろう。的確に、その意図を酌《く》んだ答えを述べた。

「わかりませんが、家族や友人の声ならすぐ気づいたでしょうから、もっと、たまにしか聞かない声だと思います。たとえば、行ったことのある店の店員さんとか……うちに来てくれたことのある配送員さんとか」

検察官は満足げにうなずき、次の質問へ移る。

後から被告人の声を聞いて、どう思ったか――犯人の声に似ているような気がした。

自宅に金庫があることは、誰でも知っていることか――自宅に来たことがある人しか知らない。被告人の勤務先で家具を買ったとき、配送員は家の中まで入ってくるのか――入ってくる。設置までしてくれる。配送員は、金庫が居間にあるのを見たことがあるか――見ていると思う。居間のドアを開けるとすぐ目に入るので。半年ほど前、小さめの食器棚を買ったとき、居間に設置してもらったから、そのときは確実に目に入っていると思う。食器棚を運んできた配送員の顔を覚えているか――覚えていない。被告人の顔を見て思い出さないか――配送員は帽子をかぶっていることも多いし、わからない。

決定的な証言はないが、検察側の主張を裏付ける内容が坦々と続き、検察側からの主尋問は終わった。

裁判官に促され、今度は弁護人役の修習生が立ち上がる。自分たちにとっては不利な証言をしている相手への反対尋問は、相手が何と答えるか読めないところが多く、場合によっては相手の返答に応じて質問を変えていかなければならない。臨機応変さが求められ、特に緊張を強いられる尋問だが、担当する修習生の表情には、高揚感が見てとれた。

理由はわかっている。彼らには——いや、弁護人チームには、逆転のための作戦がある。俺たち被告人質問担当班と、被害者尋問担当班とで打ち合わせをして、質問事項を考えたのだ。

午前中の目撃者の証人尋問で背中を押してもらい、この被害者への反対尋問から一気に形勢逆転することを狙《ねら》っていた。責任の重い役目ではあるが、その分やりがいもある。俺だって、緊張だけでなく、期待感でドキドキしていた。

何問かの型どおりの質問を経て、弁護人は手元のメモに目を落とし、

「さきほど、犯人の声をどこで聞いたかという検察官の質問に、どこかの店の店員や配送員かもしれない、と答えていましたが、以前に聞いた声だったのは間違いないですか」

相手を警戒させないようにだろう、被害者とは目を合わせずにさらりと尋ねる。

来た。ここからだ。緊張したが、それが顔に出ないように注意する。

被害者は少し迷いながら、はい、と答えた。

「あなたの記憶が正しいとすると、犯人は、どこかであなたと接触したことのある人物である、ということになりますね」

「はい……そう思います」

弁護人はゆっくりとうなずき、

「その記憶に、自信はありますか？」

念押しの質問をする。

「……あります」

被害者役が、どこまで詳細な設定を渡されているのかはわからない。「そう言われると、わかりません」と答えるか「絶対的な自信があります」と答えるかによって、この尋問の効果は大きく変わる。しかし、今回の模擬裁判では、被害者は検察官寄りの存在として設定されていたから、記憶に自信があると答えるだろうとは思っていた。

ほかにも、被害者が被告人の勤務先のインテリアショップで複数回買い物をしたことや、配送員は毎回同じではないということなどを、どれも大して重要な事項ではないかのような調子で確認すると、最初の質問担当は役目を終え、別の修習生に交代する。

被害者は拍子抜けした様子だった。検察官も怪訝《けげん》な表情をしている。

二人目の尋問担当者も、一人目と同じように静かに質問を始めた。

「事件当日、犯人が入ってきたとき、あなたは翌日の通院の準備をしていたとのことでしたね」

「はい」

「毎月、決まった日に病院へ行かれているんですか？」

被害者が肯定すると、弁護人は裁判官の許可をとり、写真つきの現場状況報告書を被害者に示す。法廷内のモニターにも、同じ写真が映し出された。

弁護人は、それが被害者宅の写真であることを確認し、カレンダーの九月十一日、事件の翌日の日付に〇がついていることを指摘する。

被害者は自分がつけたものだと認め、病院に行く日に〇をつけているのだと言った。

「九月十一日は第二水曜日に当たりますが、毎月第二水曜日に通院しているんですか」

「はい……」

「通院する日は決まっているとのことですが、時間帯はいかがですか」

「だいたい、午前中です。十一時の予約をとっています」

検察官席の修習生たちが手元の記録を急いでめくり、被害者の供述調書を確認している。

供述調書には、通院の時間帯までは書いていない。そのかわり、カレンダーの○の横に小さく「11：00〜」とメモがあった。被害者が、午前十一時の予約をとっている、と答えなければ、ここでカレンダーを見せる予定だった。しかし、被害者は迷わず十一時と答えた——ということは間違いない。被害者役の修習生は、研修所から、通院時間の設定を聞いていたのだ。つまりカレンダーは、弁護人チームへの、研修所からのヒントだ。

弁護人席にいる彼らも、そう確信したはずだ。

「第二水曜日でも、行かないときもあるんですか？」

「いえ、毎月、通っています」

よし。俺は傍聴席で拳《こぶし》を握る。今弁護人席にいる修習生たちもそうしたかっただろうが、さすがに態度や表情には出さない。

「ここ数年、通院を休んだことはないですか？」

「はい」

証言台の被害者を見つめて、それまでとは少しだけ違った調子で弁護人が訊いた。

「半年前の三月十三日の午前十一時ごろ、インテリアショップで購入した食器棚がご自宅に配送され、スタッフが運びこんだという記録が残っているんですが、そのとき、あなたは家にいましたか？」

「そんな前のことは覚えていませんが、誰かが家にいないと鍵《かぎ》を開けられませんし、たいてい私が家にいますから……」

在宅していたと思います、というニュアンスの答えを言い終わるか、言い終わらないかくらいのタイミングで、

「三月十三日は、第二水曜日なんですが」

弁護人が付け足す。

検察官席に座った修習生たちが、あっ、という表情になった。

被害者は考えるようなそぶりを見せ、「それなら」と口を開く。

「覚えていませんが……第二水曜日なら、病院には行ったはずです」

「配送員の業務日報によると、食器棚を配送したのは第二水曜日の午前十一時ごろです。十一時に病院を予約していたのなら、その前に家を出なければ間に合いませんね」

「そうですね。その時間は、家にいなかったと思います」

大学生の息子が留守番をしてくれたのかもしれないと、被害者は言った。

被告人が被害者宅に荷物を届けたのはこの日だけだ。食器棚が届いたときに立ち会わなかったのなら、被害者が事件の前に被告人の声を聞く機会はない。つまり、「犯人は聞き覚えのある声の人間だった」という被害者の証言どおりなら、被告人が犯人である可能性は低くなる。検察官も今さら、被害者の記憶は曖昧《あいまい》でその証言に信用性はない、などとは主張できないだろう。

被害者の聞いた声も指紋も、もはや犯人が被告人であることを示す証拠とはいえない。犯人と似た服と、同じメーカーの同じ型の靴を持っていたというだけでは、有罪を言い渡すには弱すぎる。

あとはそれを、被告人質問でさらに印象づける。この人は犯人ではないと、裁判官に思わせる。それが最後のダメ押しだ。俺たちは、勝てるかもしれない。

終わります、と裁判官に告げた弁護人役の修習生と目が合った。

俺たちはやったぞ、この後は頼むぞ、と、その目が言っているようだった。

十分間の休憩を挟んで被告人質問が始まった。俺たちの番だ。

最初に質問を担当するのは藤掛だった。

藤掛は、立ち上がると同時にスーツのボタンを留め、被告人と視線を合わせると、まず警察に押収された衣類やスニーカーをどこで購入したかを尋ねた。柳演じる被告人は、誰でも知っている大手の量販店の名前をあげ、どちらもメーカーの定番商品で、被告人と犯人がたまたま同じものを購入したとしても不思議はないと裁判官に印象づける。

それから証人が目撃した黒い手袋についても触れ、被告人は黒い手袋を持っていなかったこと、警察による捜索差押えでも手袋は見つからなかったことを確認した。

「では、逮捕されたときのことをお聞きします。警察官の報告書によると、あなたは警察官二名に自宅の前で声をかけられ逃走したとありますが、事実ですか」

「はい。びっくりして、逃げようとしたところを取り押さえられました」

被告人が答える。表情はいつもの柳のまま、「自分」の経験について細部までリアルに語るので、まるで演じるキャラクターではなく柳自身が刑事事件の被告人になっているようで、変な感じだった。

「私には借金があるんですが、強面《こわもて》の男性二人が待ち構えているのを見て、借金取りだと思ったのでパニックになり、とっさに逃げてしまいました。すぐにつかまり、取り押さえられた後で相手が警察官だとわかりました」

「借金があったということはお金に困っていたということで、それは強盗の動機になるのではないか、と考える人もいるかもしれません。これについて何か言いたいことはありますか」

「確かに借金はありましたが、もう何年も放置していて、請求も来なくなっていました。だから、数年ぶりに借金取りが来たと思って驚いたんですが、緊急に金が必要だった事情はありません」

貯金もあり、強盗しなければならないほど生活に困ってはいなかったと淡々と述べる。

被告人役の柳は完璧《かんぺき》だった。堂々として落ち着き払っているから、その発言には信憑性《しんぴょうせい》がある。

いい流れのまま、俺は藤掛から質問担当を引き継いだ。あまり細切れになってもよくないということで、質問担当は二人で受け持つことになっている。松枝が、自分は弁護士志望ではないからと、俺と藤掛に譲ってくれたのだ。

俺は藤掛が着席するのと入れ替わる形で立ち上がり、被告人に、被害者宅に入ったのは三月十三日だけであること、配送の際、注文客の自宅の中まで入って家具を設置することはよくあること、そのときに家の壁やドアに指紋がつくこともあることを順番に確認する。

軍手をはめていても、滑りやすい家具を運ぶときや伝票を書くときは外すので、素手で家の中のものに触ってしまうこともあると被告人が説明すると、裁判官の一人がメモをとるのが見えた。被告人の発言を判決に反映させるためのメモだとしたら、いい傾向だ。

浮かれて失敗をしないように気を引き締め、俺は質問を続ける。

「今回の事件で、あなたの指紋が被害者宅から発見されているのですが、それはいつ、ついたものかわかりますか」

「以前、配送した家具を運び込んだときについたものです。それ以外の機会につくことはありえないと思います。警察や検察の取調べでは、強盗に入ったときについたんだろう、と何度も言われましたが」

被告人は一度そこで言葉を切り、裁判官席を見まわすようにして続けた。

「私は家具を配送したとき以外、被害者宅に入ったことはありません。それに、もし私が強盗なら、指紋を残さないように手袋をしたのに、わざわざ自分の指紋が残っているかもしれない、以前入ったことのある家は選びません」

検察官の一人が悔しげに顔を歪《ゆが》める。

誰でも、被告人のこの発言には説得力があると思うはずだ。検察官自身もそう感じたからこその表情だろう。

その後も俺は注意深く予定したとおりの質問を重ね、被告人はそのすべてに完璧な答えを返した。

最後に、俺は質問メモを置き、証言台の被告人と目を合わせる。

「今回逮捕されたことについて、思うことがあれば言ってください」

被告人質問の最後は、こうすると決めていた。

弁護人からの質問に答えさせる形より、被告人に自由に話させたほうが、コントロールされていない被告人自身の言葉、という感じがするし、それを質問の最後に持ってくれば、裁判官の印象にも強く残るはずだ。

被告人は、正面の裁判官席を向いて口を開いた。

「私には前科があります。五年前に、鍵がついたままだったバイクを盗みました。だから今回、そのときに登録された指紋が被害者の家から出てきて、疑われることになりました。そして指紋だけじゃなく、私に窃盗の前科があったこと自体も、私が犯人であると決めつける裏付けにされてしまっていたと感じています」

静かに、丁寧に話し始める。

「私に前科があることと、私が今回の強盗の犯人かどうかは、関係がありません。でも、前科があるからって疑われるのは理不尽だ、とは、私は思っていません。『以前罪を犯した』『普通の人は越えないハードルを越えたことがある』というのは事実だから、まわりが『ほかの人より、やる可能性が高い』と思って私のことを見るのは理解できます」

いつもの柳の、あまり感情のこもらない淡々とした口調だったし、藤掛のようによく通る声というわけでもない。それでも、皆が彼に注目して耳を傾けているおかげで、静かな声はむしろ効果的に、染《し》み入るように響いた。

「私は罪を償って、あれから真面目《まじめ》に働いて、社会の中で生きているつもりでした。だから、疑われているのは悔しいし、悲しいです。けど、疑われるのは自分のせいだってこともわかっています。五年前のことでも、償った後でも、やったことが消えるわけじゃないから」

裁判官たちはじっと被告人を見つめて、その話を聞いている。検察官たちも、傍聴席の修習生たちもだ。俺すら一瞬、これが模擬裁判だということを忘れそうになった。

——無実の罪で起訴された被告人は、こんな風に思うのか。

「でも、今回はやっていません。五年前につかまったとき、もう二度と盗みはしないと誓いました。まして、せっかくやりがいを持って働いていた職場の、お客さんの家に盗みに入るなんてことは、絶対にしません。していません」

以上です、と柳が言ったのではっとした。

俺は裁判官席にむかって、「終わります」と告げ、質問を検察官へと引き継ぐ。役目を終えて弁護人席に腰を下ろし、証言台の柳を見た。

背すじを伸ばし、堂々としている。しかしあれは、本物の被告人ではない。無実の罪で刑事裁判を受けることになった本物の被告人は、あんな風に顔をあげていられるとは限らない。

無実の人間にとっては、疑われること自体が、理不尽で大きなストレスなのだ。その中で戦っている人の気持ちは、いつ折れてしまってもおかしくない。弁護人はそれをサポートしながら、万が一にも、無実の人がいわれのない罪で処罰されることがないように、裁判官を説得しなければならない。

俺は、うまくやれただろうか。これからもやれるだろうか。

柳のように、自分で主張できる被告人ばかりではない。弁護人がやらなければいけない。

俺たちは、そういう仕事をするんだと、教室での打ち合わせで藤掛が言っていたのを思い出した。

次に俺が弁護人席に座るときは、もう、模擬裁判ではないのだ。

お疲れ様、と、隣の藤掛と松枝が、小さく背中を叩《たた》いてくれた。


被告人質問を担当した検察官は、やりにくそうだった。柳は反抗的ではなく、訊かれたことにきちんと答えたが、それがまた誠実な印象を与えた。自分は無実だ、という被告人の主張や姿勢がブレることはなかった。

論告求刑と最終弁論の後、一時間弱の評議時間を挟んで、判決が言い渡された。

「被告人は、無罪」

裁判官役の吉高が重々しく告げ、俺たちはぐっと拳を握った。

手ごたえはあったから、予想していなかったわけではない。それでも、こうして言い渡されると、飛び上がるほど嬉《うれ》しかった。

検察官は、「まあ仕方ないか」という顔をしている者と、悔しそうにしている者とに分かれた。

証人尋問担当だった風間は、暗い表情で——思いつめたような深刻な様子でうなだれている。

皆が法廷を出て、お疲れ様、と労《ねぎら》いあっているときも、風間は共用スペースの椅子《いす》に座って一人でいた。自分の腿《もも》に手を置いてがっくりと肩を落とした姿は、まるでフルラウンドを戦い終えて疲れ切ったボクサーのようだ。いつもぴんと背すじを伸ばしているのに、珍しい。

声をかけづらい雰囲気だな、と思った矢先、

「風間くんもお疲れ。突発的な証人の供述内容変更にも慌《あわ》ててなかったね、さすが」

話しかけないでほしそうなオーラをものともせずに、藤掛が近づいて声をかけた。

「いや、あそこから立て直せなかった。失敗だ」

風間は顔をあげないで答える。

「失敗はしてないと思うけど」と言った藤掛に、いや、俺の責任だ、とストイックに返した。

「俺がふがいないばかりに……被害者はどんな気持ちかと思うと」

「いや、風間、これ模擬だから模擬！」

土壇場《どたんば》で証言を変えた張本人である秋川が、風間の肩を叩いてとりなす。藤掛といい秋川といい、よくこんなふうに、見るからに落ち込んでいる相手に対してパーソナルスペースを詰められるものだ。風間は迷惑そうにはしなかったが、暗い表情のままだった。

「今回は模擬だが、次に法廷に立つときは本番だ。自分のせいで、被告人や被害者や、民事なら依頼者の人生が変わってしまうかもしれないんだと思ったら、その責任の重さを改めて感じて」

どきっとする。

これが模擬裁判じゃなかったら、というのは、俺も考えたことだった。今回は無罪判決が出たからよかったが、もし実際の裁判で、無実の人を無罪にできなかったら――そう想像したら、なんて怖い仕事なんだろうと思っていた。

それは、検察官チームの彼らにとっても同じことだろう。彼らは、被告人を有罪と信じて法廷に立っていたのだから――有罪にすべき人間を有罪にできなかったら、という恐怖があったはずだ。被害者はどう思うか。罪を犯した人間が裁かれないなんて、許されるのか。そのせいでまた次の被害者が生まれたら。

責任を背負っているのは、弁護人だけではない。検察官も、裁判官も同じだ。

「まあまあ、そんなに落ち込まなくてもさ。勉強のための模擬裁判なんだし」

いつもの軽やかな口調で藤掛が言い、うなだれていた風間は顔をあげる。

「あの局面で、検察サイドに逆転できる目があったかはわからないけど、今の風間くんにはそれを見つけられなかったってことでしょ。ちなみに俺にもわかんなかった。

それがわかっただけでも、意味があったんじゃん？　本当の裁判では対応できるように、足りないとこを教えてもらったって思えばいーよ」

ストレートな励ましは、時に少し気恥ずかしいものだ。励ます側も、励まされる側も。しかし藤掛には照れがない。

風間は小さく息を吐いたが、口元には笑みが浮かんでいた。

「藤掛は前向きだな」

「それが取り柄なんだ」

「おまえの取り柄は、そうやって人を前向きにさせられるところだと思う。そうしようと思うところも」

「え、うわ、何、俺、風間くんに超誉《ほ》められてる！」

ときめいたかも、などと言いながら自分の頬に手を当てる藤掛を、他の修習生たちは笑いながら見ている。風間が、おまえな、とあきれた声を出すと、藤掛は笑って「まあ、得るものが多かったよね」と言った。

「弁護側は、すべての証拠を注意深く見て、検察側の主張にほころびがないか探さなきゃいけないし、検察側も思い込みで油断しちゃダメだ、ってことかな。今回の模擬裁判が想定してる教訓としては」

「当日証人は何を言うかわからないから、油断は禁物ってことは身に染みた」

風間がまとっていた空気も軽くなり、いつもの彼らしさが戻ってきたのでほっとする。

藤掛と少し言葉を交わした後で、風間は立ち上がった。裁判官チームの皆が集まっている中に、交際相手の水木の姿を見つけたからだろう。俺は、いいなあ、と思いながらその背中を目で追った。

実務修習の終わりの飲み会で彼らが交際宣言をしたとき、俺もその場にいた。俺はといえば、実務修習中も和光の研修所へ移ってからもまったく浮いた話とは縁がなく、どうやら彼女がいないまま修習を終えることになりそうだ。資格取得後に期待するしかない。

柳がこちらに来たので「お疲れ」と声をかけた。柳はひょこりと顎《あご》を前に出すような仕草をする。うなずいたのかもしれないし、会釈《えしゃく》のつもりなのかもしれない。いつもと変わらない、やる気のない態度に見えるが、模擬裁判での柳はしっかり被告人の役をこなしていた。被告人質問の最後に柳が言ったことは、演技とはいえ胸に残った。

「勝ったな。柳が……被告人がしっかりしてたっていうの、大きかったと思うよ。俺も勉強になった。最初は、この時期に模擬裁判とか……ってちょっと思ってたけど、やってよかった。やってみないとわからないことってあるな」

弁護人役の俺が被告人役の柳にありがとう、と言うのも変な気がして、かわりにそう話しかける。

気のない返事が返ってきても、悪気がないのはわかっているのでかまわないと思っていたが、

「俺も、やってよかった」

意外なことに、柳はそう言った。

「被告人役、何すればいいのかなって考えてたとき、藤掛に、被告人の気持ちを想像しろって言われたんだ。自分が無実の罪で逮捕されて、強盗犯として扱われたとしたら……過去の罪のせいで疑われて、何年も刑務所に入るかもしれないとなったら、どう思うかって。それを素直に法廷で言うのが一番だって」

「……効果、あったと思うよ」

俺が相槌《あいづち》を打つと、柳はうなずき、

「そういう風に、人の気持ちを考えることって、あんまりなかったから、何か変な感じだったけど……刑事事件の被告人ってこんな気持ちなのか、とか、弁護人はそれを汲《く》み取らなきゃダメなんだなとか、そういう気持ちを聞かされて裁判官の心が動くこ

ともあるんだなとか、色々わかった気がする」

俺のほうを見ないで、訥々《とつとつ》と話す。俺に聞かせるというより、自分の考えを整理するために口に出しているような話し方だった。

「裁判は、論理と証拠の勝負だと思ってたけど、気持ちっていうのも、無意味じゃない、というか……必要なんだってわかった」

十歳近く年下で、何でもそつなくスマートにこなしているように見える柳のことを、別次元の人間だと思っていた。けれど、柳は柳で、何の悩みもなく進んでいるわけではないのだ。

模擬裁判を通して、柳のことも、仲間だと思えるようになったのが嬉しかった。数メートル先で、藤掛が松枝と何か話しているのを見たとき、唐突に、楽しかったな、と思った。

大変だったけれど、楽しかった。

もうすぐ修習が終わるのだ。

いつか思い出になって、あのとき俺たち無罪判決とったよなとか、秋川がいきなり証言を変えてびっくりしたよなとか、酒でも飲みながら語り合う日がきっと来るだろう。

そのとき自分たちが、どんな法律家になっているのか、想像すると胸がふわふわする。

しかしまだ、俺たちは修習生だ。法曹資格を得るためには、二回試験という壁がある。

今はまだ、振り返っているときじゃない。

二回試験は、もう来週に迫っていた。

＊＊＊

集合修習が終了した翌々日から、二回試験が始まった。

一日一科目で、初日は刑事弁護、土日を挟んで、二日目が刑事裁判、三日目が検察の試験。その後に民事弁護、民事裁判の試験が続く。

一科目七時間半という試験時間を初めて聞いたときは驚いたが、実際に受けてみるとあっというまだった。むしろ時間が足りない。問題を読んで、検討して、構成し、フルスピードで書く。丁寧に読みやすい字で、なんて意識する余裕はなかった。

時間をギリギリまで使って起案を終え、用紙を綴《と》じて提出する。

試験中は気が張っているので疲れを感じる暇もなかったが、五日目の民事裁判の試験が終わったときには、もうへとへとだった。

二回試験が終わると、すぐにまた次の期の修習生たちが研修所にやってくるから、試験が終わった最後の夜に皆で打ち上げをして、慌ただしく荷造りをし、翌朝には退寮しなければならない。ゆっくりと別れを惜しむ暇もなかった。

試験を終えて寮を出ると、ほっとしたのと同時に、なんだか心もとなくなった。

試験に合格して弁護士登録するまで、俺は弁護士ではないし、修習生でもない。何者でもない自分として、空いた時間を過ごすのは久しぶりで、自由だと思う反面、落ち着かなかった。

二回試験の結果発表までの間に、検察官志望者の面接があると聞いたが、もともと弁護士志望で、法律事務所に就職が決まっている俺には関係がない。

おそらくは、これが最後のモラトリアムだろう。そう思って、少し寂しいような気分でいたら、藤掛からメッセージが届いた。

『結果発表、せっかくだから皆で掲示を見に行こうってことになってるんだけど、長野くんも行かない？』

二回試験の結果発表はインターネットでも見られるし、試験結果は郵送もされるので、わざわざ当日に和光の研修所まで見に行く必要はない。結果発表にかこつけて集まろう、ということなのだろう。

合否確認はインターネットで済ませるつもりだったが、こうして誘われると嬉しい。司法試験と違って二回試験の合格率は高いので、友達と見に行って誰か一人だけ落ちていて気まずい、ということになる可能性は低いはずだ。

『行く』と返事を送った。すると、ものの数秒で、また藤掛からメッセージが届く。

『よかった。当日、持ってきてほしいものがあるんだけど』

＊＊＊

約二週間ぶりの研修所は、すでに懐《なつ》かしい気がした。

もう次の期の修習が始まっているから、俺たちは建物の一階のロビーまでしか入れない。そのロビー手前の玄関内に設置された電光掲示板に、不合格者の番号だけが表示されることになっている。

合否発表は午後四時からだが、何故《なぜ》か、それよりも早く来てほしいと藤掛から言われていた。バス停で藤掛と合流して、発表の三十分も前に研修所に着いた。

藤掛はロビーには入らず、人気《ひとけ》のない建物の外で、スマートフォンを確認している。

「あ、そうだ、これ。言われてたやつ」

持ってきてほしいと言われていたものを手渡す。

「ありがとう。これ、ちょっと借りてていいかな。今日中に返すから」

「いいけど……何で？」

「すぐ説明するよ」

迷ったんだけど、と前置きして、藤掛はスマートフォンをしまいながら言った。

「長野くんは当事者だから、聞いてもらったほうがいいと思って」

何のことかわからず、訊《き》こうとしたとき、「悪い、待たせた」と声が聞こえる。

こちらへ向かって歩いてきたのは、同じ班の瀬田だ。実務修習先では、班が違うにもかかわらず、藤掛や秋川とつるんでいるのをよく見かけた。「皆で見に行く」と藤掛が言った中に彼が入っているのは納得だった。合否の結果が気になるのか、普段は明るい瀬田が、今日はどこか緊張した面持ちでいる。

「ごめんね呼び出して」

「いや……」

藤掛に応えながら、瀬田はちらりと俺のほうを見た。なんでこいつがいるんだ、と思われたのだろうか。

「検察官志望者の面接、先週だったっけ？　どうだった？」

「ああ、できることはしたって感じだけど……やっぱ、柳だろうな。あいつも面接受けたって言ってたから。しょうがないよ」

そう言う瀬田は、それほど悔しそうにもしていない。柳が検察官志望だとは知らなかったが、瀬田が早い時期から検察官志望を表明していたのは知っている。そう簡単に割り切れるものだろうか、と不思議だったが、競う相手が柳なら、あきらめがつくということだろうか。

何か用があって俺たちを呼び出したはずなのに、すぐに本題には入らない藤掛を促すように、瀬田が言った。

「長野がいるってことは、そういうことだよな」

覚悟はできてる、と続ける。俺は意味がわからなかったが、藤掛にはわかるらしい。

藤掛は鞄《かばん》に手を入れて封筒を取り出した。

「瀬田くんが探してたのって、これじゃない？」

さっき、俺が渡した封筒だ。

瀬田は、それを一目見てはっとしたようだった。

「長野くんが持ってた、これ。中身、見てみて」

藤掛が、「いいか」と確認するように俺を見たので、わけがわからないままうなずく。瀬田は藤掛から、薄いグレーに濃いグレーの文字で店のロゴが入ったデザインの封筒を受け取り、そっと中身を確認した。最初から封はしていない。

封筒の中身は、予想していたものとは違ったようだ。それが瀬田の表情でわかった。

「『くらら』で撮った記念写真だって。長野くんの弁護修習先、『くらら』の顧問だったから」

「……それは知ってる。だから……」

口ごもった瀬田の言葉を藤掛が引き取って続ける。

「だから、『くらら』から相談を受けたんだろうって、示談のことも知ってるんだろうって、思ったんだね」

瀬田は藤掛に封筒を渡し、藤掛がそれを俺に返してくれる。封筒の中の写真は、なんてことのないスナップ写真だ。藤掛には前にも見せたことがある。瀬田がそれを探していた、という意味がわからず、救いを求めて藤掛を見ると、

「瀬田くんは封筒の中身が、別のものだと思ってたんだよ」

と教えてくれる。

まだ意味がわからなかった。俺が質問をする前に、藤掛は瀬田に向き直り、

「瀬田くん、ブログに情報提供したのは、長野くんじゃないよ。……ないよね？」

最後の一言は、俺を見て確認するように言った。

「えっ、ブログ……あのブログ？　違うよ！　ブログ主が同じ大学出身らしいってことで何か疑われてたみたいだけど！　例の記事が騒ぎになって初めてあのブログのこと知ったくらいだし」

慌てて答える。

「そうか、……勘違いか。そうだよな。長野はそういうタイプじゃないってわかってたんだけど……」

瀬田は、すぐに信じてくれたようだった。

勢いよく俺に頭を下げる。

「ごめん。悪かった。謝るのが遅くなったのも」

俺が情報提供者だと思っていたことを謝っている、というわけではなさそうだ。じゃあ何を、と思って、俺はようやく、自分の部屋を荒らしたのが彼なのだと気がついた。

藤掛が俺と瀬田だけを呼び出したのは、被害者と加害者だからだ。

「寮の談話室で、長野が席を立ったとき、足元に鍵が落ちてるのに気づいて……その前に踊り場でぶつかって、長野があの封筒を持っているのを見て、どうやって取り戻そう、直接話すしかないのかな、って思ってたから、あの鍵があれば長野が出かけてる間に部屋に入れるって思って。魔が差したっていうか」

「あ、あのときか」

部屋を荒らした犯人が、俺が落とした鍵を拾って使ったなら、それが俺の部屋の鍵だと何故わかったのだろうと思っていたが、なんということはない。足元に落ちているのを見たのであれば納得だ。盗まれたのでなくてよかった。

瀬田は秋川の部屋によく来ていたから、その隣が俺の部屋だということも知っていたはずだった。

「別に何かなくなったとか壊れたとかじゃないから……気にしてないって。大丈夫」

頭を下げたままの姿勢でいる瀬田に気づいて、慌てて言った。

もともと、犯人に対して強く怒っていたわけではない。片付けは面倒だったが、実害というほどのことはなかったし、忘れかけていたくらいだ。

瀬田は遠慮がちに顔をあげた。

藤掛との会話の流れから考えれば、瀬田は、俺がブログに情報を提供していると勘違いして、ブログ主がほのめかしていた証拠の品を探すために俺の部屋を荒らしたということらしい。

「じゃあ……瀬田が、ブログに書かれてた修習生ってこと?」

「ああ、たぶん……」

瀬田は自嘲《じちょう》気味に唇を歪めて肯定しかけたが、藤掛が口を挟んだ。

「たぶん、違うと思う」

え、と聞き返した瀬田に、

「ブログの記事にあった、脛《すね》に傷のある修習生っていうのは、瀬田くんのことじゃないと思う。まだ、ブログ主に確認したわけじゃないけどね」

もう一度はっきりと、藤掛は言う。

「多分この人のことだろう、って目星もついてる。プライベートなことだから、誰かは言えないけど」

「……そう、か」

瀬田は、気が抜けた声でそう返し、少しの間、呆《ほう》けたように無言になった。

それから、「あ、いや、悪い」と俺と藤掛を見て、何か言いかけ――しかし、結局またすぐに視線を泳がせる。

「任官志望者ってあったから、てっきり、自分のことだと……やましいことがあるせいだな」

誰かが自分の過去を知っていて、その証拠もあると言っている。そして、自分が任官志望であることを責めるような記事が載っている。検察官志望の瀬田は、任官の道が閉ざされるかもしれないと気が気ではなかっただろう。そんなときに、目の前に、証拠を持っているかもしれない人間の部屋の鍵があり、しかも部屋の主がこれから外出するところだとわかったら——極端な行動をとってしまった理由も、理解できなくはなかった。

しかし、それらすべてがそもそも勘違いだった、とわかったのだ。瀬田が呆然《ぼうぜん》とするのも無理もない。

「任官志望って書いてあったのは、たぶん、検察官じゃなくて、裁判官への任官のことだと思う。瀬田くんが勘違いするのも仕方ないと思うけど」

「そうか。俺、一人で勝手に思い込んで、暴走してたんだな。ブログのことも、長野のことも……本当に悪い。たぶん、ちゃんと頭が動いてなかった」

「もういいよ」

だんだん気の毒にさえ思えてきて、俺は本心から言った。俺に対する個人的な恨みがある人間が荒らしたのではないとわかっただけで十分だ。

「藤掛は、何でわかったんだ？　長野の部屋を荒らしたのが俺だって」

「例のブログに、『脛の傷』の証拠があることをほのめかす記事が載った直後だったから、部屋を荒らした誰かは、その証拠を探したんだろうなって思ったんだ。修習生の部屋を家探しする理由なんて、他に思いつかないからね。長野くんが情報提供者とは思えなかったけど、とにかく部屋を荒らした人は、長野くんが証拠を持ってると思ってるってことだろうから、それが何なのかを考えてた」

藤掛は、すらすらと答える。

「長野くんの荷物を見せてもらったら、『くらら』の封筒が出てきて、『くらら』の女の子と男子修習生の間でトラブルがあったって話を思い出したんだ。個人は特定されてなかったけど、示談したらしいって聞いてたから、もしかしてそれが『脛の傷』なのかなって思って」

「くらら」の店員の女の子と連絡先を交換していたので、電話して話を聞いたのだと、藤掛は簡単なことのように説明した。藤掛に情報をくれたのは、瀬田と示談した本人ではなく、事情を知っていた別の女の子らしかったが、その子もおそらくは店から口止めされていただろう。それでも聞き出してしまうのはさすがだった。俺にはできない芸当だ。

「恥ずかしい話だけど、俺、一人で飲んでるときに、酔っぱらって、女の子に絡《から》んでさ。それも一回じゃなくて……結構迷惑かけたんだ。でも、何期にもわたって男子修習生の行きつけみたいになってる店だから、大ごとにしないで、示談にしてくれて……。反省する、もう彼女に近づかないって、念書を書いて渡すことで、おさめてくれたんだ。その控えを、店の封筒に入れて渡されたから、長野が同じ封筒を持ってるのを見て……」

「俺が、念書の写しか原本を持ってると思ったんだな」

瀬田はうなずいた。

「完全な思い込みだよな。封筒なんて、普通に店に置いてあるものだから、『くらら』の顧問弁護士のところで修習してた長野が持ってたって、別におかしくなかったのに」

呟《つぶや》いた後、天を仰いで、はあ、とため息をつく。それから、顎を引いて俺と藤掛を見る。息と一緒に、胸の中にあったものを吐き出したのか、こちらを向いた表情はどこか吹っ切れたようだった。

「検察官志望者の面接が終わるまで、待っててくれたんだな」

藤掛は、何も答えずににこにこしている。

瀬田もそれにつられたように眉尻《まゆじり》を下げて笑った。瀬田にしては珍しい表情だ。泣きそうなのを我慢しているような笑顔だった。

「こんなことするようなやつ、検察官にはふさわしくないって思わないのか？」

「思わないよ」

藤掛は、軽く、でも少しも迷わずに即答する。

「誰だって間違えることはあるし、間違いを認めて謝って、正そうとしてる人を、責めたって仕方ない。チャンスを与えるべきだと思う。俺たちはこれから、そういう仕事につくんだって思ってる」

瀬田は、胸をつかれたようだった。目は藤掛を見つめたまま、ぎゅっと唇が引き結ばれた。

「瀬田くん、最終日の飲み会でもお酒飲んでなかったじゃん。打ち上げなんて、一番はめ外したいときなのにさ。『くらら』で一緒に飲んだこともあったけど、修習途中から、お酒飲んでるの見なくなったなって思ってたんだ」

「……気づいてたのか」

「うん。いくらテンパったからって、人の部屋に不法侵入したのはもちろん、ダメだけど……それはちゃんと謝って、長野くんが許すって言ってるし、俺がどうこう言うことじゃない。ふさわしいとかふさわしくないとかも、俺が判断することじゃないんだろうけど」

瀬田と目を合わせて、藤掛が続ける。

諭すでもなく、励ますでもなく、友達に対する、いつも通りの声と表情だ。

「失敗を認めて反省して、繰り返さないために具体的な行動をとる……そういう人は、検察官にだって裁判官にだってなっていいと、俺は思う。いい法律家になると思うよ」

瀬田は下を向いて、ぐっと目元をぬぐった。

「……藤掛も、藤掛こそ、いい弁護士になるよ。裁判官でもいいかも。ちょっと甘すぎかもしれないけど」

鼻声で、ありがとう、と藤掛に言ってから、俺に向きなおり、直角に頭を下げて、

「本当にごめん」ともう一度謝る。

俺は、ちょっと涙ぐみそうになりながら、「いいよ」ともう一度応《こた》えた。

瀬田と話している間に四時を過ぎていた。

瀬田が立ち去った後、一足早く掲示を確認した修習仲間から藤掛のスマートフォンに連絡があって、俺たちは無事合格していたことがわかった。せっかく直接掲示を見に来たのに、自分の目で見る前に結果を知ることになったのはまぬけな話だったが、正直なところ助かった、という気持ちもあった。友達と一緒に掲示を見て、自分だけ落ちていたら、もしくは友達が落ちていたら、想像するだに気まずい。

ともあれ一安心だ。合格率の高い試験とはいっても、やはり発表までは落ち着かなかったが、これで間違いなく、弁護士として登録できる。

「この後、皆でカラオケ行って、そのまま夕飯食べようってことになってるんだけど――俺はちょっと用があるから、食事から合流するよ」

スマートフォンの画面を確認してから、藤掛が言った。

「これから、もう一人、会わなきゃいけない人がいて」

俺は決して勘がいいほうじゃないが、何故かこのときは直感した。このタイミングで藤掛が会わなければいけないというなら、きっと例のブログに関係のある相手だ。ブログ主か、記事に書かれた修習生か、それとも情報を提供した修習生か。

藤掛は瀬田に、ブログの記事は彼のことではないと言った。あの記事に書かれた修習生が誰なのかわかっているということだ。それなら、この機会に向き合おうとするはずだった。

「それ、俺も一緒にいちゃダメかな」

思わず言った。俺の申し出が意外だったらしく、藤掛は「えっ」と一瞬言葉に詰まる。

「邪魔しないからさ。見張りっていうか、もう一人くらい念のためにいたほうが安心ってことない？　そういう話なのかなって思ったんだけど」

「うーん……」

藤掛は顎に手を当てて視線を泳がせ、少し迷っているようだったが、俺の言うことを否定しなかった。やはり、友達と楽しく話をする、というわけではなさそうだ。

「長野くんも、間接的に被害を受けたわけだからなあ……俺はかまわないけど、なるべく静かに、気配消しててくれる？　長野くんなら大丈夫だとは思うけど、複数対一だと、相手が身構えちゃうかもしれないから」

そう言って、結局は立ち会いを許してくれる。

「もう一人、立ち会いたいって言ってた人がいたんだけど、お互い感情的になっちゃうかもしれないし、俺一人のほうが話しやすいからって別の所で待っててもらってるんだ。だから、長野くんが立ち会ったってことは内緒にしておいてね」

「うん？　うん、わかった」

誰のことだろう。感情的になるかもしれないということは、記事に書かれた本人だろうか。

考えながらしばらく待っていると、瀬田が去っていった方向から足音が近づいてきた。

現れたのは、吉高だった。

柳や秋川と同じ三班所属の男子修習生で、俺とは同じ法科大学院の出身だが、あまり話したことはない。

真面目でおとなしいイメージの彼は、およそ、外部のブログに修習仲間の情報を流したりするようには見えない。しかしその青ざめた顔を一目見て、吉高はただの通りすがりではなく、間違いなく藤掛の待ち合わせの相手なのだとわかった。

吉高は硬い表情で藤掛を見て、それからちらっと俺を見て、また視線を藤掛に戻す。

「風間は？　後から来るの？」

「風間くんは呼んでないよ。話してもいない」

警戒した様子の吉高に、藤掛は穏やかな声で答えた。

「吊《つ》るし上げるために呼び出したんじゃないんだ。本人も来てないよ」

「……長野は、なんで？」

視線を向けられてどきっとする。

ブログの件で、誰が何故情報を流したのか、はっきりするなら見届けたいと思ったからだが、「興味本位で」とは言えない雰囲気だ。

「えーと、その、なりゆきっていうか……」

「彼も、全く無関係ってわけじゃないから。理由は後で話すよ」

不審げな目を向けられて慌てて弁明しかけた俺を、藤掛がフォローしてくれた。そのまま、「こんな時期に呼び出してごめんね」と話し出し、吉高の注意を俺から逸《そ》らしてしまう。

「検察官志望者の面接は合格発表の前だって柳くんに聞いてたから、裁判官志望者の面接も同じ時期だと思ってた。裁判官志望者の面接はこれからだって松枝さんに聞いたけど……」

「松枝さん？」

何故か吉高が反応する。

「そうだよ。松枝さん」

藤掛はうなずいて繰り返したが、彼女のことについてはそれ以上触れず、

「面接の前にこんな話聞きたくないと思うけど、もう話す機会がないかもしれないから、来てもらった。……例のブログに情報を提供したの、吉高くんだよね」

いきなり核心に踏み込んだ。

吉高の顔がこわばる。

吉高は藤掛とも俺ともまともに目を合わせようとしなかったが、その視線はさらに下を向いて、激しく泳ぎ始めた。

「どう、……」

どうしてわかったのか、と問おうとしたのかもしれない。しかし吉高は言葉を途中で止めた。それを訊くことは認めるのと同じだと気づいたからだろう。藤掛の出方を探っているような印象だ。

さっきの会話で面接の時期のことに触れたということは、吉高は裁判官志望なのだろう。瀬田のときは、検察官任官の面接が終わるのを待っていたらしい藤掛が、吉高に対しては面接前に呼び出したというのが不思議だったが——その理由が、吉高の態度を見てわかった気がした。

今を逃したら、吉高はおそらくもう二度と、誰ともこの話をしない。

吉高がブログに修習生の個人情報を流したとわかれば、裁判官に任官するかどうかの判断に大きく影響するだろう。話し合いに応じなかったら、藤掛は教官に相談するかもしれない——そう思って、吉高は呼び出しに応じざるをえなかったのだ。

面接の前にごめんね、などと言いながら、藤掛は冷静に考えていた。吉高とは、彼が逃げられない状況で話をするしかないと、相手を見て判断したのだ。

藤掛は、吉高の弱さを見抜いている。

「……よく教えてもらえたな。ブログ主は情報源を明かさないと思ってた」

吉高が黙り込んでしまったので、俺が小声で藤掛に言うと、吉高も同じことを思っていたらしく、ちらりと目をあげた。

「普通に聞いても教えてくれなかったと思うけど、情報提供者が吉高くんだって知ってる体で話したら、それを前提とした答えが返ってきたんだよ」

藤掛が言う。俺の質問に答える形ではあるが、当然、吉高にも聞かせるつもりで話しているのだとわかった。

「記事の元になった情報の出どころについて、ブログには、信頼できる筋からの情報だって書いてあったから、オンラインじゃなくてリアルな知人から聞いた話なんだろうと思った。同じ大学とか、ロースクールの同期とか、先輩後輩の可能性が高いと思ったんだ。修習生の個人情報を誰が知りえたかってこととか、寮生の部屋が荒らされたって情報がすぐにブログ主に伝わったってことを考えても、情報源はまず間違いなく今期の修習生だろうから、あとは、ブログ主と同じ学校の出身者を探して」

「あ、俺も、ブログ主と同じ大学だからって疑われたんだ。何か、昔の記事に出身大学を匂《にお》わせる内容があったとかで……」

「うん。俺はその記事は見てなかったけど、長野くんがそう言ってたから、長野くんと同じ大学の出身者を探したんだ」

「へー、柳だけじゃなくて、藤掛も探偵みたいだな」

俺が感心すると、藤掛は笑って、「実は、その柳くんが教えてくれたんだ」と言った。

「長野くんと同じ大学出身の修習生は三人いるって。前にクラスの名簿を見たときに、出身大学が書いてあったらしくて、柳くん、それを覚えてたんだって。すごいよね」

「すごい、けど……柳が？　なんか意外だ」

ブログの記事にも、俺の部屋が荒らされたことにも、柳はどうでもよさそうにしていたから、犯人捜しに協力するとは思わなかった。

「興味があったんだって。ブログに情報を流した人がどうしてそんなことをしたのか、理解できなくて、知りたいって」

「動機への興味ってこと？　ああでも何か、そんなこと言ってたな。人の気持ちを考えるのがどうとか……」

それでは、立ち会いたがったというのは柳のことだろうか。——違うか。感情的になってしまうかもしれないから遠慮してもらったと藤掛は言っていた。柳はそういうタイプではない。

「その人の気持ち、ね。柳くんにはわからないみたいだったけど、俺にはわかるよ。想像するしかないけど」

俺にそう言った後で、藤掛はそっと吉高を見る。吉高は、頑《かたく》なにこちらを見ようとしない。

「柳くんが教えてくれた、長野くんと同じ大学出身の三人の中に、吉高くんの名前があったのを見て、俺は、ブログ主に情報を伝えたのは吉高くんかもしれないって思った。だからブログにあったアドレスにメールを送って訊いてみたんだ。同調者のふりをして、『自分も修習生だから気になる、記事にあった修習生の名前を教えてほしい』『吉高くんは教えてくれません』って書いた。そしたら返事が来た。修習生を特定できるような情報は明かせない、って書いてあったよ。吉高くんが口をつぐんでいるならなおさらだ、って。それでやっぱり、情報源は吉高くんだって確信した」

かまをかけるメールを送ったら、ブログ主が引っ掛かった、ということらしい。きっと藤掛のメールの文面が、相手が信じてしまうようなものだったのだろう。

「三人の中から、吉高を怪しいと思ったのは？」

質問した俺ではなく吉高を見つめて、藤掛は静かに答えた。

「吉高くんが、任官志望者だって聞いてたから」

吉高は、ばつが悪そうに下を向いている。

俺は一呼吸分遅れて、その意味を理解した。

「脛に傷のある修習生」は任官希望者だと――ブログに書いてあった。

任官志望者が何人いても、一つの修習地から裁判官に選ばれるのは原則、一人だけだ。

俺が気づいたことを察したのだろう、吉高はますます表情を硬くしていたが、

「吉高くん、彼女は法律事務所の内定、辞退したって。採用された時点では、昔のこと、黙ってたからって」

「え？」

藤掛の一言に、思わず、といったように吉高が顔を上げる。

「……法律事務所？」

藤掛は吉高をまっすぐ見て、うなずいた。

「彼女は、裁判官志望じゃないよ」

さっきまで、絶対に目を合わせまいとしていた吉高が、呆然と藤掛を見ている。そんな、と口が動いた。

「だって……前歴があるって、話してるのを聞いた。風間に……任官の妨げになるかもしれないって、相談してて。風間は、そんなこと関係ない、って言ってた」

「彼女には確かに前歴があって、それを風間くんに話したそうだけど、それは彼女が、風間くんが検察官志望だと勘違いしていたからだ。家族に前科や前歴のある人間がいないか、調べられるらしいって噂《うわさ》を聞いて、自分とのことがマイナスになるかもしれないと心配したんだって。風間くんは模擬裁判では検察官役だったけど、検察官になる気はなかったから、関係ないって答えたそうだよ。吉高くんは話の一部分だけ聞いて、勘違いしたんじゃないかな」

「……教官のお気に入りで、任官の最有力候補じゃないかって、裁判所で人が話してるのも聞いて……」

「それ、本当に彼女のことだった？　別の誰かのことだったんじゃない？　同じ班で仲のいい女性の修習生二人のうち、どちらの話なのか、吉高くんが思い違いをしたとか」

心当たりがあったらしい。吉高は黙り込んだ。

藤掛は名前を出さないようにしていたが、ここまで聞いていて、「彼女」というのが誰のことかは俺にもわかった。

吉高が、風間はいないのかと藤掛に訊いたときは、仲のいい風間をボディガードがわりに連れてこなかったのか、程度の意味かと思ったが——今は、その意味もわかる。裁判官への任官の最有力候補というのは、松枝のことだろう。任官の声がかかっていると、彼女自身が言っていた。だとしたら、任官候補だと誤解されたのは——松枝と仲のいい、水木奈帆に違いない。

吉高がさっき以上に血の気の失《う》せた顔でうつむいているのは、勘違いで一人の修習生を追いつめてしまったことに、今さらながらに罪の意識を感じているからだろうか。それとも、意味のない告発で自分自身の立場を危うくしてしまったと後悔しているだけだろうか。

「吉高くんも、寮生の部屋が荒らされたのは知ってるよね。被害にあったのは長野くんなんだ。それは知ってた？」

吉高は、答えるかわりにちらっと目をあげて俺を見た。

「部屋を荒らした本人と話をしたんだけど、その人は、ブログに書かれた『脛に傷のある修習生』は、自分のことだと思ったんだって。それで、ひょんなことから、長野くんがブログに情報提供をした人かもしれないって勘違いして、彼が落とした鍵で部屋に入って、証拠を探したんだって。本人が直接謝って、長野くんも許したから、それはもう解決済みなんだけど」

吉高の視線が藤掛へ移る。

吉高は何も言わなかったが、動揺しているのは見てとれた。

「長野くんも、そういう意味ではあの記事の間接的な被害者だから、今日は立ち会ってもらった。それに俺は、長野くんの部屋を荒らした人も、ある意味被害者かもしれないって思ってる。彼も、あの記事に振り回された一人だって」

瀬田の名前は出さずに、藤掛が続ける。静かに、諭すように。

「誰だって、やましいことの一つや二つあるのが普通だよ。程度の差はあるだろうけど、一度も間違いを犯さない人なんていない。あのブログの記事を読んでドキッとした人は、もしかしたら、他にもいたのかもしれない。吉高くんがどういうつもりでブログに情報を流したのかは、聞かないけど……それで傷ついた人がいるし、自分のことかもしれないと思いつめて、実際に新しく罪を犯した人もいたってことは、知っておいたほうがいいと思う。吉高くんにそんなつもりがなかったとしても」

吉高は、黙って目を泳がせている。

「俺は完全に部外者だし、俺から裁判所にこのことを言うつもりはないけど——」

藤掛がそう言いかけたときだった。

さくさくさく、と迷いのない足音が近づいてきた。

まずい、誰か来た。俺が慌《あわ》てて音のほうを見ると、まっすぐにこちらに近づいてくる、意外な顔が見えた。

「向こうで待ってるように言われてたのに、ごめんなさい」

松枝だった。

勢いよく近づいてきて、あっというまに俺たちの前に立った彼女は、まず藤掛に向かって頭を下げる。

「やっぱり、どうしても直接言いたかったの。突然殴りかかったりはしないから、大丈夫」

「いや、そこまでは心配してないけど……」

無関係な俺がこの場にいることには頓着《とんちゃく》していないようだ。松枝は、くるりと吉高に向き直った。

「藤掛くんには、私が相談したの。だから、ブログに奈帆のことを流したのが吉高くんだってことも知ってる。奈帆にも、私が伝えた」

突然現れた松枝に、吉高は混乱しているようだ。まだ反応できていない吉高にかまわず、松枝は話し始める。

「奈帆は、あなたを責めるつもりはないって。本当のことだから、って言ってた。風間くんに前歴のことを告白したのは自分で決めたことだし、それが漏れてしまっても自分の責任だって。でも私は、あなたのしたことを卑怯《ひきょう》だと思う。自分が正しいことをしたと思っていて、奈帆に悪かったと思っていないなら、反省も後悔もしていないなら、軽蔑《けいべつ》する」

驚いた。

松枝は真面目《まじめ》でおとなしいイメージで、こんなに強くはっきりとものを言うとは思わなかった。それも本人を前にして、まっすぐに相手を見て。

「藤掛くんは、本人の判断だって言ってたけど、私は、あなたがこのまま、何も知らない顔をして裁判官になるのは正しくないことだと思う。奈帆は罪を償ったけど、あなたはまだ、向き合ってもいない」

吉高も面食らった様子だった。藤掛が話しているときはうつむいていたのに、松枝からは目を逸らすことさえできないでいる。

「間違いを犯した人を、許さないことが正しいとは思わない。それはあなたが今回したことについても同じだけど、許しを求めるとしても、それは、罪を認めて、償ってからだと思う」

藤掛は、松枝の好きにさせることにしたようだ。彼女を止めるでもなく、黙って聞いていた。

「裁判官志望なんでしょう。自分は罪を認めないで、向き合いもしないで、被告人にはそうしなさいって言うの？　あなたは被告人に、どんな顔で向き合うつもりなの？」

すごい。

俺は純粋に感心、というか、もはや感動していた。

こんなふうに真剣に正論を説くことは、なかなかできない。

頭ごなしに説教をする、というのは逆効果なことも多く、する側は躊躇《ちゅうちょ》してしまうものだ。本気でぶつかればそのぶんだけ、伝わらなかったときのダメージは大きい。反感を持たれることもあるだろう。相手が正しさに打ちのめされて、そこから先の対話ができなくなってしまうおそれも。

それでも吉高には、今こう言われることが必要なんじゃないかと思った。

吉高も、横で見ているだけの俺すらも、圧倒されて、彼女から目を逸らせなかった。

「修習で、色んな法律家を見たでしょう。裁判官を志したなら、憧《あこが》れる人だっていたんじゃないの？　私もあなたも、その人たちに背中を押されてこれから法律家になるのに、最初からこんなことでいいの？　卑怯なことをして人を傷つけて、謝りもしないままで、法律家としての自分を信じられるの？　法律家としての私たちは、これから始まるのに」

気圧《けお》されたように松枝を見ていた吉高の表情が、変わる。

その目が驚いたように見開かれた。目が覚めた、というように、俺には見えた。

松枝の言葉が届いたのがわかった。

「自分のしたことに向き合って。弁護士でも検察官でも裁判官でも関係ない。法律家を志すなら、誰だってそうあるべきでしょう。まだ始まってもいない今なら、正せるんだから。最初の一歩目を理想を持たずに踏み出すなんて、絶対だめ」

自分と吉高をひとくくりに「私たち」と呼んで、法律家としての自分に誠実であるべきだと説く彼女を、吉高は不思議なものを見る目で見ている。

さっきまで、敵から身を守ろうとするかのように体を縮こまらせ表情を強張《こわば》らせていた彼が、顔をあげていた。

「……あのさ」

松枝が言葉を切り、数秒の沈黙が流れたタイミングで、俺は思わず口を開く。

「今回のことが裁判所にばれずに済んで、裁判官になれたとしてもさ。隠したままで法律家として歩き始めちゃったら……この先、ずーっと考えちゃうんじゃないかな」

俺は藤掛や松枝ほど強くも正しくもないから、吉高の気持ちも、実はちょっとわかる。だからこそ吉高に、このまま逃げてほしくなかった。

「少なくとも、俺だったら……一生忘れられないと思う。間違えたことをじゃなくて、そのことに向き合わないまま法律家になったこと、後悔すると思う。これから先、ずっと法律家として生きるのに……あんなに頑張って、なりたかったものになるのにさ」

――それって、しんどいよ。

藤掛や松枝のようにうまくは言えなくて、俺はそんな子どもみたいな一言を最後に口を閉じる。

俺の拙《つたな》い説得が吉高に届いたかどうかはわからなかったが、藤掛は大きくうなずいて俺の肩に手を置き、「俺もそう思うな」と言って吉高を見た。

「このまま向き合わなかったら、絶対後悔するって。さっき松枝さんが言ったとおり、俺たちは法律家として、スタートラインに立とうとしているところでしょ。間違いを正すなら、今だと思わない？」

藤掛の言葉に、吉高は迷い始めたようだった。どうやら俺たちが、自分を脅迫したり、裁判所や教官に報告したりするつもりはなさそうだ、ということはわかっただろう。そのうえで、このままここから立ち去るか、それともこちらの話に耳を傾けるべきか、考えている。揺れている。

「あと二日したら、法律家としての最初の一日が始まる。一生に一度の、特別な日だよね。全部すっきり、とはいかないかもしれないけど、せめて一区切りつけてから、新しい一日を始めるほうが、気持ちいいと思うな」

藤掛が言い終わるのと同時に、吉高は、ゆっくりと視線を地面へと落とした。顔をあげているのが、つらくなったかのように。ああ、だめか。届いたと思ったのに。俺がそう思ったとき、

「吉高くんだって、平気だったわけじゃないだろ」

藤掛が言った。

吉高は顔をあげなかったが、反応した。目が動いたのが見えた。

「世の中にはさ、人を傷つけても何とも思わない人もいるけど、吉高くんはそうじゃない。ブログには、修習生が誰なのか特定できるような書き方はしていなかった。最初は、ブログ主のポリシーなのかなと思ったけど、吉高くんが情報を流した時点で、個人名は伝えてなかったんでしょ？　そこまでしなくても、書かれた本人なら記事は自分のことだって気づいて、自分から任官を辞退するはずだって思ったんじゃない？」

俺も、藤掛に指摘されて気がついた。ブログの記事はあくまで、「後ろ暗い過去を隠している修習生がいる」と指摘するだけで、個人を特定する情報は載っていなかった。ブログ主も吉高も、最初から個人名を明かすつもりはなさそうだった。

「逃げ道をふさがないで、ああいう書き方にとどめたのは、水木さん自身に選択を委《ゆだ》ねるためだよね。ある意味、彼女の良心を信じてたんじゃない？　同じ修習生で、法律家を志す相手だから」

吉高は答えない。藤掛の言うとおりだとしたら、それは、吉高自身も気づいていなかった心の動きかもしれなかった。

「俺たちが、裁判所や教官に言うんじゃなくて、吉高くん本人と話をすることにしたのも、同じ理由だよ」

吉高は、うつむいたまま黙っていた。

少しの間沈黙が続いたが、彼はやがて意を決したかのように松枝のほうへ体を向け、もともと下を向いていた顔をさらに押し込むようにして頭を下げる。

「み、……水木さんに。ごめんって……伝えて、ください」

それだけ言って、ぎこちない動きで背を向けた。

そして、藤掛の質問には結局答えないまま、顔も上げないまま、歩き出す。

藤掛も松枝も、彼を止めなかった。だから俺も、黙って見送った。

「今言ったこと、本気で思ってる？　吉高くんが、同じ修習生として奈帆の良心を信じてたって」

吉高の姿が見えなくなってから、松枝が首を傾け、かたわらの藤掛を見上げて尋ねる。

藤掛は少し笑って指先で頬を掻《か》いた。

「実は、あんまり思ってない」

「えっ」

俺は思わず声をあげたが、松枝は、やっぱり、というような表情だ。

「心にもないことを言った、ってわけじゃないよ。吉高くんが個人を特定できるような情報をブログに流すつもりがなかったのは間違いないと思うし、そこまでしなくても水木さんが自分から任官を辞退するはずだと踏んでそうしたっていうのも、その通りだろうし。ただその理由が、いわゆる良心とか、信頼とかとは限らないと思ってるだけ」

俺がよほど間抜けな顔をしていたのか、藤掛は苦笑しながらそう説明してくれる。

「彼には、自分の手で水木さんの人生を壊すようなことをする覚悟はなかった。恨まれるのも怖かったし、何より、自分はそこまでのことができる人間じゃないと思っていたかった。完全な加害者になりたくなかったんだと思う。だから水木さん本人に選択させたんだ。知ってるぞ、どうするんだ、ってプレッシャーをかけて。水木さんが何もしなくても、あれ以上のことはしなかっただろうけど、それは彼女のためっていうより、自分のためだったんじゃないかな」

だから、吉高くんに言ったことは間違いじゃないけど、かなり好意的な解釈って感じかな。などと、ついさっき吉高に対してあんなことを言っていたその口で言った。

俺が唖然《あぜん》としていると、藤掛はわずかに眉尻を下げる。

「不満そうだね？」

「不満っていうか……自分のしたことに向き合わせるために呼び出した、みたいなこと言ってたのに、なんか、逃げ道を残したっていうか……むしろ、逃げ道を示してあげたみたいな感じになってんの、いいのかなって」

「ああ言ったほうが、吉高くんも動きやすいと思ったんだ。吉高くんだって、自分は悪い人間じゃないって思いたいはずだし、俺たちにもそう思ってもらいたいはずだしね。だったら、そう思えるような行動をとると思うよ」

確かにそうかもしれない。誰かに強要されたわけではなく、自分で選んだのだと思えたほうが、一歩目を踏み出しやすいし、踏み出した後も歩き続けていけそうだ。

柳は、藤掛は人の気持ちがわかると言っていた。俺もそう思っていたが、その意味を勘違いしていたかもしれない。藤掛は優しい奴《やつ》だが、無条件にいつでも誰にでも優しいわけではないのだ。

人をただ信じたり、優しく接したりするだけでは、何も変わらないこともある。藤掛はそれを理解している。

藤掛の考え方も行動も、すでに法律家のものだった。

「打算があったっていいと思うんだ。気持ちがついていってなくたって、まず行動することで、人は変わっていくものだから」

「……そうだな」

藤掛のこの一言で、俺はほっとした。

藤掛が、本心から吉高の良心を信じていたわけではないとわかったときは、少しショックだったのだ。しかし、良い方向へ導こうと、できることをして、吉高を信じて手を離したのなら、やっぱり藤掛は藤掛だった。

「松枝さんは、よかったの？」

正義感の強い松枝が、最後は藤掛に任せて、吉高をあのまま行かせたのは、納得してのことだったのか気になる。

藤掛の意図を知ったら彼女は怒るのではないかと思ったのだが、松枝はあっさりとうなずいた。

「言いたいことは言ったから。言葉が届いたなら、それをどう受け止めて行動に移すかは、本人次第だし……追いつめるだけ追いつめてそのままじゃ、かえって彼も動けなくなってしまっていたかもしれないし。藤掛くんがフォローしてくれてよかった」

その言葉に嘘《うそ》はないらしく、彼女は意外とすっきりした顔をしている。

これから吉高がどう行動するかはわからないから、事件を解決した、正義をなした、とまでは言えないかもしれないが、伝えるべきことは伝えた。結果はさておき、自分たちが今できることをしたから、納得できたのかもしれない。

「吉高、どうするかな」

「わからないけど、ここから先は、本人が決めることだよ。すぐ行動に移すことはできなくても、何かのきっかけになるといいけど」

藤掛も、もうこれ以上、この件について動く気はなさそうだ。

確かに、後は本人が自分で変わるしかない。少しずつでも、形だけでも。

「これからだもんな。一つずつ、できることから始めるしかないよな。吉高だけじゃなくて、俺たちも。まだ全然、中身は足りてないと思うけど」

「うん。自分たちは法律家だって自覚して、法律家らしく振舞ってるうちに、法律家になるんだと思う。そうやって、ちょっとずつ、なりたい自分になっていくしかないよね」

俺が、自分に言い聞かせるように、確かめるように口にする言葉を、藤掛は簡単なことのように肯定した。これから歩き出す、その道のりを楽しみにしているかのように。

新しい道を前にして、高揚する気持ちは確かに俺にもある。けれど、それだけではなかった。これから先、どんな自分になるかは、すべて自分自身にかかっているのだ。道を決めて歩き始めても、いつまで歩き続けられるのか、間違わずにいられるのか、保証は何もない。きっと障害は多い。

「なれるのかなあ……」

思わず呟いたら、松枝がこちらを見て、目が合った。

情けないことを言ってしまったと後悔しかけたが、

「なれる」

松枝が真剣な顔で大きくうなずいたから、それも一瞬で引っ込んだ。

「私たち自身がそう思ってなきゃ始まらないし、まだこれから一歩目を踏み出すところなんだから、踏み出す前から不安になっていても仕方ないと思う」

松枝は、吉高に対して話していたときのように、はっきりと言う。

松枝さんかっこいい、と藤掛が横で讃《たた》えた。とたんに松枝は恥ずかしそうに目を逸らして、それがなんだかおかしかった。

急に気持ちが晴れた気がした。

明日になれば、また不安になるかもしれないし、何度もそれを繰り返すのかもしれないけれど——それでも、目指す自分になれるはずだと信じて歩くことだけやめなければ、きっといつかは辿《たど》りつけるだろう。

「俺たち、まだ卵だもんなあ。弁護士登録されて、卵からひよこになって、それからやっと歩き出すわけで」

松枝の言うとおり、殻を破りかけている雛《ひな》に、不安になる暇なんてない。

そうそう、と藤掛は軽やかに笑って言った。

「一日で言えば、まだ朝……っていうか、これから朝が始まる、くらいの時間だよ」

「うわ、さわやか。喩《たと》えがさわやか」

「俺らしいでしょ」

「自分で言うかな……」

しかし、その喩えは気に入った。

確かに、法律家としての人生を一日に喩えたら、今は早朝も早朝、やっと日がのぼろうとしているあたりだ。これから始まる。どんな一日になるのかはまだわからないが、同じ場所から歩き出す仲間がいる。

並んで歩くわけではないが、ときどき、離れたところから声をかけあったり、エールを送るくらいはできるかもしれない。

「そろそろ行こっか。松枝さんも参加する？　皆でごはん食べようって話になってるんだけど」

「夕食にはまだ早いんじゃない？」

「六時集合だから、駅まで行ってどこかでお茶しよ。長野くんも行くよね？」

「行く行く」

俺たちは歩き出した。


結果発表から二日経《た》ったその日、目覚ましが鳴る前に目が覚めた。

予定より二時間も早い。

ベッドから下りてカーテンを開けると、空はまだ薄青と紫のグラデーションだった。

窓を閉めていても朝の空気は冷たい。しかし、俺は寝間着姿で裸足《はだし》のまま、しばらくガラスごしに空を眺めた。

藤掛も言ったとおり、一生に一度の、特別な日。特別な朝だ。やっとこの日が来た。

ここから始まる、記念すべき最初の朝だ。

今日から俺は弁護士になる。

これから先、何度つまずいたり転んだり立ち止まったりするかわからない。しかし、せめて今は、一歩目を、胸を張って踏み出すのだ。

それは昨日までとも明日からともたぶん何も変わらない、当たり前の朝のように思えた。

俺は誇らしい気持ちで、まっさらな朝の空気を吸い込んだ。

解説

新川帆立

読み終わった人は、パパパパーンッとファンファーレを奏《かな》でるトランペットの音が頭の中に響いているのではないだろうか。未読の人はすぐに読んでください。この本を買おうか迷って、とりあえず解説を開いてみたそこのあなたも、すぐにレジに向かうように。

本書は、司法修習生をとりまく四つの物語からなる連作短編集である。

世間ではあまり知られていないが、司法試験に受かっただけでは法律家になれない。約一年にわたり、裁判官、検察官、弁護士等のもとで司法修習と呼ばれる研修を受け、二回試験という過酷なペーパーテストを突破してはじめて、法律家として仕事ができる。「えっ、司法試験に受かったのに、まだテストがあるの？」と思うでしょう。私も当時そう思いました。

本書は、司法試験に受かったものの、まだ法律家ではない、まさに「半熟」な法律家たちの物語だ。

第一話「人は見かけによらない」では、一見チャラそうな司法修習生を鏡にしながら、その指導担当の若手弁護士の葛藤《かっとう》を描いている。第二話「ガールズトーク」では、いわゆる「女子力」の高い裁判所書記官と生真面目《きまじめ》で垢《あか》ぬけない司法修習生との交流を描く。第三話「うつくしい名前」では、十代で司法試験に合格した天才司法修習生に焦点をあてる。そして最終話「朝焼けにファンファーレ」では、司法研修所の寮で発生した空き巣と内部告発に端を発する事件を追うなかで、法律家としての矜持《きょうじ》がそれぞれの胸に少しずつ、固まってくる。

いずれも、法律の限界を知る者ならではの葛藤と、しかしそれでも法律家としてできることを諦《あきら》めない前向きなエネルギーに貫かれている。しかし「爽《さわ》やかなお仕事小説系ね」と油断するなかれ。思わぬところから鋭いミステリー的パンチがとんでくる。

私に解説の声がかかったのには理由がある。著者と同じく弁護士経験のあるミステリー作家で、しかもお仕事小説とよばれるジャンルを執筆しているからだろう。

弁護士経験のある作家が法律がらみの小説を書くと必ず「弁護士ならではのリアリティ」と称される。そのたびに「世間はテキトーなことを言うものだな」と内心くさしていた。

というのも、法律家だからといってリーガル小説は書けないし、逆に法律家でなくてもきちんと調べれば法律を扱った小説を十分に書ける。だから「法律家ならでは」という言い方はしたくない。したくないのだが、だがしかし本書はさすがに、まぎれもなく「法律家にしか書けない小説」だろう。

作中で展開されるストーリーは、リアリティがあるというより、もはやほぼリアルである。

例えば、第三話の刑事裁判の被告人質問の場面。弁護人は被告人にとって不利な事実についても質問している。被告人に有利な事実ばかりを述べたてても裁判員は白けてしまうので、あえて不利な事実についても質問することで、被告人の反省の真摯《しんし》さを印象づける。実務ではしばしば用いられる手法だが、実際の刑事裁判に触れたことがない人が想像だけで書くことはできない箇所だろう。

さらに、第四話の模擬裁判のなかで、証人尋問中に異議が出ている。あまり知られていないが、尋問には細かいルールがあり、そのルールに違反した尋問がなされたときには異議を出す。テレビドラマなどでよく見る「異議あり！」というやつだ。実際に「異議あり！」と法廷で吠《ほ》える弁護士がいるのかというと、案外普通にいるのだが、ただ異議の出しかたは人によって様々である。一旦《いったん》「異議あり！」と元気に叫んでから、違反事項を考えるという人もいれば、最初から「誘導です」などと違反事項の指摘だけ行う人もいる。作中では「異議！　誘導です」と記されており、分かる、こう言うよね、と深くうなずいたものだ。「異議あり！」と元気に吠えるのも気恥ずかしいので「異議！」とだけ言う。ものすごくリアルだ。

外出先では事件記録を開かない、事件の話をするときはレストランの個室を予約するといった基本的な守秘の動きだけでなく、遅刻・ドタキャン・早食いという弁護士あるある三拍子、不合理な犯罪を起こしたうえで特に反省していない被告人等々、「これ、本当によくある！　マジでマジ！」と膝《ひざ》を打ち過ぎて、膝がかゆい。

正直ここまで徹底しなくても、非法律家であるほとんどの読者さんにはバレないと思うのだが、一切手抜きをしていないのは著者の誠実さの表れだろう。

ちなみに、第三話では検察官が刑事裁判で披露する「論告」の一部が登場する。以前著者と鼎談《ていだん》する機会を得たとき、この部分について「実は論告をまるまる全部書いた。法律家じゃないと書けないだろうと思って」と笑って話されていた。

いかにも軽い感じで、テヘッとおっしゃるから、その場でちゃんと突っ込めなかったのだが、私の中のキムタクは「ちょ、待てよ！」と叫んでいた。

法律家だからといって論告が書けるものではない。例えば私はM＆Aや金融関連の案件を扱うビジネスロイヤーだったので、刑事事件は門外漢で、論告どころか、被告人質問の場面も描けないと思う。このように細部までリアルに描けるのは、著者が法律家としてもきっちりつとめを果たしてきたからこそだと思う。

本書で描かれた司法修習を経て、実際に弁護士になったらどういう仕事をするのか、「その後」が気になる方には、同著者の『黒野葉月は鳥籠《とりかご》で眠らない』(双葉社)から始まる木村・高塚弁護士シリーズをおすすめしたい。

木村・高塚弁護士シリーズで私は特に、シニカルで大人な魅力の高塚弁護士が好きなのだが、「私も好き!」という同好の士は騙《だま》されたと思って、『SHELTER/CAGE 囚人と看守の輪舞曲《ロンド》』(双葉社)を読んでください。さらに高塚成分をもっと摂取したいという人は、おそらく『記憶屋』(KADOKAWA)に登場する高原弁護士も好きだと思うので是非読むように。

記憶を消してくれる怪人の謎《なぞ》を追う『記憶屋』は、様々な切り口で楽しめる作品で、オカルト、ジュブナイル、ミステリーのいずれの要素も含んでいる。

このうち、オカルトとジュブナイルの組み合わせにグッときた人は、『霊感検定』(講談社)シリーズや、『花村遠野《はなむらとおの》の恋と故意』(幻冬舎)から始まる「恋する吸血種」シリーズに進むとよいでしょう。

より硬派なミステリーが好みであれば、オカルトとミステリーが融合した『ただし、無音に限り』（東京創元社）シリーズや、『幻視者の曇り空』（二見書房）へ。オカルト抜きでミステリーを味わいたい人は『花束は毒』（文藝春秋）が、鮮やかな一撃を与えてくれる。

もっとホラー成分が欲しいんだという人は『響野怪談』（KADOKAWA）を読めば、ノスタルジーたっぷりの恐怖に浸れる。

いやむしろポップな青春テイストを味わいたいという人は『学園の魔王様と村人Aの事件簿』（KADOKAWA）が楽しいと思う。同性間の紐帯《ちゅうたい》が爽やかに凝縮された一冊だ。高塚弁護士や高原弁護士のことを好きな人は、この作品に登場する御崎《みさき》のことも好きだと思う（何を隠そう、私は御崎が大好き！）。

このように、様々な要素を自由自在に出し入れしながら読者をもてなしてくれる「織守ワールド」だが、実は一貫して、この世の不可思議を追いかけてらっしゃるのではないかと思う（私の勝手な解釈なので、本人に訊《き》いたら「そんなこと全然考えてなかった！」と一笑に付されそうだが）。

『記憶屋』『霊感検定』『花村遠野の恋と故意』『ただし、無音に限り』『幻視者の曇り空』に登場する特殊能力、『響野怪談』に登場する心霊現象は、分かりやすく「不可思議」である。

だがそれだけではない。

『花束は毒』に登場するある痛切な感情、『黒野葉月は鳥籠で眠らない』の依頼人たちが抱える真摯な想《おも》いも、第三者からすると一見「不可思議」なものだ。人それぞれに心に抱えた純粋な聖域がある。ひたむきさであったり、正義感であったり、恋心であったり。あるいは各作品に垣間見《かいまみ》られる人間関係の美しさであったり。それは純粋であるがゆえに暴走することもあるし、他人からは理解されづらい。

そういう部分を描こうとすると、説明過多になりかねないのだが、著者はあえてそのまま、ポンと読者の前に提示してくる。度量の広さと人間への信頼がないとできないことで、実はこれはとても難しくて、本当にすごいことだ。

本書においても、その特長は如実《にょじつ》に表れている。人間の抱えた純粋さが存分に描かれているのが本書の一番の美点だと思うからだ。

現場に近い人であればあるほど、法律の限界を知っている。法律家がいくら頑張ったところで、癒《い》えぬ心の傷があり、救われない魂がある。そんなものは感情的なわだかまりにすぎないと切って捨てる者もいるだろう。しかし、本書の登場人物たちは決して安易な冷笑に陥ることなく、悩み抜き、前に進もうとしている。その圧倒的なエネルギーに触れた読者は、心が洗われ、背筋をしゃんと伸ばして歩いていく勇気をもらえる。

といっても、著者が描く作品によっては、「純粋さ」が悪い方向に転がり、ヒィッと悲鳴をあげるような恐ろしさを見せつけてくることもあるので、ゆめゆめ油断なさらぬように。「光の織守」と「闇《やみ》の織守」、両方の面白さを味わって、「織守ワールド」にどっぷり浸《つ》かっていただきたい。

（令和五年四月、小説家）

この作品は令和二年十一月新潮社より『朝焼けにファンファーレ』として刊行された。文庫化にあたり改題した。

リーガルーキーズ！

半熟法律家の事件簿

新潮文庫　お－114－1

令和五年六月一日発行

著者　織《おり》守《がみ》きょうや

発行者　佐藤隆信

発行所　株式会社新潮社

郵便番号　一六二―八七一一
東京都新宿区矢来町七一
電話　編集部(〇三)三二六六―五四四〇
　　　読者係(〇三)三二六六―五一一一
https://www.shinchosha.co.jp

価格はカバーに表示してあります。

乱丁・落丁本は、ご面倒ですが小社読者係宛ご送付ください。送料小社負担にてお取替えいたします。

印刷・大日本印刷株式会社　製本・株式会社植木製本所

ISBN978-4-10-104581-8 C0193